# ポー名作集

E・A・ポー
丸谷才一訳

中央公論新社

目次

# ポー名作集

底本として Arthur Hobson Quinn ed.：*The Complete Poems and Stories of Edgar Allan Poe*, Alfred Knopf の一九五八年版を用いた。挿画は、「モルグ街の殺人」と「アシャー館の崩壊」については Arthur Rackham（*Poe's Tales of Mystery & Imagination*, George G. Harrap & Co. Ltd. 所載）、「マリー・ロジェの謎」「黄金虫」「黒猫」については Harry Clarke（*The Complete Works of Edgar Allan Poe*, George G. Harrap & Co. Ltd. 所載）の筆になるものである。

# モルグ街の殺人

海の魔女《セイレーン》たちがどんな唄を歌ったか、また、アキレウスが女たちのなかに姿を隠したときどんな偽名を使ったかは、たしかに難問だが、まったく推測できぬというわけでもない。

サー・トマス・ブラウン

ひとびとが分析的知性と呼んでいるものがあるが、これを分析することは、ほとんど不可能である。ぼくたちはそれを、ただ結果から判断して高く評価するだけなのだ。が、それについて判っていることの一つは、分析的知性はその持主にとって、常に、この上なく潑剌とした楽しみの源泉であるということだ。ちょうど身体強健な人間が肉体的な有能さを誇らしく思い、筋肉を動かす運動をおこなって満足を味わうのと同じように、分析家は錯綜した物事を解明する知的活動を喜ぶのである。彼は、自分の才能を発揮することができるものなら、どんなつまらないことにでも快楽を見出だす。彼は謎を好み、判じ物を好み、秘密文字を好む。そして、それらの解明において、凡庸な人間の眼には超自然的とさえ映ずるような鋭利さを示す。実際、彼の結論は、方法それ自体によってもたらされるのだけれども、直観としか思えないような雰囲気を漂わせているのだ。

分析《アナリシス》の能力は、おそらく数学の研究によって、殊に数学最高の分野の研究（それが単に逆行的操作の故をもって特に解析《アナリシス》学と呼ばれているのは不当である）によって、大いに増進されるものであろう。しかし計算は必ずしも分析ではない。たとえばチェスのプレイヤーは、分析のため努力することはない。計算するだけだ。従って、チェスが知的能力の養成に役立つなどというのは大変な考え違いなのである。ぼくは今、論文を書いているのではない。いくらか風変りな物語の前置きとして、ゆきあたりばったりに所見を述べているだけだ。だから、ここでついでに言って置くけれども、思索的知性の高度な能力は、複雑で軽薄なチェスよりも、地味なチェッカーによって、遥かに多く養われるのである。チェスにおいては、駒の価値が様々に異っていて、しかもそれが場合によって変化し、動きは多様で奇妙《ビザール》なため、単なる複雑さにすぎないものが（よくある誤解だ）深遠さと取られるのだ。ここでは注意力が大きくものを言う。それが一瞬でもゆるむと、見落しをして、被害をこうむったり敗北したりすることになる。駒の動きとして可能なものが、単に数多くあるだけではなく、複雑を極めてもいるため、こういう見落しをする機会はますます多くなる。つまり十中八九までは、より明敏なプレイヤーがではなく、より注意力の強いプレイヤーが勝者となるのである。これに反してチェッカーでは、動き方は単一だし、変化もほとんどないため、見落しをする可能性は減少し、単なる注意力は比較的不要なものになる。より優れた鋭敏さによってしか、優勢を得ることができないのである。話をもうすこし具体的にするため、チェッカーのゲームを一つ想定してみよう。盤の上に成駒《キング》が四つだけになってしまったとする。こうなれば、もちろん見落しなどあるはずがないから、勝負は（二人のプレイヤーがまったく互角だとすれば）ただ読《ルシェルシェ》みの作用によって、つまり知性の強さの結果によってのみ決定される。普通の手を打つ余地などまったくないのだから、分析的なプレイヤーは相手の心に没入して、彼と一体になる。このようにして、相手を落手に陥れたり誤算に導いたりする唯一絶対の手（ときとしてそれは、まったく馬鹿ばかしいくらい単純な手なのだ）を一目で見抜く、などということもしょっちゅう生じるのである。

　ホイストはいわゆる計算力を養うと、昔からよく言われている。卓越した知性の持主で、軽薄だと言ってチェスは嫌うくせに、ホイストにはひどく熱中する人々がいるのである。たしかに遊び事のなかで、分析能力の訓練にこれほど役立つものはあるまい。キリスト教世界随一のチェスのプレイヤーと言っても、結局最優秀のチェス・プレイヤーに過ぎぬ。ところがホイストにおける熟達とは、頭脳と頭脳が闘いあうような、ホイストよりも重要なあらゆる仕事で成功できる能力を意味するのである。ぼくは今、熟達という言葉を使ったが、これは完璧の力倆を意味するのであって、これさえあれば、正当な優位を獲得し得るあらゆる筋が知覚できるのだ。こういう筋は単に数多くあるだけではなく、多様でもある。だから、尋常の理解力では到達できないような深い瞑想《めいそう》によって初めてそれを知り得ることが多いのである。さて、注意深く観察することは、はっきりと記憶することである。だから、その限りでは、注意力の集中に優れているチェスのプレイヤーは、ホイストにも極めて巧みだろう。そしてホイルの法則などというものは（ゲームのメカニズムに基づいているだけなのだから）、誰にもじゅうぶん理解できるものである。つまり、はっきりと記憶を持ち、「法則本」どおりにやるのが、世間で普通に考えられている名人というもののすべてなのだ。ところが分析家の力倆が発揮されるのは、単なる法則の限界を超えたところにおいてである。彼は黙々として、数多くの観察、数多くの推論をおこなう。もちろん、相手もおそらく観察し推理するだろう。それゆえ、結局のところ問題になるのは推論の妥当性ではなく、観察の質のほうなのだ。だから、必要なのは、何を観察すべきかという知識である。分析的なプレイヤーは、自分の思考をいささかも限定しない。また、ゲームが目的だからと言って、ゲーム以外のことに基づく演繹《えんえき》を避けることもしない。彼はパートナーの顔色を検討し、それを二人の敵の顔色と入念に比較する。彼はめいめいが手のなかのカードをどう分類するかに気をつける。そして、持っているカードに投げる持主の目つきから判断して切札や絵札の数を数えること位、しょっちゅうなのだ。彼はゲームの進行につれて、表情のあらゆる変化に注意し、確信、驚き、得意、無念というような表情の差から、思考のための手がかりを集めるのである。彼は、一回に出した札を集めるときのやり方から推して、その者がその組でもう一度やれるかどうかを判断する。彼はまた、卓の上にカードを投げる様子から、相手が実は何をたくらんでいるか見抜いてしまう。偶然に、あるいは不注意に、口にする言葉。ついうっかりと、落したり裏返したりしたカード。それを隠そうとするときの不安や無頓着。カードの数え方。それを配列する順序。当惑、躊躇《ちゅうちょ》、熱心、狼狽。これらすべては、一見しただけでは直観としか思われない彼の知覚に対し、事態の真相を告げることができるのだ。最初の一回ないし二回がすむと、彼はめいめいの手のうちのカードを知りつくしてしまい、それから以後は、正確にしかも絶対の自信をもってカードを出してゆく。まるで、ほかの三人がカードの表側を見せているみたいにして。

分析力を単なる発明力と混同してはならない。なぜなら、分析的な人間はかならず発明に巧みだけれども、発明に巧みでいながら非分析的な人間がかなり多いからである。普通、発明力は構成力ないし結合力という形をとって外に現れる。そして骨相学者たちは（彼らは誤っているとぼくは信ずるのだが）、これを原始的な能力と見なし、独立した一器官の作用であると考えているけれども、こういう力は（これは道徳について論ずる人々の注意を広く惹いたことだが）ほかの点では白痴に等しい人間においてしばしば見出だされるのである。実際、発明力と分析力との間には、空想と想像力の間の相違に酷似した、しかもそれよりももっと大きな相違があるのだ。それゆえ、発明的な人間は常に空想的であり、真に想像力に富んだ人間はかならず分析的である、ということが理解できるはずである。
以下に記す物語は、これまで述べた命題の注釈のような役割を、読者に対して果すことになろう。

一八＊＊年の春、それから夏の一時期、ぼくはパリに滞在していて、C・オーギュスト・デュパンなる人物と親しくなった。この若い紳士はかなりの家柄——むしろ名門の出であったが、さまざまの不幸な事件がつづいたため、貧苦に悩み、生来の気力も衰えた結果、世間で活躍しようとか、資産を取戻そうとかいう志を捨ててしまっていた。債権者たちの好意によって、親ゆずりの財産が僅かばかり残っていたので、ここから生ずる収入でなんとか生活の必需品を手に入れていたが、もちろんひどくつましい生活で、余計な贅沢《ぜいたく》はできなかったけれども、彼の贅沢はただ本だけだったのである。そしてパリでは、本は容易に入手できるのだ。

ぼくたちが知りあったのは、モンマルトル街の仄暗い図書館においてである。二人がたまたま同じ稀覯書《きこうしょ》を探していたため、たちまち親密になったのだ。ぼくたちはたびたび会った。彼が、フランス人が自己について語るときのあの率直さで詳しく聞かせてくれる小さな家族の歴史は、ぼくにとってたいへん興味深かった。また、彼の読書範囲の広さは、ぼくを驚かした。それになかんずく、彼の想像力の奔放な熱烈さと生気にあふれた新鮮さは、まるでぼくの魂を燃え立たすように感じられた。当時ぼくはある目的があってパリにいたのだが、こういう人物との交際こそじつに貴重な宝だと考え、その気持を彼に率直に打明けた。そして、とうとう、ぼくのパリ滞在中、二人はいっしょに住むことになった。ぼくの経済状態は彼のそれよりいくらか良かったので、ぼくが彼の許しを得て金を出し、フォーブール・サン・ジェルマンの奥まった寂しいあたりにある、迷信のせいで長いあいだ打ち捨てられていた（ぼくたちは、どういう迷信なのかと訊ねはしなかった）、今にも倒れそうな、古びたグロテスクな邸を借り、そして、ぼくたち二人の共通の気質であるかなり幻想的な沈鬱さに似つかわしいスタイルで、家具をととのえた。

もしこの邸におけるぼくたちの日常が世間の人に知られたならば、彼らはぼくたちを狂人——ただしたぶん無害な狂人——と思ったにちがいない。ぼくたちの、世間からの隔絶ぶりは完璧であった。客の来訪は許さなかったし、この隠れ家のある場所は、ぼくの以前の知りあいにも秘密にして置いた。それに、デュパンを知る者がパリの街に一人もいなくなってから、かなりの歳月が流れていた。すなわち、ぼくたちはまったく二人きりで生きていたのである。

夜そのものの故に夜に魅惑されること、それがぼくの友人の趣味（ほかにどんな呼び方があろう？）であった。そしてぼくはこの奇癖《ビザルリー》にも（他のものの場合と同様）いつとはなしにかぶれてしまい、彼の奔放な気まぐれに徹底的に身をゆだねた。もちろん漆黒の女神はぼくたちと常に一緒にいるわけにはゆかぬ。しかし彼女を贋造《がんぞう》することは可能であった。夜明けの兆《きざ》しが訪れると、ぼくたちは邸じゅうの重く大きな鎧戸を閉ざし、一対の蠟燭《ろうそく》をともす。すると蠟燭は、きつい香りをはなちながら、この上なく蒼ざめた、この上なく仄かな光を投げるのだ。こうしてぼくたちは、真の《闇》の到来を時計が告げるまで夢想に耽り――読書、執筆、会話に没頭するのだった。ぼくたちはそれから、腕を組み合って通りへ散歩に出かけ、その日の話題について語りつづけたり、遅くまで遠歩きしたりして、ただあの静かな観察のみが与えてくれる無限の精神的興奮を、人口稠密《ちゅうみつ》な都会の、兇暴な光と影のなかに求めたのである。

このようなときに、ぼくは（彼の豊かな想像力から推しかねて予期していたこととは言いながら）デュパンの特異な分析力を認知し、それに驚嘆しないわけにはゆかなかった。彼もまた、その分析力を働かせることに――見せびらかすことに、とは言わないまでも――激しい喜びを感じていたし、このようにして得られる快楽を包み隠しはしなかった。彼は低い声でくすくす笑いながら、自分にとってはたいていの人間は胸に窓をあけているようなものだと語るのだったし、さらにつづけて、彼がぼく自身の心のなかについてどんなに多くのことを知っているか、明白な、驚くべきほどの証拠をあげて、この主張を裏書きするのが常であった。こういう際の彼の態度は、冷淡で放心しているようであった。眼は無表情で、声は、いつもは豊かな次中音なのに、最高音に変り、もし述べる言葉の内容が慎重で発音がまったく明瞭でなかったならば、苛立っているとしか思えなかったろう。こういう状態の彼を観察しながら、ぼくはよく二重霊魂という古い哲学について考えに耽り、二人のデュパン――創造的な彼と分析的な彼――という空想に興がったのである。

いま述べたことから、ぼくが何か神秘なことを語ったり、あるいは何か荒唐無稽な物語を書きつけたりしていると判断してはならない。このフランス人についてぼくが述べたことは、興奮した、あるいは病的な、知性のもたらすものにすぎないのだ。しかし、こういう際の彼の言説がどのようなものかは、一つの例が最もよく説明してくれるだろう。

ぼくたちはある晩、パレ・ロワイヤルの近くの長い穢《きたな》い道をぶらついていた。二人とも考え事でもあるらしく、少くとも十五分間ほど、どちらもぜんぜん口をきかなかった。と、とつぜんデュパンがこう言いだした。

「たしかに、あいつはひどく丈が低い。寄席《テアトル・デ・ヴァリエテ》のほうが向くだろう」

「もちろん、そうさ」とぼくはうっかり返事をした。彼がぼくの考えていることに相づちを打った、不思議なやり口に、最初は気がつかなかったのだが、ぼくはすぐに我に返った。ぼくの驚きは大きかった。

「デュパン」とぼくはまじめな口調で言った。「どうもぼくには判らないね。ぶちまけて言うけれど、すっかり驚いた。自分の感覚が信じられない位だ。一体どうして判るんだい？　ぼくが考えていたのが……」ここでぼくは言葉を切った。ぼくが誰のことを考えていたのかを、彼は本当に知っているかどうか、はっきり確かめたかったからである。

「……シャンティリーのことだってことを」と彼はつづけて言った。「どうして、あとを言わないの？　あの男は小柄だから悲劇には向かないと、君は心のなかでつぶやいてたじゃないか」

　これはぼくの考えていたことの主題を、まさしく言い当てていた。シャンティリーはもとサン・ドン街の靴直しだったのだが、演劇狂になり、クレビヨンの悲劇（？）『クセルクセス』の主役をやって、力演にもかかわらずさんざんの悪評を蒙ったのである。

「頼むから教えてくれ」とぼくは大きな声を出した。「ぼくがこのことを考えているのを、君がどんな方法で——もし方法があるのなら——推測できたかを。」事実ぼくは、口で言うよりもずっとびっくりしていたのだ。

「果物屋だよ」と彼は言った。「君はあいつのせいで、あの靴直しは、クセルクセスはもちろんその種のもの《エト・イド・ゲヌス・オムネ》はすべて不向きな身長の持主だという結論に達したのさ」

「果物屋だって！　びっくりさせるなよ。果物屋なんて、ぜんぜん覚えがない」

「ぼくたちがこの通りにはいったとき、君に突き当った男さ。十五分ばかり前のことだ」

　今度はぼくも思い出した。たしかに、林檎《りんご》のはいった大きな籠を頭の上にのせた果物屋が、偶然に、ぼくにぶつかりそうになったのだ。ぼくたちがC＊＊街から今いる通りへさしかかったときのことである。しかしこれがシャンティリーとどう関係があるのか、ぼくにはどうも判らなかった。

デュパンには法螺《シャルラタヌリ》の気配はちっともなかった。「説明しよう」と彼は言った。「万事はっきりと納得がゆくはずだ。まず君の瞑想の道筋を、ぼくが話しかけたときから問題の果物屋とぶつかったときまで、溯《さかのぼ》ってみようじゃないか。思考の鎖は、ごく大まかに言えばこんな具合になる。——シャンティリー、オリオン星座、ニコラス博士、エピクロス、截石法《ステレオトミー》、通りの敷石、果物屋」

一生のある時期において、自分の心がどういう段階を経てある結論に達したかを溯ることに、興味を覚えない人間は数少いだろう。この作業は、しばしば興趣にみちている。そして、初めてこのことを企てた者は、出発点と到達点との間の、一見したところ無限大の距離と無連絡に仰天するのだ。それゆえ、このフランス人の語るのを聞いて、彼の言葉が真実を衝いていると認めざるを得なかったときの、ぼくの驚愕はいかばかりであったろう。彼はつづけた。

「ぼくの記憶が正しければ、ぼくたちはC＊＊街を立去りかけたとき馬の話をしていた。これが最後の話題だった。道を横切ってこの通りにはいったとき、頭の上に大きな籠をのせた果物屋がぼくたちの横をあわてて通りすぎ、修理中の歩道の、敷石が積んである所に君をつきとばした。君はそのがたがた揺れる石を踏みつけ、足をすべらせ、ちょっぴり足を挫いた。いらいらしたような、不機嫌な顔つきで、二言三言、何かつぶやき、積んである石を見て、それから無言のまま歩きだした。ぼくは君のしたことに、そう特に気をくばっていたわけじゃなかった。でも、近頃のぼくにとって、観察は一種の習慣になっているんだよ。

「君は地面をみつめつづけていた。ラマルティーヌ小路へ来るまで、不機嫌な顔つきで、舗道の穴ぼこや車輪の跡を見ていた。（それで、相変らず石のことを考えてるな、ということが判ったんだ。）あの小路は、実験的に、石板を重ね合せて鋲《びょう》でとめるやり方で舗装してある。ここへ来ると、やっと君の顔色は晴れやかになった。ぼくは君の唇が動くのを見て、ははあ、この舗装のし方につけたひどく気取った用語――『截石法《ステレオトミー》』をつぶやいたんだな、と確信した。『截石法《ステレオトミー》』と独言を言えば、きっと原子《アトミー》のこと、それからエピクロスの学説のことを考えるだろう、とぼくには判っていた。それに、こないだ君とエピクロスのことを論じたとき、あの高貴なギリシア人の漠然とした臆測が最近の宇宙星雲起原説によって確認されたのは、誰も注目しないけれどじつに不思議なことだ、という話をぼくがした。だから、君はきっと眼を上にあげてオリオン星座の星雲に向けるだろうという気がした。そう期待していると、君はやはり上を見た。それで、ぼくの考えの辿り方は正しいと保証されたわけさ。ところで、昨日の『ミュゼー』に出ていた、シャンティリーについての辛辣な弾劾のなかで、あの悪口屋は、靴直しが悲劇を演ずるに当って改名したことに皮肉を言って、ラテン語を一行引用していた。ほら、ぼくたちが何度も話題にのせた一行だよ。
始めの文字は昔の音を失った《ペルディデイト・アンテイクム・リテラ・ペリマ・ソヌム》
というのさ。これは、オリオン Orion という言葉が昔はウリオン Urion と書いた、ということを言っているのだと、いつか君に話したね。この説明のことは、ああいう悪口と結びついている以上、君が忘れるはずはないと思った。だから、オリオンとシャンティリーという二つの観念を結びつけないはずがないことも明らかだった。そして、君がその二つを結びつけたことは、唇に浮んだ微笑で判った。君は、あの哀れな靴直しがやっつけられている所を考えていたわけさ。それまでは、君はいつものように前こごみの歩き方をしていた。ところが今度は、胸を張ってそり身になった。それで、きっとシャンティリーが丈が低いことを考えているんだな、と思ったんだ。このときだよ、ぼくが君の瞑想の邪魔をして、あいつ――シャンティリーは、小男だから寄席《テアトル・デ・ヴァリエテ》のほうが向く、と言ったのは」

このことがあって間もないころである。『ガゼット・デ・トリビュノー』の夕刊を読んでいると、次のような記事がぼくたちの注意を惹いた。
「**異常な殺人事件**。――今朝、三時ごろ、サン・ロック区の住民たちは一連の恐しい悲鳴によって眠りから覚まされた。悲鳴はモルグ街にある、レスパネー夫人とその娘、レスパネー嬢が二人きりで住んでいる家屋の四階から起ったものらしかった。普通の方法ではいろうとしたが、駄目だったので、しばらく手間どってから、戸を鉄梃《かなてこ》でこわし、近所の者八名ないし十名が二人の警官《ジャンダルム》と共にはいった。叫びはこのときまでにやんでしまっていた。しかし彼らが一階の階段をかけのぼるとき、猛烈に争いながらの激しい叫び声が二、三回、はっきりと聞えたし、それは上のほうの階から聞えたように思われた。二つ目の踊り場に達したとき、これらの音もやみ、すべてはまったく静まり返った。彼らは手分けして、一部屋一部屋を大急ぎで調べた。四階の、裏側に面した大きな部屋（この部屋の扉も内側から鍵がかかっていたため、無理にこじあけた）に達したとき、居合わせた人々に恐怖と驚愕を味わわせる光景がくりひろげられた。

「部屋のなかは乱雑の限りを尽していた。家具は破壊され、八方に飛び散っていた。寝台は一つだけで、その寝具はとりのけられ、床《ゆか》のまんなかへ投げ出されていた。椅子の上には血まみれの剃刀が一つ。炉には、長いふさふさした、人間の灰いろの髪が二握りほど。これも血まみれで、どうやら根もとから引抜かれたもののようである。床《ゆか》の上にはナポレオン銀貨が四枚、黄玉《トパーズ》の耳環が一つ、大きな銀のスプーンが三つ、洋　銀《メタル・ダルジェ》の小さなスプーンが三つ、それに、金貨で四千フラン近くがはいっている二つの袋があった。隅にあった大机《ビュロー》の抽斗《ひきだし》は開いていて、たくさんのものがなかに残っていたが、くまなく捜索されたらしい。小さな鉄の金庫が寝具の下（寝台の下ではない）に発見された。それは開けら

れていて、鍵はさしたままであった。中身はすっかりなくなっていて、残っているのは二、三通の古手紙とつまらぬ書類だけであった。

「レスパネー夫人の姿はまったく見かけなかった。しかし異常な量の煤が暖炉に見られたので、煙突を調べると、語るだに無惨なことだが令嬢の死体が逆さまになって引出されたのである。このような姿勢で、狭い煙突のなかを、かなり奥まで無理やり押込まれていたのだ。体にはまだじゅうぶん暖か味があった。死体を調べてみると、たくさんの擦過傷があった。もちろん無理に押しあげられ、手を離されたときに出来たものである。顔にはひどい掻き傷がいっぱいあり、咽喉にも黒ずんだ打撲傷と、故人が絞殺されたことを示すような指の爪の深い痕があった。

「邸じゅうをくまなく探索したがこれ以上なにも発見することができなかったので、裏にある、鋪装されている小さな中庭へゆくと、老婦人の死体があった。咽喉のところをすっかり切られていて、死体を抱きあげようとすると、首がころがり落ちた。首も胴体も無残に切りきざまれ、胴体は人間のそれとは見えないほどであった。

「この恐しい怪奇事件の手がかりは、まだまったくない模様である」

翌日の新聞には次のような詳報がのっていた。

「モルグ街の悲劇。――この驚くべき異常な事件に関し、多くの人々が取調べられた。」

「事件《アフェール》」という言葉は、フランスではまだ、わが国でのような軽薄な意味になっていなかった。」「しかし謎を解決するようなことはまだ何一つ知られていない。以下に記すのはこれまで得られた証言のすべてである。

「洗濯女、ポーリーヌ・デュブールの証言によれば、彼女は故人二人を三年間にわたって知っていた。その期間、彼女らのために洗濯していたからである。老婦人とその娘との仲はよく、たがいに深く愛しあっていた。払いはきちんきちんとしていた。彼女らの生活や収入については知らない。レスパネー夫人は占いで暮しを立てていたのだと思う。貯金があるという噂があった。洗濯物を取りに行ったり、届けに行ったりしても、彼女ら以外の人に会うことはなかった。使用人をやとってはいなかったと思う。四階以外のどこにも家具はなかった様子である。

「煙草屋、ピエール・モローの証言によれば、彼は四年近くの間、煙草と嗅煙草を少量ずつレスパネー夫人に売っていた。彼はこの近くの生れで、ずっとこのあたりに居住している。故人とその娘は六年以上ものあいだ、死体が発見された邸に暮していた。この邸には以前、宝石商が住んでいて、上の階をさまざまの人々に又貸ししていた。この邸はレスパネー夫人の持家であった。彼女は借家人の又貸しを不満に思い、自分が引越してきて、部屋貸しはすべて断っていた。老婦人は子供っぽい人であった。証人は六年間に五、六回、令嬢を見かけたことがあった。二人はたいそう引籠った暮し方をしており——金があるという評判だった。近所の噂では、レスパネー夫人は占いをするということだったが——信じがたい。老婦人と令嬢のほかには、運送屋が一、二回と医者が八回か十回ぐらいしか、出入りする人を見かけたことがない。

「ほかに近所の人々大勢から、似たような趣旨の証言があった。この邸をしょっちゅう訪れた者があったという話は、誰もしなかった。レスパネー夫人とその令嬢の係累で存命中の人がいるかどうかは、知られていない。正面の窓の鎧戸はめったに開いていたことがなかった。裏の鎧戸は、四階の大きな奥の間のほかはいつも降りていた。邸はよい建物で、そう古くなっていない。

「警官《ジャンダルム》、イジドール・ミュゼーの証言によれば、彼は午前三時ごろ該家屋へと呼ばれ、二、三十名の者が玄関にいて家屋内にはいろうとしているのを見た。結局、銃剣で——鉄梃《かなてこ》ではない——こじあけた。扉は二枚戸ないし両開き戸と呼ばれるものであったし、上にも下にもボルトがかけてない故、簡単に開いた。悲鳴は扉があくまでつづき——やがて突然やんだ。それはたいへん興奮している、一人ないし数人の者の苦悶の声らしく、大声で長かった。短い、早口のものではなかった。証人は先頭に立って階段を昇った。最初の踊り場に着いたとき、大声の、怒ったような声を二つ聞いた。第一の声は荒々しく、第二の声はそれよりもっと鋭い異様な声であった。第一の声のほうは二言三言、聞きとることができた。声の主はフランス人だった。女の声でないことは明らかだった。『糞っ《サクレ》』という言葉と『やいっ《ディアーブル》』という言葉は聞きとることができた。鋭い声のほうは外国人の声であった。男の声か女の声かも判らない。何を言っていたのか判らないが、言葉はスペイン語のような気がする。室内および死体の状況についての説明は、昨日の本紙の報道通りである。

「銀細工業である隣人、アンリ・デュヴァルの証言によれば、彼は家屋内に最初にはいった一団のなかの一人であるが、大体においてミュゼーの証言と一致する。彼らは家屋内にはいるとすぐ、群衆を入れないよう扉を閉ざした。群衆はこういう遅い時刻にもかかわらず、いちはやく集って来ていたのである。この証人は、鋭い声の主はイタリア人であろうと考える。フランス人でないことは確かだと信じている。それが男の声であったとは確言できず、女の声だったかもしれぬと思う。ただし証人はイタリア語ができるわけではない。言葉をはっきり聞きとれたわけではないが、抑揚から推して、しゃべっていたのがイタリア人であることは確かである。証人はレスパネー夫人と令嬢を知っていた。双方としょっちゅう会話をかわしていた。鋭い声は二人の故人のいずれの声でもなかった。

「料理店主、オーデンハイメル。この証人は自発的に証言をおこなった。フランス語を話せないため、通訳つきで取調べを受けた。アムステルダムの生れなのである。証人は悲鳴の聞えたとき、ちょうど当該家屋の前を通りすぎるところだった。その声は数分間――たぶん十分間くらい――つづいた。長くつづく大きな声で――恐しく苦しそうであった。証人は家屋内にはいった者の一人である。次の一点を除いては、あらゆる点で前述の証言と一致している。鋭い声は男の――しかもフランス人の声だと確信しているのである。どういう言葉なのかは判らなかった。大きな声で、早口で、高低の変化がはなはだしく、憤慨し怯《おび》えながら言っているようであった。耳ざわりな――鋭いというよりも耳ざわりな声であった。鋭い声ということはできない。荒々しい声のほうは、何度もくりかえして『糞っ《サクレ》』と『やいっ《ディアーブル》』とを言い、そして一度、『うぬっ《モン・ディユー》』と言った。

「ドロレーヌ街ミニョー父子銀行の頭取、ジュール・ミニョー。父親のミニョーのほうである。レスパネー夫人には多少の財産があった。＊＊年（八年前）の春から、彼の銀行と取引していた。少額ずつ頻繁に預金していた。死亡の三日前までは、ぜんぜん払出したことがなかったが、その日彼女は自分で来て四千フランを引出した。この金は金貨で支払われ、役員の一人が家まで届けた。

「ミニョー父子銀行の役員、アドルフ・ル・ボンの証言によれば、彼はその日、正午ごろ、四千フランを二つの袋に入れ、レスパネー夫人と同道で彼女の家へおもむいた。扉が開くとレスパネー嬢が現れ、彼の手から袋を一つ受取り、もう一つを老婦人が受取った。それから彼はお辞儀をして立去った。そのとき通りには人影はなかった。横町だし、ひどく寂しいところなのである。

「洋服屋、ウィリアム・バードの証言によれば、彼は家屋内にはいった一人であった。証人はイギリス人で、二年間パリに住んでいる。彼は最初に階段を昇った一人で、言い争う声を聞いた。荒々しい声はフランス人の声であった。数語ばかり聞きとれたが、全部は思い出せない。『糞っ《サクレ》』と『うぬっ《モン・ディユー》』とははっきり聞えた。そのとき、数人が格闘しているような音——ひっ掻いたり取組みあったりする音がした。鋭い声はたいへん大きくて、荒々しい声よりも大きかった。イギリス人の声でないことは確実である。ドイツ人の声のように感じられた。女の声だったかもしれない。なお、証人はドイツ語はできない。

「以上に名前をあげた証人のうち、四名はもういちど喚問されたが、彼らの証言によれば、レスパネー嬢の死体が発見された部屋の扉は、人々がはいって行ったとき内側から鍵がかけてあった。まったく静寂で、どんな種類の呻きも物音も聞えなかった。扉をこじあけたとき、どのような人間をも見かけなかった。窓は表の部屋も裏の部屋もしまっていて、内側からしっかり締りがしてあった。二つの部屋をつなぐ扉は、しまっていたけれども錠をおろしてはなく、鍵は鍵穴にさしたままになっていた。四階の廊下の突きあたりにある、表の小さな部屋は開かれていて、扉は開けはなしてあった。この部屋は、古ベッド、箱、その他がごちゃごちゃ置いてあった。これらのものは注意深く移され、調査された。家屋のなかは隅から隅まで、入念な捜査を受けた。煙突のなかも調べた。該家屋は四階建てで、屋根裏部屋《マンサルド》がついていた。屋根の引窓はしっかりと釘づけされ、この数年間あけられた様子がなかった。言い争いの声を聞いたときから部屋の扉を押しやぶったときまでの時間は、証人たちによってさまざまに異っている。ある者は三分ぐらいの短い時間であったと言い、ある者は五分ぐらいの長い時間であったと言う。扉を開けるのに手間どったのである。

「葬儀屋、アルフォンゾ・ガルシオの証言によれば、彼はモルグ街に住んでいる者で、スペイン生れであるが、家屋内にはいった者の一人であった。ただし、ひどく神経質なので、興奮することの結果を心配したため、階上へは昇らなかった。彼は言い争う声を聞いた。荒々しい声はフランス人の声であった。しかし何を言っていたのかは判らなかった。鋭い声はイギリス人の声であった。このことは確実である。証人は英語を解さないのだが、これは抑揚でよく判った。

「菓子屋、アルベルト・モンターニの証言によれば、彼は階段を最初に昇った者のなかの一人である。荒々しい声はフランス人の声であり、数語聞きとれたが、これは説諭しているような口調であった。彼は問題の声を聞いた。鋭い声のほうは判らなかった。早口で、高くなったり低くなったりした。ロシア人の声だと思う。大体については他の人々の証言と一致した。証人はイタリア人で、ロシア人とは話をしたことがない。

「数名の証人はもういちど喚問されて、それぞれ証言したが、それによれば、四階にあるどの部屋の煙突も、狭くて人間が通れるはずはない。掃除すると言っても、煙突掃除屋が使う円筒形のブラシで、家中の煙突を上下に通すだけなのである。人々が階段を昇るあいだに、誰かが降りてゆけるような裏階段はない。レスパネー嬢の死体は、煙突のなかにぴったりと詰まっていたので、四、五人が力をあわせてようやく引きずりおろすことができた。

「医師、ポール・デュマの証言によれば、彼は夜明けごろ、二つの死体を検屍するために呼ばれた。死体はそのとき、いずれも、レスパネー嬢が発見された部屋の、寝台のズックの上に置かれていた。令嬢の死体は、打撲傷と擦過傷がひどかった。煙突のなかに詰込まれたのだから、こういう外見を呈しているのは無理からぬことである。咽喉のところはひどくこすれていた。頤のすぐ下に、深い掻き傷がいくつかあったし、明らかに指の痕と思われる土いろの斑点が並んでいた。顔は恐しいくらい血の気が失せ、眼球は飛びだしていた。舌は一部分、嚙み切られていた。鳩尾《みぞおち》のところには、たぶん膝で圧迫したために生じたと思われる、大きな打撲傷があった。デュマ氏の意見によれば、レスパネー嬢は誰か不明の人、ないし人々によって絞殺されたものである。母親の死体は、無残にも手足を切られていた。右の腕と脚の骨は一つ残らず、多少なりとも砕けていたし、右の脛骨、および左側の肋骨全部は、裂け折れていた。体じゅう、恐しいくらいに打撲傷を受け、変色していた。どのようにしてこの傷を受けたかは不明である。重い棍棒、太い鉄棒、椅子、あるいは何か他の大きな重い鈍器を、非常に力の強い男が振廻せば、こういうことになるかもしれない。女では、どんな武器を使っても、こういう打撃を加えることはできないはずである。故人の頭部は、証人が見た際には胴部からまったく離れており、またはなはだしく打ち砕かれていた。咽喉は明らかに、何か非常に鋭いもの――たぶん剃刀で切られていた。

「外科医、アレクサンドル・エティエンヌは、デュマ氏と共に死体検問のため呼ばれたが、デュマ氏の証言と意見に一致している。

「ほかに数名の者が訊問されたが、重要なことはこれ以上なにも引出されなかった。あらゆる点から見て、これほど神秘的でこれほど人を困惑させる殺人事件は、これまでパリで起ったことはなかった。もちろん、殺人が犯されたとしての話だけれども。警察はまったく途方に暮れている。この種の事件としては稀有《けう》のことである。しかも、手がかりらしいものはまったくない」

夕刊は、サン・ロック区では今なお非常な興奮がつづいていること、現場は丹念に再調査され、証人の訊問もふたたび開始されたが何の得るところもないことを告げ、しかし最後に、既報の事実のほか彼が有罪であるとみなす材料は何一つないのに、アドルフ・ル・ボンが逮捕、投獄されたと言い添えていた。

デュパンはこの事件の成行きに異様なほど関心をいだいているらしかった——少くともぼくは彼の態度からそう判断した。彼がこの殺人事件についてぼくの意見をたずねたのは、ル・ボンが投獄されてからである。

ぼくはただ、不可解な謎だという点で、パリじゅうの人々と意見を同じゅうするにすぎなかった。どういう手段で犯人をつきとめたらいいのか、ぼくにはぜんぜん判らなかった。

「こういう形ばかりの捜査で」とデュパンは言った。「手段を論ずるのは無理だよ。パリの警察は、俊敏だという評判が高いけれども、なあに、小利口なだけなのさ。奴らの捜査には、方法なんてものはありやしない。あるのはただ、ゆきあたりばったりの、その場その場の捜査だけ。いろいろさまざまの手段を用いはするけれど、その適用の仕方がしょっちゅう間違っているんで、あの『町人貴族』に出て来るジュールダン氏のことを思い出させる。ほら、音楽がもっとよく聴けるように《プール・プリュ・ザンタンドル・ミュジーク》と部屋着《ローブ・ド・シャンブル》を持って来させた男ですよ。その成果は、ときには素晴らしいかもしれないけれど、でもたいていは、ただ勤勉に歩き廻ったおかげなんだ。こういう素朴なやり方が有効じゃないときは、奴らの目論見《もくろみ》は失敗に終ってしまう。例えばヴィドックは、たしかに勘も鋭いし、忍耐強い男だ。でも、無学だから、捜査に熱心になるあまり、いつも失敗ばかりしていた。あいつは、対象をあんまり近くからみつめるせいで、よく見えなくなるんですよ。まあ、部分的には一つ二つ、たいへんはっきり見える点もあるだろうけれど、そうなれば必然的に、全体を見失うことになる。つまり、深く考えすぎるというわけですよ。真理はかならずしも、井戸の底にあるわけじゃない。それに、真理よりももっと大切な知識ということになると、こいつは常に表面的なものだとぼくは信じるな。深さがあるのは、ぼくたちが真理とか知識とかを探す谷間のほうなんで、それをみつけることができる山頂には、深さなんてない。こういう種類の失敗は、天体をじっとみつめるときのことでよく判りますよ。星はちらっと見るほうが……つまり網膜の外側を向けるほうが、はっきり見ることになる。（網膜は外側のほうが、内側よりも、光のかすかな印象を感じやすいから。）星の輝きが一番よく判るんですよ。

眼を星に真正面に向けると、星の光はぼんやりしてしまう。実際は、こういうふうにしたほうが沢山の光が眼にはいるわけだけれど、でも、ちらっと見るほうが、光を捕える能力という点では上なのだ。こういうわけで、過度の深さというものは、思考を惑わし、弱めることになる。金星《ヴィーナス》だって、あんまり長い時間（あるいは、あんまり熱心にとか、あんまりまともにとか）みつめられると、天から消えてしまう。

「今度の殺人事件に話を戻せば、ぼくたちの意見を立てる前に、一つぼくたち自身で捜査してみようじゃないか。調べるのは楽しいことだろうよ。」〔楽しいという言葉は、こんな場合に使うのは変だと思ったが、ぼくは黙っていた。〕「それにル・ボンという男は、一度ぼくに親切にしてくれたことがある。その恩はいまだに忘れてない。出かけて行って、この眼で現場を見ることにしようよ。警視総監のG＊＊とは懇意だから、簡単に許可してもらえるだろう」

許可を手に入れると、ぼくたちはただちにモルグ街へ行った。それは、リシュリュー街とサン・ロック街のあいだにあって、例のよくあるみすぼらしい通りの一つだ。ぼくたちの住家からずいぶん遠かったので、到着したのは午後も遅い時刻であった。その家はすぐに判った。今でもやはり、道の反対側には人だかりがしていて、鎧戸のおりた窓を、漠然とした好奇心にかられてみつめていたからである。それはパリでごく普通に見かける家屋にすぎなかった。門があり、その片方の側にはガラス窓のついた門番小屋があった。窓は引き戸になっていて、それに門番小屋《ロジュ・ド・コンシエルジュ》と書いてある。家のなかへはいる前に、ぼくたちは通り越して横町へはいり、もういちど曲って、家の裏手へ出た。デュパンはその間、家屋とその周囲を細心の注意で調べていたけれども、どういう目的なのか、ぼくには判らなかった。

ぼくたちは逆戻りして、その家の正面に出た。ベルを鳴らし、証明書を出すと、監視の者はぼくたちがはいるのを許可してくれた。ぼくたちは階段を昇り、レスパネー嬢の死体が発見された部屋にはいった。そこには二つの死体がまだ置いてある。部屋のなかの無秩序ぶりは、こういう場合の常として、そのままにしてあった。しかしぼくの眼には、『ガゼット・デ・トリビュノー』紙の報道以外のことは何も見えなかった。デュパンはあらゆるものを点検した。もちろん、犠牲者の死体二つも例外ではなかった。ぼくたちはそれから他の部屋にゆき、中庭へ行った。警官《ジャンダルム》が一人、その間もずっとぼくたちに附添っていた。暗くなるまでかかって調べ、それからぼくたちは立去った。帰る途中、デュパンはある新聞社の前でちょっと立ちどまった。

前にも言ったことがあるが、ぼくの友人の気まぐれは種類がいろいろあって、ぼくはそれをほうって置くことにしていた《ジュ・レ・メナジュエ・イ》——どうも英語にはぴったりした言い廻しがない。そのときも、翌日の正午ごろまで、彼はこの殺人事件を話題にのせようとしなかった。そして正午ごろになると、とつぜん、あの兇行の現場で何か変なことに気がつかなかったかと訊ねるのである。

「変な」という言葉に力を入れる、彼の口のきき方には、なぜなのかは判らないけれどもぼくを戦慄させるようなものがあった。

「いや、変なことなんて何も」とぼくは言った。「それに第一、新聞に出ていたとおりのことしか気がつかなかったぜ」

「あの『ガゼット』紙の報道ぶりには」と彼は答えた。「この事件の異常な恐しさがよく判ってないようなふしがある。まあ、新聞の当てにならない記事なんて、どうでもいいけれど。ぼくには、この怪事件は、それが解決容易であると見なされるまさにその理由によって——つまり外観上の異様《ウトレ》な性格のことをぼくはその理由と言ってるんだぜ——かえって逆に解決不可能だと考えられているように思われるのだ。警察は動機が判らなくて困りきっている。もっとも、殺人それ自体の動機じゃない。こういう兇暴な殺人をなぜやらなくちゃならなかったか、という動機が判らないのだ。それに、警察を困らせていることがもう一つある。言い争う声が聞えたという事実と、昇って行った連中がレスパネー嬢の惨殺死体しか発見せず、しかも彼らに見られないような出口はないという事実とを、どう結びつけるか、というのがその難問なんだ。部屋のなかの大変な乱雑さ。頭を下にして煙突のなかにつっこまれていた死体。老婦人の体が二目と見られぬほど切り刻まれていること。こういうさまざまの事実が、前にぼくの言ったことや、それから特にあげる必要もない事柄と一緒になって、警察当局の力を麻痺させ、御自慢の明敏さをすっかり途惑わせている。彼らは、稀有《けう》なことと難解なこととを混同するという、よくありがちな大失敗をやらかしてしまったわけだ。しかし、人間の理性が真実を求めて進むとすれば、こういう正常な次元から逸脱しているものこそ、手がかりになるはずだ。ぼくたちが今やっているような捜査では、『どういうことが起ったか』じゃなくて、『今まで起ったことのない、どういうことが起ったか』が問題にならなくちゃならない。ぼくはこの謎を解いてみせる。いや、実を言うともう解いてしまってあるんですけどね。その場合、警察の眼に一見不可能と見えれば見えるほど、ぼくにとっては容易なのだよ」

　ぼくはびっくりして黙りこみ、相手の顔をみつめた。

「ぼくは今、待ってる所なんだ」と彼は、部屋の扉のほうを見やりながらつづけた。「この兇行にある程度、関係があるにちがいない、ある男を待っている。もっとも、たぶん下手人じゃないと思うけれどね。この犯罪事件の最悪の部分については、彼はおそらく潔白だろう。この推定が当っていてほしいな。なぜって、ぼくはこの謎全体を、この推定のもとに解こうとしているんだから。この男はここに――この部屋に、もう、今にもやって来るだろう。もちろん、来ないかもしれないよ。でも、来る見込みが大きいな。もしやって来たら、引きとめて置かなくちゃならない。ほら、ピストルだ。もし必要な事態になったら、君には、使い方はよく判っているはずだ」

　ぼくはなんの気なしに、あるいは、べつに彼の言ったことを真に受けたわけでもないのに、ピストルを受取った。そしてその間もデュパンは、まるで独言のようにしゃべりつづけている。こういう際の彼の、放心したような様子については、前にも言ったことがある。彼の話の相手はたしかにぼく自身なのだが、しかし彼の声は、決して大きくないのに、ひどく遠い所にいる誰かに語りかけるときのような抑揚なのである。彼の眼はぼんやりと、壁をみつめていた。

「階段を昇って行った人々が聞いた言い争っている声が、二人の女の声じゃないってことは」と彼は言った。「証言によって完全に明らかになっている。このことのお蔭で、老婦人が娘を殺しそれから自殺したんじゃないかという疑惑は持たなくてすむわけだ。もっともぼくがこんなことを言うのは、思考の手つづきとしてなんですよ。だって、レスパネー夫人には、娘の死体をあんなふうに煙突に突込むほどの力はないものね。それに母親のほうの体の傷から見ても、自殺という考え方はおかしいよ。そこで、殺人は誰か第三者たちによって犯された、ということになる。そしてこの第三者たちの声が、言い争っているように聞かれた声だったんだ。そこで、この二つの声に関する証言全体にじゃなく——この証言のなかにある特異な一点に、注意を向けようじゃないか。何か特異なことがあるのに、君は気づいたかい？」

　ぼくは、荒々しいほうの声がフランス人の声であることには、証人たちが全員、一致しているのに、鋭い声（誰かの形容によれば厭な声）については意見がまちまちである、ということを言った。

「それは証言自体の話ですよ」とデュパンは言った。「証言の特異性というわけじゃない。君は特徴的な点に気がつかなかったんだな。でも、注意すべきことが、たしかにあったんだぜ。君の言うように、証人たちは荒々しい声については意見が一致している。この点では全員一致だ。ところが鋭い声についての特異な点は……彼らの意見が一致しなかったという点じゃなく……イタリア人、イギリス人、スペイン人、オランダ人、フランス人がその声を説明するに当って、めいめいがそれを外国人の声だと言っていることなんだ。自分の同国人の声じゃない、ということには、めいめいが確信を持っている。しかも、めいめいが、自分がその国語を話せる国の国民だとは言わない……その反対なんだな。フランス人はスペイン人だと言い、『スペイン語ができたら、いくらか聞きとれたろうけれど』と語る。ドイツ人はフランス人の声だと言い張る。ところがぼくたちは、『この証人はフランス語を話せないため、通訳つきで取調べを受けた』と書いてあるのに気がつくわけだ。イギリス人はドイツ人の声だと考えている。しかし『ドイツ語は解さない』のだ。スペイン人は『たしかに』イギリス人の声だったと言っている。でも、『英語は知らないので』、まあ『抑揚から判断して』なんだ。イタリア人はロシア人の声だと信じきっている。しかし彼は、『ロシア人としゃべったことは一度もない』というわけだ。それに二人目のフランス人は、最初のフランス人と意見が違って、イタリア人の声だと断定している。ところがこれも、『この国語を知らないため』、スペイン人と同じように『抑揚によってそう判断している』のだ。こんな証言がされる声というのは、なんて奇怪な声なんだろう！　その口調には、ヨーロッパの五大国の国民に馴染みの深いものが全然なかったんだよ！　アジア人の声かもしれぬ、と君は言うだろうね。さもなくば、アフリカ人の声だろうと。ところがパリには、アジア人もアフリカ人もそう大勢住んでいないんだけどな。まあ、しかし、それはともかく、三つのことに注意してもらいたいんだよ。つまり、第一に、一人の証人によれば、その声は『鋭いというよりも厭な声』である。第二に、ほかの二人は『早口で高くなったり低くなったりする』と言っている。それから第三に、どの証人にも一語も……言葉らしい音さえ聞きとれなかった。

「今まで話したことが、君の理解力にどんな印象を与えたか、判らないけれど」とデュパンは言った。「ぼくとして、これだけははっきり言えるな。証言のこの部分――荒々しい声と鋭い声についての部分――からだって、正しい推論をおこないさえすれば、そこから生じる疑念は、この事件の捜査のこれからの展開を方向づけることになるだろう、とね。今、『正しい推論』と言ったけれど、ぼくの気持はこれじゃあまだ十分に言い表わしていない。その推論は唯一の正確な推論であり、その疑念はそこから唯一の結果として必然的に出て来る――というわけなんだけどね。でも、その疑念がどういうものかは、しばらく伏せて置きますよ。ただ、その疑念はあの部屋でのぼくの捜査に、あるきちんとした形――ある傾向――を与えるに足るものであった、ということだけは覚えて置いて下さい。

「さて、空想のなかで、これからあの部屋へと席を移してみようじゃないか。まず最初に、何を探すかしら？　殺人犯の逃走手段だよね。ぼくたち二人とも、超自然的な出来事なんて信じやしないもの。レスパネー夫人母娘は幽霊に殺されたはずがない。この殺人行為者は物質的な存在であり、そして物質的に逃走した。じゃあ、どういうふうに？　仕合せなことに、この点についての推理法はただ一つしかないし、その推理法はぼくたちを、明確な結論へと導いてくれるのさ。可能な逃走手段を、一つ一つ検討してみよう。人々が階段を昇って行ったとき、レスパネー嬢の発見された部屋に（少くともその隣りの部屋に）犯人たちがいたということは明らかだ。とすれば、ぼくたちが出口を探さなくちゃならないのは、この二つの部屋からということになる。警察では、床《ゆか》も天井も壁石も、ぜんぶ剝がしてみた。もし秘密の出口があったら、ばれたにきまっている。もっとも彼らの眼は信用しないことにして、ぼくは自分で調べたけれど、やはり秘密の出口はなかった。部屋から廊下へ出る扉には、二つとも内側から鍵がかかっていた。次は煙突なんだが、炉の上、八フィートないし十フィートの所までは普通の幅だけれど、煙突全体としては大きな猫でも通れない。というわけで、出口を求めることが絶対に不可能となると、結局、窓しかないことになってしまう。しかし表の部屋の窓から逃げ出すならば、通りにいる群衆にきっと見られているだろう。だから、裏の部屋の窓から殺人犯たちは逃げたにちがいない。ところが、こういう明白な論理でこの結論に達した以上、ぼくたちは推理家として、それに反対してはいけないんだな。一見したところ不可能に見えるからといっても、この論理に従わなくちゃいけない。むしろ、こういう見せかけの『不可能性』が、実際は存在しないのだということを証明するのが、ぼくたちの仕事として残されているわけですよ。

「あの部屋には窓が二つある。一つは家具で邪魔されていなくて、窓全体が見えるようになっている。もう一つは、すごく大きな寝台の頭のほうがぴったり寄せてあるので、窓の下のほうが見えなくなっている。第一の窓のほうは、内側からしっかりと閉まっているのが判った。何人もかかって力をふるい、押しあげようとしたけれど、駄目だった。窓枠の左に大きな錐穴《きりあな》が開けてあって、頑丈な釘がほとんど頭のところまで差込んであった。もう一つの窓を調べてみると、同じような釘が同じような具合に差込んであるし、窓枠を押しあげようとしても無駄だった。そこで警察は、出口は窓じゃないと考えて、すっかり安心してしまうわけですよ。釘をぬいて窓をあける必要なんかない、と考える。

「ぼくの捜査はもっと精密だったし、なぜそうしたかと言えば、さっき説明したような理由があった。つまり、ぼくは知っていたんですよ。あらゆる見せかけの不可能性が実は存在しないのだということを証明するための急所は、ここなのだ、とね。

「ぼくはこういうふうに考えを進めた——帰納的《ア・ポステリオリ》にね。殺人者たちはこの二つの窓の一つから逃げた。しかしそうなると、窓は閉まっていたけれども、彼らが内側から閉めるなんてことができるはずはない。このことはあまり明白なものだから、警察でも窓を調べるのはやめてしまったわけだ。でも、窓は閉まっている。とすれば、自動的に閉まる仕掛になっているに相違ない。ぼくにとって、この結論は依然として不動でしたよ。そこでぼくは、寝台でふさがれてないほうの窓に近よって、かなり骨を折ったあげく釘を抜き、窓枠をもちあげようとした。でも、やはり考えていたように、いくら力を入れても駄目だった。秘密のバネがあるにちがいないと、そこで気がついた。これでぼくの考え方は、いよいよ補強された形で、少くとも前提だけはたしかだと確信したわけです。まあ、釘についての事情はまだまだ謎に包まれていてもですよ。丁寧に探して見ると、秘密のバネは発見できたので、押して見た。でも、発見したことに満足して、窓枠はあげなかったけれど。

「そこでぼくは、釘をまた差して、丹念に観察した。この窓から出てゆく者が、窓を閉めることはできるだろう。そしてバネがかかることもあるだろう。だけど、釘を元通りにさすことは不可能だろう。この結論は明白だったから、ぼくの探索の範囲をさらに狭めてくれたことになる。つまり、殺人者たちはもう一つの窓から逃げたに相違ない、というわけです。もし両方の窓枠のバネが同じだとすれば（多分そうだと思うけれど）、二つの釘が違うのか、さもなければ釘のさし方が違うのかの、どっちかだということになる。ぼくは寝台のズックの上に立って、寝台の頭板《ヘッド・ボード》ごしに、二つ目の窓枠を丁寧に調べてみました。

頭板《ヘッド・ボード》のかげになっている所に手を入れてみると、バネは簡単にみつかったので、押してみた。やはり考えていた通り、前の窓のバネと同じものでした。そこでぼくは、今度は釘のほうにかかった。これも前の釘と同じように頑丈なもので、一見したところ同じような具合に差しこんである。頭の所までね。

「困ってしまったろう、と言いたいんだろう？　でも、君がもしそう考えるとすれば、それは君が帰納推理ってものをぜんぜん誤解してる証拠だぜ。狩猟用語で言えば、ぼくはいっぺんだって『途方に暮れ《アット・フォールト》』たことがない。臭跡を失ったことなんぞ、ちっともないんだ。この場合にしても、鎖の環にはまだ罅《ひび》はいっていないやね。ぼくは謎を究極まで追いつめて行った。そして――その究極というのが釘だったのさ。その釘はどう見たって、もう一つの窓の釘とまったく同じ外観でしたよ。でも、こんな事実なんて（決定的に見えるかもしれないけれど）、手がかりの糸はこの地点まで伸び、そしてここで終っているのだという考えにくらべれば、物の数じゃなかった。『この釘が何か変なのにちがいない』とぼくはつぶやいて、釘に触ってみた。すると、頭のところがぽろりと、四分の一インチほどの胴の部分と一緒に、取れたじゃないか。胴の残りの部分は、釘穴のなかに残ったままだ。折れ口がすっかり錆びていたから、釘が折れたのはずいぶん前のことらしいね。金槌で、釘を窓枠の下部に叩きこむときに、たぶん折れたんだろう。頭の部分を、元のぎざぎざした箇所へそっとのせてみた。すると、どう見ても、ちゃんとした釘にしか見えない……折れ目は見えないんだ。ぼくはバネを押して、窓枠を数インチ、そっとあげてみた。釘の頭はつきささったまま、窓枠と一緒にあがってゆく、そして窓を閉めると、元通りの、一本の釘ができあがるんだ。

「この謎は、これで解けたわけさ。犯人は寝台のそばの窓から逃げた。彼が出ると、窓は自然に閉まって（それともわざわざ閉めたのかしら）、バネでしっかりと止まったんだよ。警察じゃ、バネで止まってるのを釘で止まってると勘ちがいして――もうそれ以上、調べる必要はないと思ったのだ。

「次の問題は、どういう具合に降りたかということだ。でも、この点については、君といっしょに家のまわりを歩いたとき、満足すべき答を得ていたんだよ。問題の窓から五フィート半くらい離れて、避雷針が一本立っている。もちろんこの避雷針からでは、窓にはいることはおろか、窓まで手をのばすことだって不可能でしょう。しかしぼくは、四階の鎧戸が独特のものだということに気づいたんですよ。それはパリの大工がフェラードと言っているもので……近頃ではあまり使われない。もっとも、リヨンやボルドーの古風な邸ではしょっちゅう見かけるけれど。形は普通の扉（と言っても、両開き扉じゃない、一枚扉）の形をしていて、違う点は、上半分が格子細工になっていることだ。つまり、手をかけるにはとても都合がよくなっている。そして、あの窓の鎧戸の幅は、約三フィート半は十分あった。ぼくたちが家の裏に廻って見たとき、鎧戸は両方とも半開きになって――つまり壁と直角になっていた。警察だってたぶんぼくたちと同様、邸の裏手を調べてはみたろうね。しかし、その場合でも、二つのフェラードをただ漫然と眺めただけじゃ（きっとそうだったろうと思うよ）、幅がこんなに広いんだってことが判らないし、どうしても幅のことを考慮に入れないことになってしまう。それに窓からでは逃げられっこないと思いこんでいるから、ざっと一通り調べただけでやめたのは、無理もないやね。しかしぼくには、寝台のそばにある窓の鎧戸を壁まですっかり押し開けば、避雷針へ二フィート以内の距離になるということがはっきりしていた。また、途方もない勇気をふるい、ものすごい力を出せば、避雷針から窓へ、こういう手段で達することができる、ということも明らかだった。二フィート半も手をのばせば（いいかい、鎧戸はすっかり開いていると仮定するんだぜ）、その泥棒は格子細工をつかまえることができるわけなんだ。そこで、避雷針をつかんでいたほうの片手を離し、足をぐっと壁にかけて、思い切って蹴れば、扉はあおりを食って閉まるだろう。もしそのとき窓が開いていれば、泥棒は部屋のなかへ飛びこめるわけじゃないか。

「さっきぼくが、こういう危険でむずかしいことをやってのけるには、極めて異常な行動力が要る、と言ったことを、特に忘れないでほしいな。ぼくの気持としては、もちろん第一には、たぶんこういうことは可能だったかもしれぬ、ということを示したいわけだ。でも、第二には（こっちのほうが主なんだけれど）、こういうことができる敏捷さというものは実に大変な……ほとんど超自然的なものだ、ということを印象づけたいんですよ。「もちろん、君は法律用語を使って言うだろう。『自己の主張を弁護するため』には、このことに必要な能力を十分に評価するよりもむしろ過小評価してかからなくちゃならぬ、とね。法律ではそうなっているだろうけれど、理性の習慣ではそうじゃない。ぼくの究極の目的は真実だけさ。そして、当座の目標は、今ぼくの言った極めて異常な行動力と、どの国の言葉なのか、一人ひとりの意見が全部ちがっていて、誰にも一音節だって聞きとれなかった、極めて特異な鋭い（不快な）高くなったり低くなったりする声とを、君に考えあわさせることなんだ」

こう語るのを聞いたとき、デュパンの真意が、半ば形をなしかけているぼんやりした状態で、ぼくの心をかすめた。ちょうど、人々が何かを思い出しかけていて、しかも結局は思い出せずにいるときのように、ぼくは理解にひどく近づいていながら、しかも理解することができないでいたのである。ぼくの友人はつづけた。

「判っているだろうけど」と彼は言った。「ぼくは逃げ方のことからはいり方のことへと話題を転じた。ぼくとしては、どっちの場合も、同じ所から同じようにしてやったんだということを言いたかったわけですよ。今度は部屋に戻って、なかの様子を調べてみるとしよう。箪笥《たんす》の抽斗《ひきだし》はひどく荒されていて、でもそのなかにはいろんなものが沢山、残っていたということだ。この理窟はおかしいぜ。単なる推測……馬鹿げた推測だし、しかも推測にすぎない。抽斗のなかにもともとあった品が、そっくりそのまま残っていたわけではない、とどうして判るのかしら？　レスパネー夫人母娘は、ひどく引籠って暮していた。訪問客もなかったし、めったに外出しなかったし、着替えの衣類もそう要らなかった。それなのに簞笥のなかにあったものは、少くともああいう女の人たちが持っていそうなもののなかでは、いちばん上等なものだったぜ。泥棒が取って行ったのなら、なぜ一番いいものを取らなかったんだろう？　なぜ、全部もってゆかなかったんだろう？　簡単に言っちまえば、足手まといになる衣類には手を出したくせに、なぜ、四千フランの金貨は置いて行ったのかしら？　いいかい、金貨には手をつけてないんですよ。銀行家のミニョー氏が言った金額は、ほぼ全額、袋にはいったまま床《ゆか》の上に投げ出してあった。だから、動機についての、あの馬鹿げた考え方は捨てちまったほうがいい、と忠告するね。あんなもの、家の戸口まで金を届けたという証言があったせいで、警察の連中の頭にひょいと浮んだだけのものじゃないか。こういう、金が配達され、そしてそれを受取ってから三日以内に殺人が起るなんてことよりも十倍も不思議な暗合が、ぼくたちみんなの人生に毎日おこっている。ただ、誰もそんなことに気がつかないだけさ。一般的に言って、暗合というものは、蓋然論《プロバビリティ》の理論をちっとも知らないように教育されてきた思索家たちにとって、大きな躓《つまず》きの石なんです。人間がおこなう探求の、最も輝かしい対象が、最も輝かしい例証を得ているのは、この蓋然論《プロバビリティ》のおかげなんですけどね。この場合だって、もし金がなくなっていれば、三日前に金を届けたという事実は、何か暗合以上のものを形成することになる。そうなれば、あの動機についての考えを裏付けることになったろうさ。でも、この場合の実情を見れば、この残虐行為の動機が金だと考えることができるためには、犯人は金と動機をいっしょに捨ててしまう位の、だらしのない馬鹿なのだろう、と想像しなくちゃならない。

「ぼくが今まで指摘してきたこと――異様な声、並々ならぬ敏捷さ、それにこれほど異常で兇暴な殺人事件なのに動機がないということ――を、しっかりと頭に入れて、さて今度は兇行そのものについて考えてみよう。一人の女が手でしめ殺され、頭を下にして煙突のなかへ詰込まれた。普通の殺人犯なら、こういう殺し方はしないね。少くとも、こういう具合に死体を隠しやしない。こんなふうに死体を煙突に詰込むやり方には、何かひどく変《ウトレ》なものがあるよね。たとえそういうことをした奴らが、考え得る限り最も堕落した人間だとしても、人間の行為というものについての常識とはほとんど相いれないものがある。それからまた、あの煙突のなかへ死体を詰込むときの力がどんなに強いものか、考えてみたまえ。何人も力を合せて、やっと引きおろすことができたんだぜ！

「今度は、大変な力がふるわれたことを示す、もう一つの証拠に移ろう。炉のところに、人間の灰いろの頭髪が一房――それもずいぶん沢山の分量――捨ててあった。根もとからむしりとられたものだ。二、三十本まとめてだって、頭からあんなふうに抜きとるには大変な力が要るってことは、よく判るでしょう。ぼくと一緒に君も見たわけだけれど、あの髪の根もとには（ひどいもんだったね！）頭皮が血まみれになって、くっついていた。あれを見れば、たぶん何十万本もの頭髪が一気に引抜かれたとき、どれだけものすごい力がふるわれたか判るよ。それに、老婦人の咽喉は、ただ切ってあるだけじゃなく、頭が胴体からすっかり離れていたっけ。いいかい、兇器はただの剃刀一本なんですよ。ここでまた、こういう行為の獣的な残虐さに気をつけてほしいな。レスパネー夫人の体の打撲傷については、ぼくは何も言わない。デュマ氏と彼の立派な補佐役のエティエンヌ氏は、これは何か鈍器で傷つけられたものだと言っていた。その限りでは、この二人の紳士の意見は正しいでしょう。鈍器というのは、明らかに、中庭の敷石なんですよ。レスパネー夫人は窓のそばの寝台から、その上に落っことされたのさ。判ってみれば実に単純な、こういう考え方が、警察の連中にできなかったのは、鎧戸の幅のことを見のがしたのと同じ理由です。つまり、釘のことがあったもんだから、窓が開く可能性があるってことなんぞ、思いもつかなかった。

「こういう事柄全部のほかに、部屋のなかの奇怪な乱雑さという要素がある。しかしこれは君がちゃんと考えてあることだろう。そこで、とうとう、びっくりする位の敏捷さ、超人間的な力、獣的な残虐さ、動機のない残忍さ、人間性から徹底的に縁遠い恐しい奇怪《グロテスクリ》な行為、いろんな国の人間の耳に外国語として響いた、ぜんぜん言葉が聞きとれない声という、幾つものことを綜合するところまで来たわけだ。どういう結果が出て来るだろう？　ぼくのしゃべったことは、君の空想に、どういう印象を与えたかしら？」

　ぼくはデュパンがこう訊ねたとき、戦慄を感じた。「気違いの仕業だ」とぼくは言った。「近所の精神病院《メゾン・ド・サンテ》から逃げ出した気違いなんだね」

「ある点では、君の意見は当ってないこともない」と彼は答えた。「でも気違いの声は、発作がいちばん激しいときでも、階段に聞えて来た特異の声のようなものじゃないんだよ。気違いはどこかの国民だから、どんな無茶苦茶なことを口走ろうと、音節というものははりちゃんとしている。それに、気違いの毛は、ぼくがいま手に持っているような、こんなものじゃない。ぼくはこの一房の毛を、レスパネー夫人のかたく握りしめた手から取って来たんだよ。君はこれを、どう思う？」

「デュパン！」とぼくは、茫然として言った。「この毛は変だ……人間の毛じゃない」

「人間の毛だなんて、言ってやしないよ」と彼は言った。「でも、この点について意見を決める前に、この紙に写して来たスケッチを見てみたまえ。これは、証言の或る部分に、レスパネー嬢の咽喉にある『指の爪による黒ずんだ打身と深い凹み』、それから別の箇所に、デュマ氏とエティエンヌ氏が、『明らかに指の圧迫による、一連の土いろの斑点』と言っているものの模写《ファクシミル》なんだ。

「君も気がつくだろうが」と、ぼくの友人はわれわれの前のテーブルに紙をひろげながらつづけた。

「この絵は、しっかりと固く握りしめたことを示しているね。指がすべった様子はないんだから。指の一本一本が、はじめに摑んだ通りに——たぶん相手が死ぬまで——ぎゅっと摑んでいたのだ。さあ、一つ一つの斑点に、君の指を全部、同時に当ててみろよ」

　ぼくはやって見たが、うまく行かなかった。

「これでは、フェアな実験のし方と言えないかもしれないね」と彼は言った。「この紙は平らな所に伸ばしてあるけど、人間の咽喉は円筒形なんだから。ほら、ここに薪が一本ある。太さが大体、咽喉くらいのものだろう。スケッチをこれに巻きつけて、もう一ぺん実験してみろよ」

　ぼくはやってみた。が、困難なことは前よりももっとはっきりしていた。「これは人間の手の痕じゃない」とぼくは言った。

「じゃ、これを読めよ」とデュパンは言った。「このキュヴィエの本の、ここん所を」

　それは東インド諸島に棲む、大きな、黄褐色のオラン・ウータンについての、解剖学的で叙述的な、詳細を極めた記述であった。この哺乳動物の、巨大な体躯、異常な力と行動力、野蕃《やばん》きわまる残忍さ、そして模倣的傾向は、すべての人によく知られているのである。ぼくは直ちに、この殺人事件の恐しさを完全に理解した。

「指についての叙述は、この図とぴったり合うね」と、ぼくは読み終えるとすぐに言った。

「ここに書いてある種類のオラン・ウータンでなくちゃ、君が写して来たような凹みをつけることはできないだろう。それにこの茶いろい毛は、キュヴィエが書いている動物の毛とそっくりだ。でも、ぼくにはまだ、この怪奇事件の詳しいところが判らないな。第一、二つの声が言い争っていて、そのうち一つは、はっきりフランス人だったじゃないか」

「その通り。でも君は思い出すだろう。この声についての証言で、異口同音といってもいいくらいに言われた文句――『うぬっ《モン・ディユー》』を。あの場合、この言葉は、一人の証人（菓子屋のモンターニ）がまさしく言ったように、たしなめるための、ないし、叱るための文句だったんだよ。だから、ぼくはこの二つの語を手がかりに、謎をすっかり解決できると考えたのだ。フランス人は殺人を知っていた。彼は、多分と言うよりも、ほとんど確実な位なんだが、この血みどろな兇行には手を下していない。オラン・ウータンは彼から逃げたんだろうよ。その男はオラン・ウータンを、この部屋まで追いかけて来た。ところがああいう騒ぎが持ちあがってしまい、つかまえることができなかったのだろう。そいつは、まだつかまってないね。まあ、推測はこの辺でよそう。（たしかに推測と呼ぶ権利しかないもんね。）なぜって、この推測の基礎になっている、陰影に富んだ考察は、ぼくの知性で判る程度のものじゃないし、それを他人に理解させることなんて、到底できないだろうからさ。だから、それは推測だということにして置こう。もし問題のフランス人が、ぼくが考えているように、この兇行に関して本当に潔白だったら、この広告が彼をぼくたちの家へ招きよせるだろうからね。昨夜、帰りに、『ル・モンド』の社に頼んで来たんだ。これは海運業専門の新聞で、船員がよく読むんですよ」

彼は新聞を手渡した。それには次のようにあった。――

「捕獲――於ブーローニュ森　本月＊＊日早朝〔つまり殺人のあった朝である〕ボルネオ産非常大黄褐色オラン・ウータン。飼主（多分マルタ島船舶乗組員）に返却致度。但要所有証明、捕獲保管費用支払。乞来訪フォーブール・サン・ジェルマン＊＊街＊＊番地四階」

「君はどうして知ってるの？」とぼくは訊ねた。「その男が水夫だとか、マルタ島の船に乗組んでいる、とかいうことが」

「知ってるわけじゃない」とデュパンは言った。「確実じゃないんだ。でも、このリボンのきれっぱしを見たまえ。形から言っても、油じみた感じから言っても、船員たちが好んでする長い弁髪《キュー》を結ぶのに使った、ということがはっきりしている。それにこの結び方は、船員以外にはやれない結び方だし、殊にマルタ島人独特のものなんだ。ぼくはこれを避雷針の下の所で拾った。二人の犠牲者がこういうものをしている筈はないやね。でも、もし万一、あのフランス人がマルタ島の船に乗組んでいるというぼくの帰納推理が間違っていても、それでもああいう広告を出して一向さしつかえない、と思うな。だって、もし合っていれば、大変なプラスだものね。あのフランス人は、殺人について無関係ではあるけれど、知ってはいるから、広告に応じてオラン・ウータンを受取りに来ることを当然ためらうだろう。その男はこういうふうに考えるだろう。――『おれには罪はない。おれは貧乏だ。オラン・ウータンは大変な値打がある……おれの身分では一財産だ。下らない危険をこわがって、みすみす手離していいものだろうか？　あれは今、手をのばせば届く所にいる。つかまえたのはブーローニュの森だと言うから――殺人の現場からずいぶん離れた所だ。あの獣があの兇行を犯したと、誰が思うものか。警察は途方に暮れている。ぜんぜん手がかりがない。もし万一、あの獣までたどってゆけたとしても、おれがあの殺人事件を知ってると立証することはできないだろう。また、おれが知ってるからと言って、おれを有罪にすることはできないはずだ。しかし、何よりも、おれのことはもう知られているのだ。広告の文句は、おれのことを獣の飼主だと言っている。彼がどの程度まで知っているのか判らないけれど。とすれば、おれのものだと判っているあの高価な財産を、もし取りにゆかなければ、おれは少くともあのオラン・ウータンに嫌疑をかけさせることになるわけだ。おれにだって、オラン・ウータンにだって、人の注意を惹かせるのはまずい。広告の言うように、オラン・ウータンを受取り、ほとぼりがさめるまで隠しておこう』」

　このとき、ぼくたちは階段に足音を聞いた。

「ピストルを持ちたまえ」とデュパンが言った。「だが、撃っちゃいけないぜ。ぼくが合図するまでは。見せたっていいけれども」

玄関の戸は開けてあったので、来訪者はベルを鳴らさずにはいり、階段をすこし昇った。が、彼はそこで躊躇《ちゅうちょ》しているらしかった。やがてぼくたちは、彼が降りてゆく足音を聞いた。デュパンはすばやく戸口へ行った。そのときぼくたちは、彼がもういちど昇って来る音を聞いた。今度は引返さない。覚悟をきめたように、部屋の扉をノックした。

「どうぞ」とデュパンが、陽気で快活な口調で言った。

男が一人、はいって来た。明らかに船員である。丈《せい》の高い、がっちりした体つきの、力の強そうな男。悪魔とでも取組みかねまじき顔つきだが、べつに無愛想な感じでもない。ひどく日やけした顔は、頰ひげと口ひげになかばおおわれている。大きな樫の棒を持っている以外、兇器を身につけている様子はなかった。無器用にお辞儀をして、「今晩は」と言った。そのフランス語は、ちょっぴりヌーフシャフテルなまりがあったが、パリっ子であることは十分わかった。

「ねえ、腰をおろしなさいよ」とデュパンは言った。「オラン・ウータンの件でお見えになったのでしょう。素晴らしいものをお持ちで、羨ましいですね。大変な値打物ですよ。あれは何歳ぐらいでしょうか？」

船員はほっと長い息をついた。まるで大きな重荷をおろしたという様子である。そして彼は、しっかりした口調で言った。

「判りませんね、それは。でも、四、五歳というところでしょう。ここに置いてあるんで？」

「いや、違います。ここで飼うわけにはゆきませんからね。すぐ近くの、デュブール街の貸厩《かしうまや》に置いてあります。明日の朝にはお渡しできる。もちろん、自分のものだという証明はできるでしょうね」

「できますとも」

「手離すのが残念なような気がしますけどね」とデュパンが言った。

「これだけ面倒かけときながら、只で受取ろうとは思ってませんです」と男は言った。「まさか、いくら何でもね。あれをつかまえて下さった謝礼を上げたいと思ってますよ――もちろん、法外なことを言われては困るけれど」

「なるほど」とぼくの友人は言った。「たしかにもっともな話だ。それじゃあ……どうしたらいいかな？　そうだ！　これがいい。謝礼はこうして貰おう。あなたの知ってる限りのことを、すっかり話していただくことにしましょう――あのモルグ街の殺人事件について」

デュパンは最後の所を、たいそう低く、そしてたいそう静かな口調で言った。それから彼は、これも同じように静かに、戸口へ歩みより、鍵をかけ、その鍵をポケットに納めた。そしてピストルを取出すと、じつに落ちついた態度で、それをテーブルの上に置いた。

船員の顔は、息がつまってもがいているときのように赤くなった。彼は立ちあがり、樫の棒をつかんだ。しかし次の瞬間、激しくふるえながら、死そのもののような表情でまた腰をおろした。彼は一言も口をきかなかった。ぼくは心の底から彼に同情していた。

「ねえ君」とデュパンは優しく言った。「あわてることはないんだよ、本当に。そうですよ。ぼくたちは、君に危害を加えるつもりはない。紳士としての名誉、フランス人としての名誉にかけて、君に何もしないってことを誓うよ。君がモルグ街のあの兇行に関して無罪だということは、よく判っている。でも、だからと言って、君があの事件に関係があるってことまで否定するのはよくないな。今までお話したことから、ぼくにはこの事件についての情報を得る手段があるってことは、きっと納得がゆくと思いますよ。手段と言っても、あなたには思いも及ばないような手段だけれど。そこで、話はつまりこういうことになります。君は、避けることのできたことは、みんな避けている——罪になることは、たしかにみんな避けている。それに君は、有罪だと言われる恐れなしに、物を盗むことだってできたのに、それもやっていない。だから、何も隠すことはないんですよ。隠す理由なんて、ありやしない。むしろあなたは、名誉にかけても、知っていることをぜんぶ言わなければならない。だって、無罪の男が一人、いま、牢に入れられているんですからね。その男が犯したと言われている罪の下手人は誰なのか、あなたは示すことができるのだ」

デュパンがこう語っているうちに、船員はだいぶ落ちつきを取戻したけれども、彼の態度に最初みられた大胆さは、もはや跡形もなかった。

「ああ！」と彼は、ちょっと経ってから言った。「知っていることを、全部お話しましょう。……でも、わたしの言うことの半分だって、信用してもらえないでしょうね。信用してもらえるなんて当てにしたら、わたしは馬鹿だってことになる。でも、わたしは潔白なんです。殺されたっていい。すっかり打明けましょう」

彼が述べたことは、おおよそ次のようなことである。彼は最近、インド諸島へ航海した。そして、ある一行に加わってボルネオに上陸し、奥地のほうへ遊びに出かけた。そこで彼ともう一人の者がオラン・ウータンを生捕りしたのである。この仲間は死んだので、オラン・ウータンは彼一人のものになった。帰りの航海では、この獣の御しにくい兇暴さのせいでさんざん骨を折ったが、結局、うまい具合に、パリの自分の家にとじこめることができた。そして彼は、近所の人からじろじろ見られるのが厭だったので、オラン・ウータンが船中で木片のため受けた傷がなおるまで、この獣を注意ぶかく隠して置いた。彼は、そのうちにこれを売ろうと思っていた。

あの殺人の夜、というよりももう朝になっていたが、彼は船員たちの宴会から帰宅して、自分の寝室にオラン・ウータンがいるのを発見した。隣りの小部屋にちゃんと閉じこめて置いたはずなのに、寝室へ侵入していたのだ。野獣は、手に剃刀を持ち、顔にシャボンの泡を塗りたくって、鏡の前に立ち、顔を剃《そ》る真似をしていた。きっと、これまで鍵穴から覗きこんで、主人のすることを見ていたにちがいないのである。こういう危険な武器が、こういう兇暴な動物――しかもそれを巧みに使うことができる動物――に握られているのを見たとき、男はすっかり怯《おび》えてしまって、しばらくの間どうしたらいいか判らなかった。しかし彼は、この獣がどんなに兇暴になっているときでも、鞭をふるえば静かになるということを知っていた。彼はこのときも鞭のことを思いついた。が、オラン・ウータンは鞭を見ると、すぐに部屋から出、階段を降り、運悪く開いていた窓から通りへ出て行ったのだ。

フランス人は絶望しながらもあとを追った。猿は、剃刀を手にしたまま、ときどき立ちどまって振返り、彼が追いつきそうになるまで彼の身振りを真似ていて、それからまた逃げ出す。追跡はこんなふうにして長い間つづいた。朝の三時だったので、通りはしんと静まり返っている。モルグ街の裏手にある横町を通っているとき、オラン・ウータンの視線は、レスパネー夫人の家の四階にある居室の、開いている窓から洩れる光をとらえた。猿はその家へ駈けよると、避雷針に眼をとめ、信じられないほどの敏捷《びんしょう》さでよじのぼった。そして、壁際にすっかり開いてあった鎧戸をつかむと、その鎧戸によって、直接、寝台の頭板《ヘッド・ボード》へ飛び移った。一切が、一分間とたたないうちの出来事であった。オラン・ウータンが部屋にはいるとき、鎧戸はその反動でまた元のように開いた。

船員はその間、喜びと当惑を二つながら感じていた。まず、野獣をつかまえることができそうだという大きな希望があった。オラン・ウータンが、自ら進んでとびこんだ罠《わな》から逃げ出す出口があるとすれば、それは避雷針だけである。降りて来るところをつかまえればいい。が、一方、家のなかで何をしでかすかという不安もあった。このことがあまり心配だったので、彼はさらにオラン・ウータンを追いかけることにした。避雷針を登るのはそう難しくなかったし、船員にとっては特にそうであった。しかし、窓の高さまで登ると、もうどうすることもできず、せいぜい、窓を左に遠く眺めて、部屋のなかを垣間《かいま》見るだけであった。が、彼はちらと垣間見ただけで、恐怖のあまり避雷針から手を離しそうになった。ちょうどこのとき、モルグ街の住人たちの夢を破ったあのすさまじい悲鳴が起ったのである。寝衣を着たレスパネー夫人母娘は、前に述べた鉄の箱を部屋の真中に引張り出し、そのなかの書類を調査していたものらしい。箱は開けてあった。そしてその中身は床《ゆか》の上に置いてあった。被害者たちは窓に背を向けていたにちがいない。野獣の侵入から悲鳴までのあいだの時間を考えてみると、多分すぐには気がつかなかったのだろう。鎧戸のぱたぱたいう音は、当然、風のせいだと思ったろうから。

船員が覗きこんだとき、巨大な野獣はレスパネー夫人の髪（それは梳《す》いたあとなので、解けていた）をつかまえ、床屋の真似をして、彼女の顔のあたりに剃刀を振りまわした。娘のほうは倒れていて、身動きもしない。卒倒したのだ。老婦人の悲鳴と身もだえ（この間に頭髪がむしり取られた）は、最初はたぶん穏やかな気持だったオラン・ウータンを憤怒させた。逞しい腕を猛然と一と振りすると、彼女の頭はほとんど胴体から離れた。獣の怒りは、血を見ると狂乱に変った。歯をくいしばり、眼を爛々《らんらん》と光らせて、娘の体にとびかかった。そして、恐るべき爪を彼女の咽喉に突き立て、息絶えてしまうまで離さなかった。このとき、猿の猛り狂ったきょろきょろした眼が、寝台の枕もとのほうを見た。すると頭板《ヘッド・ボード》の上に、主人の、恐怖にこわばった顔がちょっと見えたのである。恐しい鞭の記憶はたしかに残っていたのだろう、オラン・ウータンの憤怒はたちまち恐怖に変った。罰を受けるだけのことをしたという自覚はあるので、犯行を隠そうとしたらしい。ひどく神経質に興奮して、部屋のなかを駈けまわり、そうしながら、家具を倒したり、こわしたり、寝具を寝台から引きずりおろしたりした。結局、まず娘の死体をつかまえて、あんなふうに煙突のなかへつっこんだ。それからすぐ、老婦人の死体を、窓からまっさかさまに落したのだ。

猿が、切りきざんだ重荷を抱いて窓際へ来たとき、船員はびっくり仰天して小さくなり、避雷針にしがみついた。そして、降りるというよりはむしろすべり降りて、急いで家へ帰った。——この兇行の結果を恐れるあまり、オラン・ウータンの運命についてのあらゆる憂慮も忘れてしまって。人々が階段で聞いた言葉というのは、オラン・ウータンの悪魔のような声とまじった、フランス人の恐怖と驚きの叫びであったのだ。

附け加えるべきことはもうない。オラン・ウータンは部屋の扉がこわされる直前、部屋から出、避雷針をつたわって逃げたのに相違ない。そして、窓から出ながら、窓を閉めたのだろう。この猿は、そののち飼主の手でつかまえられ、たいそう高い値で植物園《ジャルダン・デ・プラント》に売られた。ル・ボンはぼくたちが警視庁へ行って（デュパンがいくらか講義口調で）事情を述べると、すぐに釈放された。警視総監はぼくの友人に好意的だったが、事件の転回ぶりに対する口惜しさを隠すことができず、人は誰でも自分の仕事に気をくばっていればいいのだというような厭味を、一つ二つ言わずにはいられなかった。

「勝手に言わせて置くさ」とデュパンは言った。警視総監に答える必要はないと考えていたのである。「しゃべらせて置けば、気がすむんだから。ぼくはあの男を、あいつの城のなかで打ち負かしてやったんだから、満足しているよ。でも、あの男がこの謎を解決するのにしくじったのは、彼が考えてるような不思議なことじゃない。だって、本当のことを言うと、ぼくたちの友人である警視総監は、深い思索者であるためには、いささか利口すぎるからね。あいつの智慧には、雄蕊がない。頭があって、胴体がない……ラヴェルナ女神の像みたいなもんさ。せいぜい、頭と肩だけ……鱈《たら》だよね。でもあいつは、結局いい奴さ。世間では利口者と言われているらしいが。ぼくは殊に、あいつの利口さを巧く批評した名文句があるせいで、あの男が好きなんだよ。彼の手口は、『あるものを否定し《ド・ニュ・ス・キエ》、ないものを説明する《エ・デクスプリケ・ス・キ・ネ・パ》』（ルソー『新エロイーズ』）というのさ」

# 盗まれた手紙

智慧にとって、あまりに明敏すぎることほど憎むべきことはない。
セネカ

一八＊＊年、秋、風の吹きすさぶ夜、暗くなって間もないころであった。ぼくは、パリのフォーブール・サン・ジェルマン、デュノ街三三、四階《オウ・トロワジエーム》にある、ぼくの友人オーギュスト・デュパンの小さな書庫兼書斎で、デュパンといっしょに、瞑想と海泡石《ミアシャム》のパイプという二重の豪奢を楽しんでいた。ぼくたちは少くとも一時間、深い沈黙をつづけていた。もし誰かが偶然ぼくたちの様子を見たならば、部屋の空気を重く圧している煙草の煙の渦にひたすら心奪われていると思ったかもしれぬ。しかし少くともぼくは、さきほど二人で語りあった事柄について、あれこれと考えていたのである。その話題というのは、あのモルグ街の事件、およびマリー・ロジェ殺しの謎であった。それゆえ、アパルトマンの扉があいて旧知の警視総監G＊＊氏がはいって来たとき、まるで一種の暗合のような気がした位だったのである。

　ぼくたちは心から彼を歓迎した。というのは、彼はひどく下らない人物なくせに、なかなか面白味のある男だからである。それに、ぼくたちが彼に会うのは数年ぶりのことだったのだ。ランプをともすためにデュパンは立ちあがった。それまでぼくたちは闇のなかに腰かけていたのである。しかしG＊＊が、ひどく困ったことになっている或る事件についてぼくたちに相談しようとして、と言うよりもむしろぼくの友人の意見を聞こうとして、やって来たのだと述べたとき、デュパンはランプをつけずに腰をおろした。

「考え事をするんだったら」と彼は、ランプの芯に火をつけるのをやめながら言った。「闇のなかのほうがいい」

「また、変なことを言うね」と警視総監は言った。彼には、自分の頭で理解できないことはなんでも「変な」で片付ける癖があって、すなわち彼は「変な」ことの大軍にとりかこまれて生きていたのである。

「その通り」とデュパンは言って、警視総監にパイプを渡し、安楽椅子を一つ彼のために押しやった。

「ところで、今度はどういう難事件です？」とぼくは訊ねた。「殺人事件はもう真平だな」

「違いますよ。そういうものじゃない。実を言いますとね、事件はひどく単純なものです。われわれの手でじゅうぶん処理できる。でも、デュパンが詳しい話を聞きたがるだろうな、と思ったものだから。何しろじつに変な話だから」

「単純にして変、というわけか」とデュパンは言った。

「まあそうだ。でも、そうとも言えないな。極めて単純な事件のくせに、全然わけが判らない。みんなすっかり途方に暮れているんだから」

「君たちを困らせているものの正体は、たぶん、その極端な単純さなんだろうよ」とデュパンは言った。

「馬鹿なことを言う！」と警視総監は、大声で笑いながらそれに答えた。

「たぶん簡単すぎる謎なんだろうな」とデュパンが言った。

「おやおや！　これは新説だ」

「自明すぎるのさ」

「ははは」と訪問者はひどく楽しそうに笑って、「ああ、デュパン、ぼくを笑い死させる気かい？」

「ところで、事件というのは結局どういうことなの？」とぼくが訊ねた。

「うん、いま話すよ」と警視総監は、煙草の煙を、ゆっくりと途切れさせずに、まるで瞑想に耽っているみたいにして吐き出してから、ようやく椅子に腰かけた。「要点だけ言いますよ。でも、その前に断って置かなくちゃならない。これは極秘の事件なんだ。誰かに話したなんてことが知れたら、たぶん、ぼくは免職になると思う」

いる」

「さもなきゃ、よすんだな」とデュパンが言った。

「じゃあ、打明けよう。さる身分の高い方から、こっそり知らせがあったんだが、極めて重要な書類が王宮から盗まれた。誰が盗んだかは判っている。この点は疑問がない。何しろ盗む所を見られているんですからね。それに、まだ彼の手もとにあるってことも判っている」

「どうして判るんだい？」とデュパンが訊ねた。

「その点ははっきり推論できる」と警視総監は言った。「一つにはその書類の性質から、それからもう一つは、その書類が犯人の手を離れたら直ちに生ずるはずの或る結果がまだ生じていないことから。……つまり、彼が最後にはその書類をこういうふうに使おうと思っているにちがいない、ある使い方があるんだ」

「もっと、はっきり言えよ」とぼくが言った。

「じゃあ、言おう。その書類はだね、その書類の所有者にある権力を……その権力が極めて貴重な方面において与えるのさ。」警視総監は外交官ふうの用語が好きだった。

「やっぱり、どうもよく判らないね」とデュパンは言った。

「判らないかい？　ふむ。もしその書類が、名前は言えないけれど或る第三者に暴露されると、さる高貴な方の名誉が問題になるんだ。そのことがあるから、書類の所有者は、名誉と平安が危険にさらされているさる有名な方に対して、有利な位置に立っているというわけだ」

「でも、有利な位置と言ったって」と、ぼくは口をはさんだ。「誰が盗んだか被害者は知ってるということを、犯人のほうでも知ってるわけだからな。いくら犯人がずうずうしくても……」

「盗んだのは大臣のD＊＊でね」とG＊＊は言った。「あいつなら、どんなことだって平気だ。人間にふさわしいことだろうと、ふさわしくないことだろうと。そのやり口がまた、大胆にしてかつ巧妙な盗み方でしてね。問題の書類――はっきり言ってしまえば手紙なんだが――を、被害者は王宮の婦人居間《ブドワール》に一人きりでいるとき受取った。ところがその貴婦人が、手紙を読んでいらっしゃるとき、とつぜんもう一人の高貴な方がはいって来た。その方にはとりわけ隠したいような手紙だったんですよ。あわてて抽斗《ひきだし》にしまおうとしたが駄目だった。仕方がないから、開けたまま、テーブルの上に置いた。でも、宛名が上に出て、中身は隠れていたから、その手紙は気がつかれないで済んだのです。ちょうどこのときD＊＊大臣がはいって来て、山猫のような鋭い眼ですぐに手紙をみつけてしまった。宛名の筆蹟には見覚えがあったし、それに貴婦人のあわて方を見ると、はは あと秘密に勘づいていたわけです。いつものやり方で要談を急いで済ませると、彼は問題の手紙にすこし似ている手紙を取出し、それを開け、読むふりをしました。それから今度は、例の手紙とぴったりくっつけて、テーブルの上に置いた。そしてまた、十五分ばかり、公務についてしゃべったんです。最後に退出するときになると、自分のものじゃない手紙をテーブルから取上げた。本当の持主のほうはそれを見ていた。でも、大臣の行為を咎《とが》めるわけにはもちろんゆかない。何しろ、第三者がすぐそばにいるんですからね。大臣は出て行った。テーブルの上に自分の手紙を残して……なあに、なんでもない普通の手紙さ」

「つまりこれで」とデュパンはぼくに言った。「有利な立場を完璧にするものが、きちんと出来あがったわけだね。犯人が誰なのか被害者には判っている、ということを犯人は知っている……」

「そうなんだ」と警視総監は答えた。「それに、こうして手に入れられた権力が、この数ヵ月、政治的な目的のために、じつに大々的に用いられているんだ。被害者のほうとしては、手紙を取戻す必要を日ごとに痛感することになる。しかし、もちろん、大っぴらにやるわけにはゆかない。とうとう、悩みに悩んだあげく、その貴婦人はぼくに事を託されたというわけなんです」

「あなた以上の賢い探偵なんて望めないし、想像もできないだろうからな」とデュパンは、たちこめている煙の渦のなかから言った。

「お世辞がうまいね」と警視総監は答えて、「まあ、そういう意見もあり得るかもしれないけど」

「君の言うように、手紙がまだ大臣の所にあるというのは確かだよ」とぼくは言った。

「彼に力を与えてくれるのは、手紙を持ってるということだからな。手紙を使ってしまえば、その力はなくなるわけだ」

「その通り」とG＊＊は言った。「ぼくはそう確信して捜査を進めたんです。まず最初の仕事は大臣官邸を徹底的に捜索することだった。この場合いちばん問題なのは、気づかれないように探さなくちゃならないということだ。こっちの計画を感づかせたらどんな危険なことになるかもしれないって、ぼくは何よりもそのことを注意されていた」

「しかし、そういう捜索ならお手のもの《オフェ》じゃないか」とぼくは言った。「パリ警察は今まで、しょっちゅうやって来たはずだぜ」

「うん、そうなんだ。だからこそ、ぼくは絶望しなかった。それにあの大臣の習慣が、こっちにとってひどく有難いものでしてね。一晩じゅう家にいないことがしょっちゅうなんだから。召使も大勢じゃないし。召使たちが眠るのは主人の居間からずいぶん離れた所だ。それに奴らはたいていナポリ者だから、酔っぱらわせるには都合がいい。御承知のように、ぼくの持っている鍵を使えば、パリ中のどんな部屋だろうと、戸棚だろうと、開けることができる。三ヵ月間というもの、ぼくが自分じしん出かけて行ってD＊＊の官邸を捜索しなかった晩は一晩もないんです。夜の間じゅう、ずうっと言っていい位ですよ。警察官としてのぼくの名誉に関することだし、それに打明けて言うと、報酬が莫大なんでね。だけど結局、捜索を断念したわけじゃないんだが、泥棒のほうがおれより頭がいいということを認める結果になってしまった。書類を隠せるような所は、家じゅう徹底的に探したんだがな」

「しかしどうだろう？」とぼくは言った。「手紙はたしかに大臣が持っていると、ぼくも思うけど、自分の邸以外のどこかに隠してるんじゃないかしら？」

「それは、ありそうもないな」とデュパンが言った。「二つの特殊な条件、つまり宮廷の事情と、それから殊にD＊＊が巻込まれているという評判の陰謀事件から推して考えると、書類が手もとにあることが必要だろう。いざというときにはすぐ取出せるということが、所有していることと同じくらい重要なはずだ」

「取出してどうするわけ？」とぼくは訊ねた。

「破棄してしまうのさ」とデュパンは言った。

「なるほど。書類が邸にあるのは確実だな。大臣が身につけている可能性は、まあ考える必要が全然ないだろうから」

「そうだよ」と警視総監は言った。「その点に関してなら、二回も待ち伏せをかけたんだ。追剝みたいに見せかけてね。ぼくが立会って、厳密に調べてやった」

「そんなこと、しなくてもよかったのに」とデュパンは言った。「D＊＊だって馬鹿じゃないと思うよ。馬鹿でない限り、待ち伏せされることぐらい、当然予測がつくさ」

「馬鹿じゃあない」とG＊＊は言った。「そしたら、詩人ってことになるぜ。詩人と馬鹿とはほんの僅かの差だと思うな」

「まったくだ」とデュパンは、海泡石《ミアシャム》のパイプからゆっくりと、考え事に耽りながら煙を吐いてから言った。「下手糞な詩を作った覚えは、ぼくにだってある」

「捜査のやり方をもっと詳しく説明してみたまえ」とぼくは言った。

「うん。たっぷり時間をかけましてね、あらゆる所を探した。ぼくはこういうことには多年の経験があるからな。建物全体を一部屋ずつ調べて行った。一部屋にまるまる一週間はかけて。まず、各室の家具を調べた。抽斗《ひきだし》という抽斗はぜんぶ開けてみたんですよ。御承知とは思うけれど、きちんと訓練を受けた警察官にとっては、秘密の抽斗なんてものはあり得ない。こういう捜査をやってて、いわゆる秘密の抽斗を見のがす奴がいたら馬鹿ですよ。明々白々なんだもの。あらゆる箪笥《キャビネット》は、容積がきちんと決っている。そしてわれわれの手には、正確な物指があるんだよ。一ライン（約一ミリ）の五十分の一だって見のがしゃしない。箪笥《キャビネット》の次には椅子を調べました。クッションは、いつか使ってるところを君に見られたことがある細い長い針で、いちいち検査した。テーブルは上板を外したんです」

「どうして、そんなことまで？」

「物を隠そうとして、テーブルとか、まあそういったものの上板を、外す奴がいるんですよ。その上で脚に穴をあけ、穴のなかに隠してから、元通りに上板をのせる。寝台の柱にも、てっぺんや底に、おんなし手を使う」

「穴は、叩いてみれば音で判るんじゃない？」とぼくは訊ねた。

「とても、とても。隠した物のまわりにたっぷり綿を詰められたら、もう駄目ですよ。それにこの事件では、音を立てちゃいけないと言われている」

「でも、外せやしないだろう？　つまり、家具を一つ一つ——君の言うような隠し方ができるものを全部、壊してみるなんてことは。手紙の一通ぐらい、細いこよりにすれば、形も容積も大きな編棒とおんなし位のものになる。そうなってしまえば、たとえば椅子の脚の桟《さん》のなかにだってはいる。君は、椅子を全部、壊したわけじゃないでしょう？」

「もちろん、そんなことはしない。もう少し気のきいたことをしましたよ。官邸の椅子の桟は一つ残らず調べたし、家具と名のつくものの継目《つぎめ》はすべて、たいへん大きくなる拡大鏡で検査した。近頃なにかした跡があれば、すぐに気がついたろうよ。何しろ錐屑《きりくず》たった一つでも、林檎《りんご》のようにはっきり見えるんだから。膠《にかわ》づけの所がきちんとしていなかったり、継目が普通より開いていたりすれば、確実にみつけてしまう」

「鏡の、裏板とガラスの間も調べたろうね。それから、ベッドやベッド・クロース、カーテンや絨毯《じゅうたん》も」

「もちろんさ。こういうふうにして、家具類を全部、徹底的に調べ終ると、今度は家屋のほうに取掛った。総面積を区分けして、調べ落す個所がないように、一つ一つ番号をつけた。それから、前と同じように拡大鏡を使って、邸じゅう一平方インチごとに調べた。隣りの二軒の家もね」

「隣りの二軒もだって！」とぼくは叫んだ。「大変だったろう」

「うん。でも、報酬が莫大なものだから」

「邸内の地面も調べたわけかい？」

「三軒とも、地面は煉瓦《れんが》で鋪装してあるから、そう大して手間取らなかった。煉瓦の間の苔を調べたが、動かした形跡は見当らない」

「もちろん、D＊＊の書類や書庫の本のなかは見たろうね」

「当り前ですよ。包みも束も、一つ残らず開けた。本も全部、開けましたよ。刑事がときどきやるような、振ってみるだけのやり方じゃ駄目だというんで、一ページずつページを繰って。それから、あらゆる本の表紙の厚さも測った。精巧この上ない物差でね。そして、拡大鏡を使って、ひどく疑り深い眼つきで検査したんです。もし最近、装釘をいじくりまわしているような気配があったら、見逃すはずはないと思いますね。製本屋から届いたばかりの五、六冊は、特に入念に、針で検査したんだし」

「絨毯の下の床板は？」

「もちろん調べたさ。絨毯をぜんぶ剝ぎ取って、床板を拡大鏡で見た」

「壁紙も？」

「うん」

「地下室は見たかい？」

「見た」

「じゃあ」とぼくは言った。「君は考え違いをしていたんだ。手紙は君が思っていたように、邸のなかにあるんじゃないのさ」

「どうも、そうじゃないかと思う」と警視総監は言って、「どうだい、デュパン、君はどうしたらいいと思う？」

「邸を徹底的に、もういちど捜索することだね」

「それだったら、ぜんぜん不必要だよ」とG＊＊は答えた。「手紙が官邸にないことは、ぼくが空気を吸っていることと同じくらい確実だ」

「じゃあ、ぼくにはもう忠告することはないよ」とデュパンは言った。「手紙の特徴は、もちろん、きちんと判ってるだろうね」

「判ってるとも！」と警視総監は言って、手帳を取出し、なくなった書類の内容とそれから特に外観を詳しく述べたものを朗読した。彼はこうして特徴を読み終ると、すぐに出て行ったのだけれども、この善良な紳士がこんなにまで意気銷沈《しょうちん》しているのを、ぼくはそれまで見たことがなかったのである。

　約一ヵ月後、警視総監はまたやって来た。ぼくたちはそのときも、前のときとほとんど同じようなことをしていた。彼はパイプを受取り、椅子に腰かけ、ごくありきたりな会話に加わった。とうとう、ぼくが言い出した。

「ところでねえ、G＊＊、あの盗まれた手紙はどうした？　結局、大臣を出し抜くなんてことはできないと諦めたんだろう？」

「あの野郎、癪にさわる男だ――そうですよ。でも、デュパンの言う通り、もう一ぺん調べては見たんだがね。骨折り損でしたよ。まあ、たぶんそうだろうと思っていたんだけど」

「報酬はどのくらい貰えると、君は言ってたかしら？」とデュパンが訊ねた。

「うん、とても多額でね――気前のいい話なのさ――どの位かは、詳しく言いたくはないけれど。でも、こう申上げることならできますよ、あの手紙を手に入れてくれた人にぼく個人から五万フランの小切手を進呈するのも辞さない、ということならね。実を言いますと、あの書類は日ごとに重要性を増しているのです。従って、報酬は最近、倍に引上げられた。もっとも、三倍の手当てが貰えるからと言っても、もうぼくにはこれ以上、打つ手がないんだけれど」

「なるほど」とデュパンは、海泡石《ミアシャム》のパイプを吹かしながらのろのろした口調で言って、「実は……ねえG＊＊……君はまだ全力を……尽してないと思うんだ。もう少し……何とかできるのにな」

「どういうふうに？」

「ねえ」とパイプをぷかぷかやりながら、「君は」（ぷかぷか）「この件で相談してるわけだね？」（ぷかぷかぷか）「アバニシーの話は知ってるかい？」

「知らないね。アバニシーなんぞ、くたばってしまえ！」

「ごもっとも！　アバニシーがくたばったって、知ったこっちゃないやね。でもね、昔むかし、一人のけちな金持がいましてね、このアバニシーから医学上の意見を只で聞き出そうとしたんです。彼はこう考えて、どこかで出会ったとき、なにげない会話のふりをして自分の病状をこの医者に相談した。架空の病人の病状みたいな話にしてね。

『この病人が仮りに』とその吝嗇漢は言ったんだな。『これこれしかじかの症状だとしますと、さて先生、あなたならどうしろとおっしゃいますか？』

『どうしろ、ですって！』とアバニシーは言った。『もちろん、医者に相談しろとすすめますね』」

「いや」と警視総監は、いささか狼狽しながら言った。「わたしは相談するつもりでいるんですよ。お金も払う。この件で助けてくれる人には、本当に五万フランお礼する気でいるんです」

「それなら」とデュパンは答えて抽斗《ひきだし》を開け、小切手帳を取出し、「さっき言った金額の小切手を、ぼくに書いてくれてもいいでしょう。署名してくれたら、手紙を渡すぜ」

ぼくはびっくり仰天した。警視総監はまったく雷に打たれたみたいだった。しばらくのあいだ彼は口もきかず、身動きもせずに、口をあけたまま、信じられぬといった様子でぼくの友人を見ていた。まるで、眼球が眼窩からとび出したような目つき。それから、いくぶん気をとりなおしてペンを取上げ、ちょっとの間ぼんやりして、虚ろな視線を投げてから、とうとう小切手に五万フランと書込んで署名し、それをテーブル越しにデュパンに渡した。デュパンは小切手を入念に調べてから、財布にしまった。そして、鍵で書物机《エスクリトワール》を開け、一通の手紙を出し、警視総監に渡した。警視総監はすっかり有頂天になってそれを鷲づかみにし、ふるえる手で開け、中身をすばやく一瞥してから、よろめくように戸口へ向い、結局、挨拶もしないで部屋から、建物から飛び出して行った。デュパンが小切手に書きこむことを彼に請求してから以後、彼は一言も口をきかなかったのである。

　彼が行ってしまうと、ぼくの友人は説明をはじめた。

「パリの警察は」と彼は言った。「その道ではたいへん有能なんだよ。あいつらは辛抱づよいし、器用だし、ずるいし、それに、職掌がら必要なように見える知識はたっぷり持っている。だから、D＊＊の官邸をどういう具合に探索したかをG＊＊が聞かせてくれたとき、ぼくはあの男がじゅうぶん調べあげたということは信用しましたよ。でも、彼の労力のおよぶ限りではね」

「彼の労力のおよぶ限りで？」

「そうだよ」とデュパンは言った。「適用された方法は、その種のもののなかで最上のものだったし、それにまったく完全に遂行されたんだ。もし手紙があの連中の捜査範囲内にあったら、きっと発見されていたにちがいないね」

　ぼくは笑いだした。が、彼は大まじめで語っているようであった。

「つまり」と彼はつづけた。「方法はその種のもののなかじゃあましなものだったし、実施の仕方も上手だった。欠陥は、それが事件と犯人にぴったり当てはまっていないということだったのさ。たしかに極めて巧妙な方法だったけれど、それは警視総監のばあい、一種のプロクルステスの寝台（ギリシア伝説に出てくるアッティカの盗賊プロクルステスの手中におちいった旅人は、鉄の寝台に縛りつけられ、もし身長が長すぎれば手足を切られ、短かすぎれば寝台に合うように引き伸ばされた。）にほかならなかった。つまり、寝台に無理やり当てはめていたわけさ。そして彼は、扱っている事件を、あまり深く考えるかあまり浅く考えるかして、いつも失敗してしまう。この点では、あの男よりも利口な小学生が大勢いますよ。ぼくは八つになる小学生をひとり知っているけど、この子は『丁半《ちょうはん》あそび』のときいつも勝つので評判だった。これは簡単な遊びでしてね、おはじきでするんだ。一人がたくさんのおはじきを手に握って、数が偶数《ちょう》か奇数《はん》か、相手に訊ねる。答が合っていれば、相手が一つ取る。間違っていればこっちが一つ取るわけさ。ぼくが言ったその子は、これでクラスじゅうのおはじきを手に入れてしまった。もちろんこの子には、当てる原理というようなものがあった。原理と言ったって、相手の賢さを観察し推《お》し量《はか》ることなんだけどね。たとえば相手である大馬鹿が、握った手を突き出し、『丁か半か？』と訊ねるとするね。ぼくの言う小学生は『半』と答えて負けるかもしれない。でも、二度目には勝つんだな。なぜかといえば、そのとき彼は心のなかでこうつぶやくからだ。『この馬鹿は最初のとき偶数《ちょう》のおはじきを持っていた。ところでこいつの利口さの程度は、二度目には奇数《はん》に変える位のところだろう。そこでおれは半と言おう。』そして彼は半と言い、勝つわけなんだ。これよりもう少し上の馬鹿が相手のときは、こういうふうに考えるんだな。『こいつは、最初のときおれが半と言ったことを知ってるから、二度目には、まずあのさっきの馬鹿と同じように丁から半へという単純な変化をやりたくなるだろう。でも、これではあまり単純すぎると思い直して、結局、前のとおり丁にしようと決心するだろう。だからおれは丁と言おう。』そして彼は丁と言い、勝つわけなんだ。ところで、この小学生のこういう考え方は……仲間はただ『ついている』と言うだけだったけれど……分析してみれば一体なんだろう？」

「それはつまり」とぼくは言った。「推理者の側の知性と相手の知性を一致させる、ただそれだけの話さ」

「そうだ」とデュパンは言った。「ぼくはその子に訊《き》いてみたんだよ。どういうふうにして、その、彼の成功の基盤である完全な一致を手に入れることができるのか、とね。そしたら、返事はこうだった。『誰かが、どのくらい賢いか、どのくらい馬鹿か、どのくらい善人か、どのくらい悪人か、とか、今こいつは何を考えているか、とかいったことを知りたいときには、自分の顔の表情をできるだけぴったりと相手の表情に似せるんです。そういうふうにして待ちながら、自分の心のなかに、表情にふさわしいどんな考え、どんな気持が湧いてくるかを見るのです。』この小学生の返事は、ラ・ロシュフーコー、ラ・ブリュイエール、マキャヴェルリ、カンパネーラなどにあると言われている、あの贋《にせ》の深刻さの底に流れるものと、まったくおんなしだね」

「君の話をぼくが理解しているとすれば」とぼくは言った。「推理者の知性を相手の知性と一致させるかどうかは、相手の知性を推し量るときの正確さにかかっているわけだね」

「実用的な価値という点では、たしかにそうさ」とデュパンは言った。「警視総監とその一党があんなにしょっちゅう失敗するのは、まず知性の一致が欠如しているせいだし、更に言えば、自分が相手どっている知性に対する測定の間違い、と言うよりもむしろ測定の欠如のせいなんだ。あの連中は、自分じしんの頭のよさしか考えない。だから、隠してあるものを探すときだって、自分たちが隠すんだったらこういう具合にやるというような隠し方にしか注意しないことになる。彼らのこういうやり方は、多くのばあい正しいんですよ。あいつらの頭のよさは、そっくりそのまま大衆の頭のよさの代表なわけだからね。しかし、悪漢の利口さが連中の頭の働きとは性質が違うときには――もちろん裏をかかれるわけさ。こういうことは、相手の知力がこっちより上のばあいには必ず起るし、下の場合だってしょっちゅうな訳だ。あの連中が捜査に当って原理を変えるなんてことはないんだよ。せいぜい……ごく緊急のばあいとか、謝礼金がうんと高いときとかに……原理はもとのままで、昔ながら手口を大々的にやるだけさ。たとえばこのD＊＊事件で、行動原理をどれだけ改めてるかしら？　穴をあけたり、針でさぐったり、拡大鏡で調べたり、建物の表面をきちんと何平方インチかに分けて番号をつけたり——こういうことは全部、ある捜査原理、ないし一組の捜査原理を大がかりにしただけのものじゃないかしら？　警視総監が長い間、毎日まいにち仕事をしながら作りあげてきた、人間の頭脳についての考え方があって、それに基いてこの原理は出来あがっているわけさ。君も気がついたろう？　あの男の考え方によれば、人間は誰も彼も、手紙を隠すときには、よしんば椅子の脚に錐《きり》で穴をあけないにしても、凝《ルシエルシエ》った所にある穴とか隅っことか（つまり結局のところ、椅子の脚に錐であけた穴に隠すのとおんなし考え方なんだけれど）まあそういう所に隠すもの、ということになっているんだよ。それから、これも気がついたろうけど、こういう妙な隠し場所は普通の場合にだけ当てはまるし、普通の頭脳の持主しかこういう手は使わない。なぜかと言えば、ものを隠すときにはいつだって、こういう凝《ルシエルシエ》ったやり方で処置するのがまず最初に考えることだし、従って相手にも考えられてしまう。だから、それを発見するにはべつに烱眼《けいがん》は必要じゃない。探し求める側に丹念さと忍耐と決意さえあればそれで十分だ。そしてこの三つのものは、重大事件のときには——つまり、報酬が莫大なときにはと言っても同じことなんだが——必ずついてくるものさ。さあ、これで判ったろう、ぼくの言った意味が。もし盗まれた手紙が警視総監の原理の範囲内のどこかに隠されていたら……換言すれば隠し方の原理が警視総監の原理のなかにあるものだったら……ほとんど問題にならないくらい簡単に発見されたろう、ということの意味がね。ところがあの公務員は徹底的に瞞されてしまった。彼の敗北の遠因は、『大臣は馬鹿である。なぜならば彼は詩人として名声を得ているから』という推論を下したことにある。あらゆる馬鹿は詩人である、というふうに警視総監は感じているんだな。そしてこのことから、逆に、あらゆる詩人は馬鹿であるというふうに推論したとき、彼は媒辞不周延《ノン・ディストリビューシオ・メディイ》のあやまちに陥ってしまったわけさ」

「でも、詩人というのは本当かい？」とぼくは訊ねた。「二人兄弟だと聞いたよ。どっちも文名があってね。大臣のほうは微分学に関する博学な著述があったはずだ。あれは数学者ですよ。詩人じゃない」

「それは君の間違いだ。ぼくはあの男をよく知ってるけど、両方なんです。詩人でしかも数学者だからこそ、彼は推理に長《た》けているのさ。単なる数学者だったら、推理なんかちっともできなくて、警視総監の思うままになったろう」

「君の説はぼくをびっくりさせる」とぼくは言った。「だって、世間の考え方と真向から対立する意見だものね。まさか、何世紀にもわたって親しまれてきた考え方を、否定しようとするんじゃないだろうね。数学的推理こそ、長いあいだ、特に優れた《パー・レクセランス》推理だとされているものなんだぜ」

「『世間のあらゆる通念、世間承認ずみのあらゆる慣例は、《イリア・ア・パリエ・ク・トウト・イデ・ピュブリーク・トウト・》愚劣なものだと断言して間違いない。《コンヴァンシオン・ルシュ・エチュヌ・ソティーズ・》なぜなら、それは大衆むきのものだからである《カール・エ・レ・コンヴニュ・オ・プリュ・グラン・ノンブル》』」とデュパンはシャンフォールの言葉を引用して答えた。「たしかに数学者たちは、君がいま言った通俗的な誤謬《ごびゅう》を世の中にひろめるため全力を尽してきたろうさ。でも、いくら真理としてひろめられていようと、やはり誤謬は誤謬だ。たとえばあの連中は、もう少しましなことに使ったほうがふさわしい位の巧みさで、『分析』という言葉を『代数学』に適用できるみたいにほのめかしてきた。この詐欺《さぎ》行為の元祖がフランス人さ。しかし、もし言葉というものに何がしかの重要性があるなら……つまり言葉が適用できるのはなんらかの価値を引きだす場合だけであるなら……『分析』はぜんぜん『代数学』を意味しやしない。ちょうどラテン語で、『戸別訪問《アンビトウス》』が英語の『野心《アンビション》』と、『几帳面《レリジオ》』が『宗教《レリジョン》』と、『名士《ホミネス・ホネスティ》』が『偉人《オウナラブル・メン》』と、意味の上ではなんの関係もないようにね」

「ほう、君は今」とぼくは言った。「パリの代数学者たちと喧嘩をしてるわけなんですね。大いにやりたまえ」

「純粋に論理的な形式以外の特殊な形式でおこなわれる推理には、適用性という点でも、価値という点でも、ぼくは反対だな。数学的研究から引き出される推理には、特に反対する。数学というのは形式と数量の科学だ。そして数学的推理なるものは、形式と数量についての観察に対して適用された論理……にすぎないんですからね。いわゆる純粋代数学の真理だって、それが抽象的真理ないし一般的真理だと考えるのは大間違いさ。こいつは言語道断な間違いでね、それなのに世間で広く受入れられているのを見ると、ぼくなんかすっかり驚いてしまう。数学の公理というのは、一般的な真理の公理じゃないんだよ。形式と数量の関係について真実であることが、まあ例えば倫理については非常に間違っている、なんてことはしょっちゅうあるぜ。倫理学では、部分の総和は全体であるということは、真実じゃないのが通例だ。それに化学の場合だって、数学的な公理は通用しないぜ。動機についての考察で、もう駄目になってしまう。なぜなら、たとえばそれぞれの価値をもつ二つの動機があった場合、その二つが結びつけられても、離れているときの価値の和とは必ずしも等しくないんだからな。数学の真理のなかで、形式と数量の関係の範囲内でのみ真理であるものは、このほかにも無数にありますよ。ところが数学者たちは、習慣になっているもんだから、こういう限界のある真理のことを、まるであくまでも普遍的な適用性のあるもののように論ずる。そして世間でもそれを真に受けるのさ。ブライアントが、あの該博な『神話学』のなかで、これとよく似た誤謬がどういうわけで生じるかを論じている。ブライアントは言うんだ。『われわれは誰ひとりとして異教徒の神話を信じない。しかるにわれわれは、たえずそのことを忘れ、神話を実在するものと見なして推論をおこなうのである。』ところが数学者たちは異教徒なもんだから、この『異教徒の神話』を信じて推論をおこなうわけですよ。ついうっかり忘れているせいじゃなくて、むしろ、奇怪《きっかい》な頭の悪さのせい……だと思うな。要するにぼくはまだ出会ったことがないんだ。単なる数学者で、しかも等根以外のことで信用できる人とか、$x^2+px$ は絶対に無条件に $q$ に等しいという信念をひそかにいだいていない人とかに、ね。こういう紳士がたの一人をつかまえて、$x^2+px$ がたまたま $q$ でない場合もあり得ると思うと言ってやりたまえ。でも、君の言わんとするところを相手に呑込ませたら、できるだけすばやく、相手の手のとどかない所へ逃げなくちゃ。なぜかと言えば奴さん、きっと君をぶんなぐるだろうからね」

この最後の言葉にぼくが笑っていると、デュパンはつづけた。「だから、もしあの大臣が単なる数学者だったら、警視総監はこの小切手を切らなくてもすんだろう、とぼくは言いたいのさ。ところがあの大臣は詩人兼数学者だってことを、ぼくは知っている。そこで、周囲の事情を考慮に入れた上で、あの男の才能にぴったり合うような方法を採用したわけだ。それにぼくは、彼が廷臣であり大胆な陰謀家《アントリガン》であるってことも、知ってるしね。まさかそういう男が、警察のやる普通の手口を知らないはずはないだろう、とぼくは考えた。待ち伏せなんてことは予期していたに決っている。そして、事実その通りだったじゃないか。邸をこっそり捜査されることだって判っていたろう、とぼくは考えた。夜分しょっちゅう家をあけて留守にしたことを、警視総監は好都合だと言って喜んでいたけれど、なあに、あれは徹底的に捜査させるための詭計《リューズ》ですよ。手紙が邸内にないという、G＊＊が最後にたどりついた確信に、それだけ早くゆきつかせることができる訳だからね。それからぼくはこういうことも感じた。つまり、今ぼくが君にかなり骨を折って説明した、隠してあるものを警察が探すときの一本調子な方針……この考えは全部、大臣の心にきっと訪れたにちがいない、とね。とすれば、大臣は普通の隠し場所なんてものを、きっと馬鹿にするだろう。官邸のなかのいちばん入組んだ人眼につかない場所だって、警視総監の眼と探針と錐《きり》と拡大鏡にかかれば、ごくありふれた戸棚も同然だということに気がつかないほどあの男は馬鹿じゃない、とぼくは思ったのさ。彼はこの単純な真理に当然ゆきつくことになった、ということがぼくに判った。まあ、たとえ熟慮の末に選択したのじゃないにしてもね。君は覚えていないかしら？　最初のとき、この事件は極めて自明だからかえって手を焼くことになる、とぼくが言ったら、警視総監が大笑いしたことを」

「覚えてるとも。ひどく御機嫌だったじゃないか。ひきつけを起しやしないかと、心配した位だった」

「物質界には」とデュパンがつづけた。「非物質界とじつに厳密に似ているものがたくさんある。隠喩や直喩が文章を飾りたてるだけでなく、議論に力を与えるにも役立つという、あの修辞学の信条にも本当らしいところが出てくるのは、このせいなのさ。たとえばあの慣性《ヴィス・イナーシエ》の原理は物理学でも形而上学でも同じらしいんだ。物理学では、より大きな物体はより小さな物体より動かしにくい、そしてそれに伴う運動量《モーメンタム》はこの動かしにくさと比例するというのが真理だ。同様に形而上学では、より優れた知性の持主はより劣った知性の持主に比べて、いったん行動を起せば力強いし、恒久性があるし、勝算も大きいけれども、しかしその反面そう簡単には動きださないし、行動の最初の段階では何か当惑したみたいにためらいがちである、というのが真理なんだな。もう一つ例をあげようか。商店の看板では、どういうのがいちばん人目につくか、考えたことがあるかい？」

「一度も考えたことがないな」とぼくは言った。

「地図を使ってやるパズル遊びがあるね」と彼はつづけた。「町や河や州や帝国の名……要するに何でもいいから、ごちゃごちゃしている地図の上の名前を言って、相手に探させるわけだ。初心者は、いちばん細かな文字で書いてある名前を言って、相手を困らせようとするのが普通だけれど、上手《じょうず》になってくると、地図の端から端まで大きな字でひろがっているような言葉を選ぶ。こういう名前は、街の通りの看板やプラカードであまり大きな字を使っているものと同じように、極端に目立つせいでかえって見のがされてしまうわけだ。つまりこの場合、肉体的に見のがすということは、あの、あんまり判りきって明々白々なものだからかえって気づかずにすますという、精神的に不注意であることと、じつによく似てるんだな。もっともこういうことは、警視総監の理解力を上廻るか下廻るかしているようだね。大臣が世界中のあらゆる人間の眼をごまかす手段として、彼らの目と鼻のさきに手紙を置くなんてことは、警視総監にはぜんぜん思いつかなかったのさ。

「まず、D＊＊が大胆で勇敢で明敏で賢いということ。それから、もし彼がその手紙を役に立てて使う気でいるなら、いつでも手元に置くしかないという事実。そして第三に、いつもの捜査範囲には隠されていないという警視総監の証言。これらのことを考えれば考えるほど、ぼくにはいよいよはっきり判って来たんですよ。大臣はこの手紙を隠すために、ぜんぜん隠さないという、じつに意味深長な、そしてじつに聡明な手段をとったのだ、とね。

「こういう考えで頭がいっぱいになると、ぼくは緑いろの眼鏡を用意し、ある晴れた朝、ひょっこり訪ねて来たという様子で大臣の官邸を訪れた。D＊＊はちょうど在宅で、いつもの通り、欠伸をしたり、ぶらぶら歩きまわったりして、倦怠《アンニュイ》にひどく悩まされているという振りをしていた。たぶんあの男こそ、この世でいちばん精力的な人間なのにね。……でも、これは誰も見ていないときの話さ。

「こっちも負けないように、眼の弱いことをぶつぶつ愚痴をこぼして、眼鏡がいることを嘆いてやった。そして主人の話に耳を傾けているような振りをしながら、眼鏡の下からじろじろ部屋のなかを見廻した。

「彼のすぐそばにある大きな書きもの机には、特に注意を払った。その上には、いろんな手紙や書類がごたごたと、一つ二つの楽器や数冊の本といっしょに乗っかっていた。でも、長い時間かけて丁寧に調べた結果、ここには特に疑わしいものが何もないってことが判った。

「部屋のなかを見廻しているうちに、とうとう、ボール紙製の、透し細工をした安物の名刺差しに、ぼくの視線が行った。マントルピースの真中のすぐ下にある、小さな真鍮のノッブから、きたない水いろのリボンでぶらぶら吊してあるのだ。この名刺差しには三つか四つ仕切りがあるのだが、名刺が五、六枚に手紙がたった一通、差してある。手紙はひどく汚れて、皺《しわ》くちゃになっていた。真中のところで引きちぎれかけている。まるで、不用の手紙だと思って最初はやぶくつもりだったけれど、次の瞬間に気が変って止めにしたみたいな様子なんだ。ひどく目立つ、D＊＊の組合せ文字のついた大きな黒い封蠟が押してあって、表書はこまかな女の筆蹟で、大臣にあてたものだった。これが、名刺差しの上の仕切りに、ぞんざいに、人を馬鹿にしたような感じで入れてある。

「この手紙をちらっと見たとたん、これこそおれの探しているものだ、とぼくは決めてしまったね。たしかに、それはどう見たって、警視総監が読みあげてくれた詳しい説明とはまったく違うものだった。こっちのほうの封蠟は大きくて黒いし、D＊＊の組合せ文字がついている。あっちのほうの封蠟は小さくて赤いし、S＊＊公爵家の紋章がついている。こっちの宛名は大臣になっていて、こまかな女文字。あっちの表書はさるやんごとない方に宛ててあって、とても肉太な、しっかりした字で書いてある。両方に共通するのは大きさだけさ。しかし、こういう相違はあまり極端に根本的だし、手紙がこんなふうにきたならしく薄よごれていて引き裂かれている状態は、D＊＊の本性である几帳面なたちと非常に矛盾しているし、それからもう一つ、この手紙はつまらぬものだということを見る者に信じこませたい意図を暗示しすぎているし……それにこの手紙は、どんな訪問客の眼にもさらされるような、ひどく人目につきすぎる所にあって、ぼくが前に到達したあの結論にぴったり一致するし……だから、疑念をいだいてやって来た者にとっては、その疑念をますます濃くしてくれることになったのだ。

「ぼくは、できるだけ長くそこにいるようにして、大臣が関心を持ち、夢中になるにちがいない話題をとりあげ、彼を相手どって熱心に議論をつづけた。そしてその間、注意力は手紙のほうに釘づけというわけさ。こんなふうにして検討しながら、手紙の外観や、名刺差しのなかにどんな具合に入れてあるかってことを覚えてしまった。そして、とうとう最後に一つの発見をしたんだ。これは、たとえどんなに些細な疑問があったとしても、すっかり解消してしまう位の大発見だったね。手紙の端をじっと見ると、必要以上に手ずれがしていることに気がついた。堅い紙を一度たたんで紙折り篦《べら》で押しをかけたやつを、最初に折ったときと同じ折目のところで裏返しに折ったときにできる、ささくれた感じの折り目なのさ。こいつを発見すれば、もうそれで十分だった。手紙が手袋みたいに裏返しにされ、宛名を書き直し、封蠟を押し直したってことがはっきりした。ぼくは大臣に別れの挨拶を言って、すぐに立ち去った。テーブルの上に金《きん》の嗅ぎ煙草入れを残してね。

「翌朝ぼくは、嗅ぎ煙草入れを取りに行って、前日の議論を、ひどく熱心に、また始めたわけだ。そうこうしているうちに、ピストルかなんかのような大きな爆発の音が官邸の窓のすぐ下で聞え、つづいて、恐しい悲鳴と群衆の叫びがあった。D＊＊は走って行って窓をあけ、外を見た。ぼくはその間に、名刺差しに近より、手紙を抜きとってポケットに納め、そのあとには模造品《ファクシミリ》（外見だけのものだよ）を入れた。なあに、家で丹念にこさえて置いたものさ。D＊＊の組合せ文字なんざ、パンで作った封印で苦もなく真似ることができるもの。

「通りの騒ぎは、マスケット銃を持った男の気違いじみた行動が原因さ。女子供がいっぱいいるなかで、一発ぶっぱなしたんだ。でも、空砲だということが判ったので、気違いか酔っぱらいだろうということになって、釈放されたけれど。その男が行ってしまうと、D＊＊は窓の所から戻って来た。もちろんぼくも、目的のものを手に入れるとすぐ窓際へ行っていたんだけれどね。ぼくはそれから間もなく大臣と別れた。贋《にせ》気違いは、ぼくが傭った男さ」

「しかし」とぼくは訊ねた。「手紙の代りに模造品《ファクシミリ》を置いてきたのは、どういうわけなの？最初の訪問のとき、大っぴらに取って、帰ってくればよかったのに」

「D＊＊は」とデュパンは答えた。「向う見ずな、勇敢な男だ。それに官邸には、あの男に命を献げた召使もいる。もし君の言うような乱暴なことをやろうとしたら、大臣の御前を生きて退出することはできなかったろうね。それっきり、パリのみなさんはぼくの噂を耳にすることがなかったろう。もっとも、そういう考えとは別の目的もあったんだ。ぼくの政治上の贔屓《ひいき》のことは、君も知っているだろう。ぼくはこの事件では、問題の上流婦人の味方として行動している。大臣は彼女を、一年半の間というもの、自家薬籠中のものとしていた。そして今度は、彼女のほうがそうする番なのさ。だって、大臣は手紙がなくなったことに気がつかないから、あるつもりで、今まで通りの横車を押すだろうからね。こうして、たちまち政治的破滅に落ちこむことは目に見えている。それにあの男の没落は、見っともなくって、しかも急激だろうよ。『地獄へと下るは易し《ファキリス・デスケンスス・アヴェルニ》』（ウェルギリウス『アエネイス』第六巻第一二六行）と口で言うのは結構だが、でもね、カタラーニ（一七七九—一八四九。イタリーの有名な歌手。ポーのイギリス滞在中、ロンドンにいたことがある）が声楽について、低音から高音へと歌うほうがその反対よりずっと易しい《イージー》と言っているように、昇るほうが降りるのよりも遥かに気楽《イージイ》なんだよ。まあ、ぼくはこの件に関しては、落ちてゆく男になんの同情も……少くとも憐れみの情などちっとも感じないけれど。彼はあの『恐しい怪物《モンストルム・ホルレンドゥム》』（ウェルギリウス『アエネイス』第三巻第六五八行）、破廉恥な天才なのさ。ところで白状すれば、大臣が総監のいわゆる『さる身分の高い方』という女性に反抗されて、やむをえず、名刺差しのなかのあの手紙を開くとき、一体どういうことを考えるか——ぼくは詳しく知りたくってね」

「どうして？　何か変ったものでも入れて来たの？」

「うん……白紙のままにして置くのも気がひけたから……やはり失礼だろうよ、それは。D＊＊は昔ウィーンで、ぼくをひどい目にあわせたことがある。そのときぼくは上機嫌で、このことは忘れませんよ、と言ってやった。だから、いったい誰に出し抜かれたのか知りたいだろうと思ってね。せめて手がかりぐらいは与えてやらなくちゃ、かわいそうだもの。あの男は、ぼくの筆蹟はよく知っているんだ。ぼくは真白な紙の真中にこう書いて置いた。

　こういう恐しい企みは《アン・デサン・シ・フィネスト》
ティエストにはふさわしい。《スィル・ネ・ディーニュ・ダトレ》アトレにふさわしくないとしても。《エ・ディーニュ・ネ・ティエスト》

クレビヨンの『アトレ』のなかの句だよ」

# マリー・ロジェの謎*

## 『モルグ街の殺人』の続篇

現実の出来事と並列をなす、一連の観念的な出来事があるものだ。両者が一致することは滅多にない。人間と環境のせいで、一連の観念的な出来事が緩和されてしまうのが通例なのである。従って、それは不完全なものに見えるし、その結果もまた同じように不完全なものとなる。宗教改革の場合もこれと同様である。プロテスタンティズムの代りにルーテル主義が来たのだ。

ノヴァーリス** 『道徳論』

一見したところ極めて驚嘆すべき性格のものであって、もはや単なる偶然の一致としては理知が承認できないほどの偶然の一致に際会した場合、漠然とではあるにせよ、とにかく興奮を感じながら、超自然的なものの存在をなかば信じる気持になる――という経験を持たない人は、最も冷静な思索家たちのなかにさえ珍しいであろう。こういう感情――ぼくがいま述べたような半ば信じる状態には思想と名づけるほどの力強さがないから敢えて感情と呼ぶのだが——を完全に克服するには、チャンスの法則、すなわち専門語で言うところの、確率の計算によらねばなるまい。が、しかしその計算は、本質においては純粋に数学的なものなのである。それ故ぼくたちは、科学における最も厳密に正確なものを、思考における最も不可解なもの——影のごとく霊のごときものへと援用するという、無法なことをおこなうわけなのである。

今ぼくがここに公けにしようとしている異常な事件の詳細が、ほとんど理解を絶した一連の偶然の一致の、時間的順序から言えば第一の部分をなすものであり、その第二の部分、ないし最後の部分が、最近の、ニュー・ヨークにおける**メアリ・シシリア・ロジャーズ**殺しであることは、あらゆる読者が認めるところであろう。

一年ほど前、『モルグ街の殺人』と題する文章において、ぼくの友人である勲爵士《シュヴァリエ》、C・オーギュスト・デュパンの精神的性格における顕著な特徴を描こうとしたとき、この主題をもういちど取扱おうなどとは、ぼくは夢想だにしなかったのである。そもそも、性格を描写することがぼくの意図であったのだ。そしてこの意図は、デュパンの特異性を証明することとなった、あの気違いじみた事件において、間然するところなく達成されていたのである。もちろん、他の例を附加することは可能であろう。しかしそのことは新しい証明とはいささかもなるまい。だが、最近おこったあの事件の驚くべき展開ぶりは、ぼく

*（原注）『マリー・ロジェの謎』を最初発表した際には、今回附す注は不必要であると考えられた。しかし、この物語のもとをなす悲劇が起ってからかなりの歳月が流れたため、注を附し、全体の構想について一言することが妥当となったのである。メアリ・シシリア・ロジャーズなる若い娘が殺害されたのはニュー・ヨークの附近においてであった。彼女の死は、強烈にして且つ長くつづく興奮をまき起したのだが、それに伴う謎は、この作品が書かれ発表されたとき（一八四二年十月）においても依然として未解決だったのである。ここにおいて筆者は、パリの若い女売子（グリゼット）の運命を物語るという形で、メアリ・ロジャーズ殺しの実話を書いた。その際、重要ならざる要素においては単に類似させるにとどめ、本質的な要素においては細部にいたるまで事実に従ったのである。それ故、この虚構の物語にもとづくあらゆる議論は、事実に対してもまた妥当するであろう。すなわち、真相の究明こそ、この作品の目的に他ならぬ。

『マリー・ロジェの謎』は、兇行の場所から遠く離れて、しかも新聞以外の資料はまったくなしに書かれた。それゆえ、筆者がもし現場にあって附近を探索したならば、可能であったことも、数多く見のがされているのである。しかしそれにもかかわらず、この作品が発表されてからずいぶん後になされた二人の人物（そのうちの一人はこの物語におけるドゥリュック夫人である）の告白が、単に結論だけにとどまらず、また、その結論へと到達するための、あらゆる重要な細部の仮説をも充分に裏書きしていたということは、ここに記録して置いて差支えないであろう。

**（原注）フォン・ハルデンブルグの筆名。

に、ふたたび筆を執ることを使嗾《しそう》したのである。従ってそこに、強制された自白という趣が漂うのはやはりやむを得ないだろう。ぼくが、最近のニュースを耳にしていながら、久しい以前に見聞した事柄について沈黙を守っているとすれば、むしろそれこそかえって異常なことであると言わねばなるまい。

レスパネー夫人とその娘の死にからまる惨劇が解決すると、勲爵士《シュヴァリエ》はただちにこの事件を念頭から去って、ひたすら瞑想に耽るという元の習慣に復した。思索に熱中して放心する癖《くせ》はぼくにもあるので、彼の気分と同化することは極めて容易であった。ぼくたちは依然としてフォーブール・サン・ジェルマンの部屋にあって、《未来》のことは風まかせ、《現在》において静かにまどろみながら、周囲の退屈な世界を夢のなかに織りこんでしまっていたのである。

しかしそうした夢も、ときおり破られることがあった。当然のことではあるが、ぼくの友人があのモルグ街の事件において演じた役割は、パリの警察に多大の感銘を与えたらしいのである。警官たちにとって、デュパンの名は、いわば日用語の一つとなった。彼がこの事件の謎を解くに当って用いた、単純明快な帰納推理は、警視総監に対してさえ説明されていず、事情を知っているのはただぼく一人であってみれば、あの謎ときがいわば奇蹟と見なされ、本来は分析能力の勝利であるものがかえってこの勲爵士《シュヴァリエ》に直感力の面での名声をもたらしたのも、驚くに当らないことであった。率直な彼のことである。質問する者すべての蒙を啓《ひら》くことを辞するはずはなかったけれども、しかし彼の懶惰《らんだ》な気性は、すでに興味を失ってしまった話題をとりあげることを固く禁じたのである。このようにして彼は警察官たちの賞讃の的となったのだし、警視庁が彼の協力を求めようとした事件も、一、二にとどまらなかったのだ。その最も顕著な例の一つはマリー・ロジェという若い娘が殺害された事件である。

　それはモルグ街の惨劇の約二年後に起った。マリー（彼女の姓名があの不幸な「煙草売り娘」のそれと酷似していることは、ただちに読者の関心を惹くであろう）は、エステル・ロジェという寡婦の一人娘であった。父は、彼女がまだ幼いうちになくなり、そしてマリーは、父の死の頃から、この物語の主題となるはずの殺人にさきだつこと一年半までのあいだ、パヴェ・サン・タンドレ街*に母と共に住んでいたのである。母はそこで下宿屋《パンション》を経営し、マリーはそれを手伝っていた。このようにして彼女が二十二歳となったとき、ある香水商がその美貌に目をつけた。彼はパレ・ロワイヤルの地階に店を持っていて、店の顧客は主として、近隣を横行する命しらずの山師どもであった。もちろんル・ブラン氏**は、彼の香水店にマリーのような美女を置くことから生じる利益を勘定に入れていた。そして母はすこし躊躇したけれども、娘のほうは、彼のたいそう条件のよい申し出を喜んで

*（原注）ナソー・ストリート。
**（原注）アンダースン。

受け入れた。

　店主の予想は当った。店は陽気な女売子《グリゼット》の魅力によってたちまち有名になったのである。しかし彼女が勤めてから一年ほど経ったころ、突然マリーは店から姿を消し、彼女を狙う客たちは茫然とした。なぜ失踪したのか、ル・ブラン氏は説明することができなかったし、ロジェ夫人は不安と怯えで気違いのようになった。新聞はすぐさまこのことを取上げた。警察もまた本腰を入れて捜索にとりかかろうとした矢さき、失踪してから一週間後のある晴れた朝、マリーは元気に、ただしいくぶん沈んだ感じで、香水店のいつもの売場にふたたび姿を現わしたのである。あらゆる取調べは、個人がおこなうものを除けば、もちろんすぐに打切られた。ル・ブラン氏は従来と同様、事情は何も知らないと述べた。そしてマリーは誰に訊《き》かれても、母と口を合せて、先週は田舎の親類の家で過したと答えた。事件はこうして納まり、大抵の人に忘れられた。なぜなら、世間の人の好奇心がうるさくてたまらないというのを表面の理由にして、彼女は香水店から暇をとり、パヴェ・サン・タンドレ街の母の家に身を隠したからである。

　家に戻ってから五ヵ月ばかりのち、彼女が突然ふたたび失踪したという知らせが知人を驚かした。三日たったが、行方は杳《よう》として知れない。四日目に、セーヌ河*に浮んでいる彼女の死体が発見された。サン・タンドレ街の街区《カルチエ》の対岸である河岸に近い、ルールの関門《バリエール》**のあたりのもの寂しい一帯から、さほど遠からぬ地点であった。

殺し方の残虐さ（他殺であることは一目瞭然だった）、被害者の若さと美貌、そして何よりもまず以前からとかくの評判のある女性だったこと、などは、敏感なパリジャンの心に激しい興奮をもたらした。この種の事件で、これほどまでに広く、これほどまでに激しい感銘を与えたものを、ぼくは他に知らない。数週間というもの、この熱狂的な話題ひとつに明け暮れ、当時の政治問題さえ完全に無視されたのであった。警視総監もなみなみならぬ努力ぶりだったし、もちろん、パリ全市の警察力が傾注された。

最初、死体が発見されたとき、捜査がいちはやく始められたせいもあって、殺人犯はやがて逮捕されると考えられた。それゆえ懸賞金の必要に気がついたのは、一週間たってからのことである。しかしこのときでさえ、懸賞金の額はわずか一千フランに過ぎなかった。この間、捜査は、常に賢明にとは言い得ないにしても、たしかに熱心に進められ、多数の者が取調べを受けたのだが、その結果は虚しかった。一方、事件の手がかりが依然として見出だされないため、市民の興奮はますます高まった。十日目の夕暮には、懸賞金の額を倍にしたほうがいいということになったし、相変らず事態に変化がないままついに二週目が終ると、パリには常に巣食っている警察への偏見が、幾つかの暴動《エムート》となって現れる始末であった。警視総監は意を決して、「殺人犯を告発したならば」二万フラン、もし一人以

＊（原注）ハドソン河。

＊＊（原注）ウィーホークン。

上の関係者がある場合には「殺人犯のうちの一人を告発しても」同額を提供すると述べた。懸賞金についてのこの言明には、従犯人の一人が犯人密告の証拠を手にして自首するならば無罪とされるとのことも言い添えてあった。しかも、公告が出ている所にはすべて、その横に、警視庁提供の懸賞金のほかに一万フランを与えるという、市民委員会の掲示が貼ってあったのである。すなわち、懸賞金の総額は三万フランに達した。これは、被害者が無名の娘にすぎず、かような兇行がこの大都市においてはじつにしばしば起るものであることを考慮に入れるとき、まことに巨額であると言わねばなるまい。

今や人々は、この殺人事件の謎がただちに解かれるであろうことを誰ひとり疑わなかった。しかし、一、二度はたしかに解決を期待させるような逮捕がなされたけれども、彼らを犯人であるとするような証拠は何ひとつ引出せぬため、ただちに釈放されたのである。そして、じつに異様なことだと思われるかもしれないけれども、事件に光を投ずるものが何ひとつ現れぬまま、死体が発見されていらい三週間の日子が経過するまで、この、公衆の心を興奮させた事件は、デュパンの耳にもぼくの耳にも、噂という形でさえはいることがなかった。二人の全精神を集中せねばならぬほどの、ある研究に従事していたため、ぼくたちが外にも出ず、訪問客をも迎え入れず、新聞の政治論説にさえ眼を通さなくなってしまってから、一と月ちかく経過していたのである。それゆえ、この殺人の第一報は、自ら親しく訪れて来たG＊＊によってもたらされた。彼は一八＊＊年七月十三日の午後、まだ早いうちに訪ねて来て、夜おそくまでおり、殺人犯を検挙しようとする彼の努力がすべて水泡に帰したことを憤慨しつづけた。自分の名声は——と彼はいかにもパリジャンらしい態度で語った——危殆《きたい》に瀕《ひん》している。このままでは不名誉な事態にさえなりかねない。公衆の眼は自分に注がれている。それゆえ、この迷宮事件を解決するためならばどのような犠牲を払うことさえ厭わない、というのであった。彼のこの、いささか滑稽な話は、彼のいわゆるデュパンの手腕なるものについてのお世辞によって結ばれた。そして彼はデュパンに、率直でかつ気前のよいある申し出をおこなったのだが、その申し出がどのような性格のものかを精細に書き記す権利はぼくにはないし、それはまたぼくの物語の本来の主題とは何の関係もないことである。

ぼくの友人は、お世辞のほうは極力しりぞけ、申し出のほうは、それによって得られる利益はほとんど仮定にもとづくものだったけれどもただちに受入れた。この点について話がまとまると、警視総監はすぐさま自分じしんの見解について説明しはじめた。説明の合い間合い間には証拠物件についての長い注釈がはいるのだが、その証拠物件なるものをぼくたちはまだ手に入れていないのである。彼は滔々《とうとう》と、そしてたしかに博識にしゃべりつづけた。夜が更けてだんだん眠くなって来たことを、ぼくはときどき匂わせてみた。デュパンは、いつもの安楽椅子にきちんと腰かけ、恭々《うやうや》しく傾聴しているみたいに装っている。彼はこの会見の間じゅう眼鏡をかけていた。そしてぼくには、緑いろのレンズの底をちらりと見るだけでも、彼が寝息ひとつ立てずにしかしぐっすりと眠っているのだということが察知できた。そう、彼は眠りつづけた――退屈きわまる七、八時間のあいだ、警視総監が帰途につく直前まで。

翌朝ぼくは警視庁で、判っているかぎりの証拠物件に関する完全な報告書を手に入れ、それからほうぼうの新聞社に廻って、この悲惨な事件についての曖昧でない情報が載っている号は何でも一部ずつ、全部もらって来た。はっきりと反証のあがったものを除外すると、この情報の堆積はほぼ次のように要約される。――

マリー・ロジェは、一八＊＊年六月二十二日、日曜日の朝、九時ごろ、パヴェ・サン・タンドレ街にある母の家から出た。彼女は出かけるとき、ジャック・サン・テュスターシュ＊氏なる人物、しかもこの人物だけに、これからデ・ドゥローム街に住む叔母の家へゆくのだと述べた。デ・ドゥローム街は、短くて狭い、人口の稠密《ちゅうみつ》な通りであって、セーヌの河岸から遠くなく、ロジェ夫人の下宿屋《パンション》からは最短距離で約二マイルへだたっている。サン・テュスターシュはマリーの許婚者で、この下宿屋《パンション》に住い、食事もここでとっていた。彼が夕方、許婚者を迎えにゆき、一緒に帰ることになっていたのである。しかし午後に、大雨になったため、今夜は叔母の家に泊るだろうと考え（前にもこういう場合にはそうしていた）、約束を守る必要はないと、彼は判断した。日が暮れかかったころ、ロジェ夫人が（彼女は七十歳になる病弱な老婆である）「もう二度とマリーには会えまい」と愚痴をこぼすのを耳にしたが、そのときはこの言葉にちっとも注意を払わなかった。月曜日になると、マリーがデ・ドゥローム街へゆかなかったということが判った。そして、彼女の消息がいささかもなしにその日が暮れてしまってから、遅ればせの探索が、市内や郊外の数箇所へとなされたのである。しかし、彼女が失踪してから四日目まで、マリーについての確実な情報は何一つ手にはいらなかった。この日（六月二十五日、水曜日である）、ボーヴェー氏**なる人物が、友人と一緒に、パヴェ・サン・タンドレ街の対岸であるセーヌの河岸の、ルールの関門《バリエール》附近でマリーを捜していると、たった今、漂っている死体をみつけて漁師たちが岸へ引上げたという話を耳にした。死体を見て、ボーヴェーはちょっとためらったあげく、それを香水商の女店員であると認めた。連れの男は、彼よりもあっさりとそう認めた。

顔は一面に、どす黒い血で汚れていたが、血のうちの一部は口から吐いたものであった。単なる水死人の場合と異り、泡は噴いていなかった。細胞組織の変色は認められない。咽喉部には打撲傷と指の痕がある。両腕は胸の上に曲げられ、硬直している。右手は握りしめてあり、左手はいくらか開き加減である。左の手首は、二本の綱のせい、ないしは一本の綱を二巻きしたもののせいであろう、皮膚が二た筋まるく擦りむけている。また、右の

*(原注)　ペイン。
**(原注)　クラムリン。

手首も、それから背中いちめん、殊に肩胛骨のあたりも、ひどく擦りむけている。漁師たちは死体を岸へ引上げる際、それに綱をつけたのだが、こういう擦傷はそのせいで生じたものでは決してない。頸の肉はひどく腫れあがっている。しかし、切り傷らしいものも、殴打されたための打撲傷らしいものもない。頸のまわりには細いレースが一つ、隠れて見えないくらい深く肉に食いこんで、結びつけられている。結び目は左の耳の真下にあった。これ一つでも、死の原因としては充分であろう。検屍医の証言は、被害者の道徳的性格についてはは確信をもって述べていた。獣的な暴行を受けたにすぎないというのである。発見された際の死体の状態が以上のようであったため、知人は容易にこれを確認できたはずである。

衣類はひどく破けていたし、さもなくば乱れていた。服は裾から腰のあたりまで幅一フィートばかり引き裂かれていたが、それはちぎれてはいず、腰のまわりにぐるぐると三度まきつけ、背中の所で一種の索結び《ヒッチ》にしてとめてあった。服のすぐ下の着物は薄いモスリン地で、これからは幅十八インチの布きれが完全に――じつにきちんと入念に破いてあった。この布きれは、死体の頸のまわりにゆるく巻きつけて、固結びに結んであった。このモスリンの細片とレースの細片の上に、ボンネットの紐がゆわえてあり、そしてボンネットがそれにくっついていた。ボンネットの紐の結び目は、女結び《レイディズ・ノット》ではなく、引き結び《スリップ》すなわち水夫結び《セイラーズ・ノット》になっていた。

死体の鑑別が終った以上、それを普通の場合のように死体公示所《モルグ》へ運びはせず（この形式は不必要となったのである）、引上げられた地点からさほど遠からぬ所へ急いで埋葬された。ボーヴェーの尽力で、事はできるだけ内密に運ばれたため、世間が騒ぎだしたのは数日たってからであった。しかしある週刊新聞が、*とうとうこのことを書き立てた。死体は掘り出され、もういちど検屍を受けた。だが、すでに述べたこと以外には、何ひとつ判明しなかった。ただし今度は、故人の母と友人に衣類が示され、それは、娘が家を出る際に着ていたものであると完全に認められた。

そうこうしているうちに、興奮は時々刻々とたかまった。数人の者が、逮捕され、そして釈放された。サン・テュスターシュは、特に嫌疑濃厚であった。それに彼は最初、マリーが家を出た日曜日に、自分がどこへ行っていたか、はっきりと説明することができなかったのである。しかし彼は、後にG＊＊氏へ宣誓書をさしだし、問題の日について一時間ごとに、納得のゆく説明をおこなった。こうして日が経ったが、新しい発見は何もないので、無数の相矛盾する噂が飛び、新聞記者は無責任な思いつき記事を書くのに忙しかった。これらのなかで最も注目を惹いたものは、マリー・ロジェはまだ生きている——セーヌ河で見つかったのは他の不幸な女の死体であるという考えであった。ここで、いま述べた思いつき記事の主要な部分を、読者に紹介して置くのが至当であろう。以下に示すものは、

*（原注）『ニュー・ヨーク・マーキュリ』

概して言えば有能な新聞である『エトワール』*の記事の逐語訳である。

「ロジェ嬢は一八**年六月二十二日、日曜日の朝に、母の家を出た。表向きの目的は、デ・ドゥローム街に住む叔母、ないし知人の一人を訪ねるというのであった。それ以後、彼女の姿を見かけた者は一人もないことが立証されている。彼女の足どりも消息も、ぜんぜん不明である。（中略）その日、母の家を出てからあとの彼女を見かけたと言って出頭した者は、今までのところ一人もいない。（中略）さて、マリー・ロジェが六月二十二日、日曜日の九時以後に生きていたという証拠は何ひとつないけれども、その時刻まで彼女が生きていたという証拠はたしかにある。水曜日の昼、十二時、ルールの関門《バリエール》の岸のあたりに漂っている女性の死体が発見された。つまり、もしマリー・ロジェが彼女の母の家を出てから三時間後に河に投げこまれたとしても、家を出てからわずか三日――かっきり三日にすぎない。しかし、もし殺害されたのが彼女であるとしても、殺人犯たちが真夜中にならないうちに死体を河に投げこむことができるほど、そんなに早い時刻に殺人が完了したと考えるのは、愚かしいことである。こういう恐しい罪を犯す者は、光よりはむしろ闇を選ぶからだ。（中略）それゆえ、河中に発見された死体がもしマリー・ロジェの死体であるとしても、それは水中に、二日半、あるいはせいぜい三日、あったにすぎないことが判る。ところで、あらゆる経験に徴してみても、水死体ないし兇行による死の直後に水中に投ぜられた死体が、充分に腐敗して水上に浮びあがるまでは、六日ないし十日を要する。

かりに、死体に向けて大砲を射った結果、五日間ないし六日間もぐっている以前にそれを浮びあがらせたとしても、放置すればそれはまた沈んでしまう。さて、ここでわれわれは、この場合、自然の歩む普通の道のりを改変せしめたものは果して何であるかと訊ねねばなるまい。(中略)もし死体が、切りきざまれたまま陸上に、火曜日の夜まで置かれたとする。このときは、殺人犯の足跡が岸辺に見つかるはずである。また、死後二日経過してから、死体が河中に投ぜられたとしても、それがこれほど早く浮上するものかどうか、疑問である。さらにまた、このような殺人を犯した兇悪犯が、死体を沈めるための錘《おもり》をつけずにこれを河に投ずることなど、あり得べきことだろうか。この配慮は極めて容易に思いつくものであるだけに、奇怪なことと言わねばなるまい」

記者はここで、死体は「三日どころか、その五倍の日数」水中にあったに相違ないと論ずる。なぜなら、ボーヴェーがこれを確認するのに多大の困難を感じるくらいの、はなはだしい腐敗ぶりだったからである。しかし、この点については、完全に反証があがってしまった。翻訳をつづけることにしよう。

「次に、ボーヴェー氏は、問題の死体がマリー・ロジェの死体であると言うが、これは如何なる根拠にもとづいているのか？　彼は、服の袖を引き裂いて、そこに充分確認するに

*(原注)『ニュー・ヨーク・ブラザー・ジョナサン』、編集長は、H・ヘイスティングズ・ウェルド氏。

足るだけの特徴を見つけたと言う。人々はみな、この特徴というのが、傷の痕のようなものだと考えたのである。しかし彼は、腕をこすって、そこに毛を見つけただけなのだ。これでは曖昧しごくであって、袖のなかに腕を見たというにすぎまい。その晩、ボーヴェー氏は帰宅せず、水曜日の七時にロジェ夫人へ、彼女の娘の検屍は進行中であるとの伝言を依頼しただけである。もしロジェ夫人が、老齢と悲嘆のため、じしん出向くことができなかったとしても（これは大変な譲歩である）、出向いて検屍に立会うべきだと考える人が一人もいなかったはずはない——もし人々が、その死体をマリーの死体だと考えているならば、である。それなのに誰もゆかなかった。パヴェ・サン・タンドレ街においては、このことについて何も述べられず、何も聞かれなかったのである。同じ建物の居住人たちさえ、何ひとつ耳にしていないのだ。マリーの恋人であり許婚者であるサン・テュスターシュ氏は、彼女の母の下宿屋《パンション》の止宿人なのだが、翌朝ボーヴェー氏が彼の部屋へ来て告げるまで、死体の発見について聞かなかったと陳述している。これは、このようなニュースに対する態度としては、すこぶる冷淡だと言わねばなるまい」

この新聞はこんな具合にして、縁者たちが問題の死体はマリーの死体だと言っていながら、その言明と矛盾する無関心さを示しているという印象を与えようと苦心していた。つまり、結局、次のようなことをほのめかしたいのだろう。——マリーは、彼女の純潔に対する世人の非難にからむ理由から、友人たちの黙認のもとにパリを離れた。そして友人たちは、マリーにすこしく似ている死体がセーヌ河において発見された機会に、彼女が死んだという印象を世人に与えようとしたのだ。……しかしこの点でも、『エトワール』は軽率だったのである。想像されたような無関心さはなかったことが、はっきりと立証されたのだから。老婆は極度に体が弱っており、それに気が顚倒してしまって、母親の義務は果せそうもなかった。サン・テュスターシュも、冷淡な態度でニュースを耳にしたどころか、悲しみに打ちひしがれ、狂乱状態になったので、ボーヴェー氏は身内でもあり友人でもある或る人に彼の世話を依頼して、発掘しての再検屍のときにはぜったいに会わせないでほしいと言ったほどなのだ。さらに、『エトワール』は、死体は市の出費によって再埋葬されたとか、家の墓地へ埋葬したほうがいいじゃないかという好都合な申し出があったにもかかわらず、それは家族によってきびしく拒絶された、とか、葬式のときに家族の者は誰ひとり参列しなかった、とか、前に同紙が読者に与えようとした印象をいっそう強めるようなことを述べたのだが——すべてはみごとに反証があがってしまったのである。しかも同紙は、その後の号において、ボーヴェーその人に嫌疑をかけようとした。記者はこう記したのである。——

「ところで、今や事態は一変した。さる機会に耳にしたところによると、B＊＊夫人なる女性がロジェ夫人の家にいたとき、ちょうど外出しようとしていたボーヴェー氏はロジェ夫人に、憲兵《ジャンダルム》が来るはずだが、自分が帰るまで何も言ってはならぬ、万事わたしに任せてほしいと言い置いてから出かけた由。（中略）現在の状態では、一切はボーヴェー氏の頭脳のなかに秘められているらしい。ボーヴェー氏なしには一歩も踏み出すことが不可能なのである。つまり、どの方向へと向うにしろ、たちまち彼に突き当るのだ。（中略）彼はなんらかの理由から、事件の処置に自分以外の者を関与させまいと決心した模様だし、殊に男の親類を極力排除したやり方には、彼らの言い分によれば奇怪《きっかい》な感じがあったと言う。彼は死体が親類の眼に触れることを嫌っているように見受けられる」

このようにしてボーヴェーにかけられた疑惑は、次の事実によって多少もっともらしいものになった。すなわち、マリーの失踪の数日前、彼のオフィスに訪ねた人は、ドアの鍵穴に薔薇が一輪さしてあり、手近な所にかけてある黒板に「マリー」と書いてあるのを見たというのである。

数多くの新聞から集めることができた限りでは、一般の印象は、マリーは一群のあらくれ者の犠牲になった——彼らは彼女を河の向うへ運び、暴行を犯し、殺害した、というのである。しかし、広い影響力を持つ新聞『コメルシエル』*は、この世間受けのよい考え方に反対している。同紙の説を一、二箇所引用してみよう。

「ルールの関門《バリエール》を中心におこなわれている限り、捜査はこれまで誤った手がかりにもとづいてなされていると考えざるを得ない。この若い女性のような、数多くの人に知られている者が、誰の眼にも触れないで街区を三つ通りぬけるなどということは不可能である。彼女は人々の関心の的なのだから、マリーを見かけた人は忘れないはずだ。彼女が出かけた時刻には、街路には人通りが多かったのである。（中略）彼女がルールの関門やデ・ドゥローム街へ行ったのならば、十人くらいの者が気がついているにちがいない。しかも、彼女を母の家の外で見かけたという者は、一人も出頭しない。彼女が外出したという証拠になるものは、外出するつもりだという彼女じしんの言葉を除けば、何一つないのである。彼女の服は裂け、ぐるぐる巻いて縛ってある。死体はこういうふうにして、荷物のように運ばれたのだろう。ルールの関門において殺人がおこなわれたのであれば、こういう配慮は不必要であった。死体が関門の近くで発見された事実は、それがそこで水中に投げこまれたという証拠にはならない。（中略）不幸な娘のペティコートからは、長さ二フィート幅一フィートの布がむしり取られ、後頭部からゆるく巻いて頤の下でしっかりと結んであった。これはたぶん猿ぐつわであったろう。兇行はハンカチを持たない連中によって犯されたのである」

しかし、警視総監がぼくたちを訪問する一日か二日前に、警察はある重要な情報を手に入れた。それは、少くとも『コメルシエル』紙の議論を覆すもののようであった。ドゥリュック夫人の息子である二人の少年が、ルールの関門の近くの森で遊んでいるとき、たまたま、生い茂っている灌木のなかを覗き見した。そのなかに、背もあり足置き台もある一

*（原注）『ニュー・ヨーク・ジャーナル・オヴ・コマース』

種の椅子状の大きな石が、三つか四つあった。上手の石の上には、白いペティコートがのっていたし、第二の石には、絹のスカーフがのっていた。パラソル、手袋、ハンカチなども発見された。ハンカチには「マリー・ロジェ」と名前が書いてあった。周囲の茨には、衣類の切れ端が発見された。地面は踏み荒され、灌木の枝は折れ、格闘がおこなわれたことは歴然としている。茂みと河の間にある柵は、横木が倒されているし、地面には重い荷物が引きずられた形跡がある。

週刊新聞『ル・ソレイユ』*は、この発見について次のような言明をおこなった。これはパリじゅうのあらゆる新聞の論調を反映していると言ってよかろう。

「これらの品は、明らかに、少くとも三、四週間そこにあったものである。雨のせいで一面に黴《かび》が生え、そのためぴったりと密着している。周囲には草が生えており、なかには草に覆われている品もある。パラソルの絹は丈夫な生地だが、その内側の糸はくっつきあっている。たたまれて二重になった、上のほうの部分は、すっかり黴が生えて朽ちているため、開けたら破けてしまった。(中略)灌木のせいで裂けた彼女の上衣は、幅三インチ、長さ六インチである。一つは上衣のへりで、これはつくろってある。もう一つはスカートの一部分だが、へりではない。両方ともちぎれたものらしく、地上一フィート位の灌木に引っかかっている。(中略)それゆえ、恐しい兇行がおこなわれた地点が発見されたことは、疑いをさしはさむ余地のないことである」

この発見の後に、新しい証拠があがった。ドゥリュック夫人は、ルールの関門の対岸であるセーヌ河の河岸で小さな宿屋を経営しているのだが、次のような証言をおこなったのである。あたりはとりわけ人目につかない場所なのだが、ならず者がボートに乗って河を横切り、日曜の午後にパリからよくやって来る所である。問題の日曜日の三時ごろ、顔色の黒い若者と一緒に、若い娘がこの宿屋へやって来た。二人はしばらく休んでから立去った。近くの茂みへと向ったのである。ドゥリュック夫人は、なくなった親類の者の服に似かよっていたので、娘の着ていた服に注意した。二人が去ってから間もなく、一団のならず者がやって来て、騒々しく飲んだり食ったりしたあげく、金も払わずに出て行った。若い娘の行った方角へ向ったのである。彼らは夕暮ごろ戻って来たが、大急ぎで河を渡って帰って行った。

この夜、暗くなってから間もないころ、ドゥリュック夫人と長男は、宿屋の近くで女の悲鳴を聞いた。悲鳴は激しかったけれども、短かかった。茂みのなかで見つかったスカーフだけではなく、死体のまとっていた衣類をも、ドゥリュック夫人は見おぼえがあると確認したのである。また、ヴァランス**という乗合馬車の駅者は、マリー・ロジェが問題の日曜日、黒い顔の若者と一緒にセーヌ河の渡し場を渡るのを見かけたと証言した。ヴァラ

*(原注)　『フィラデルフィア・サタデイ・イヴニング・ポスト』、編集長はC・I・ピータースン氏。
**(原注)　アダム。

ンスは、マリーを知っていたから、間違えるはずはない。茂みのなかで発見された品々は、マリーの親類によって、たしかに彼女のものであると確認された。

　ぼくがデュパンに言われて、こうして集めた証拠および情報のなかには、もう一つのことがあったが——これは非常に重要なものであるらしい。上記の衣類が発見されてからすぐ後に、マリーの許婚者であるサン・テュスターシュの死体、とは言わないまでもほとんど瀕死の状態の彼が、兇行の現場と想定される場所の近くで発見されたのである。「阿片《アヘン》丁機《チンキ》」というレッテルの貼ってあるガラス瓶が、空になって、そばにころがっていた。彼の呼吸の状態は、毒物を飲んだことを立証していた。一言も口をきかずに死んだのだが、身につけていた遺書には、マリーへの愛を簡単に述べ、自殺するということを記してあった。

「言うまでもないことだと思うけど、これはモルグ街の殺人事件よりずっと複雑だね」とデュパンは、ぼくの覚え書を読み終えてから言った。「ある重要な一点で、あの事件とは違っているんですよ。これは、残虐ではあるけれども、普通の犯罪だ。特に変ったふし《ウトレ》はありません。みんなはこの理由から、易しい事件だと考えるけれども、実はこの理由からこそ、解決困難だと考えるべきなんだな。最初、懸賞金を出す必要がないと判断されたのも、このためなんです。G＊＊の手下には、こういう兇行が、どんなふうにして、そしてなぜ、おこなわれたろうか、ということがすぐ判る。彼らの想像力は、ある手口——ないし多くの手口、ある動機――ないし多くの動機を思い描くことができるのです。そして、こういう無数の手口や動機が実際の手口や動機であるということも、決して不可能じゃないわけだから、そこで彼らは、当然このなかの一つがそうだったに相違ないと思いこむ。しかし、こういういろいろな空想が成立つ容易さ、およびそれらの空想のもっともらしさこそ、実は解明することの容易さよりもむしろ、困難さを、示すものなのだ。だから、ぼくは前に言ったことがある。理性が真実を求めて進むならば、それは尋常の次元を越えて顕著なことを手がかりにすべきだ、とね。それからまた、こういうことも言った。こういう場合にまず問わねばならぬことは、『何が起ったか』じゃあなくて、『今まで起らなかったような何が起ったか?』である、とね。レスパネー夫人の家を捜査[*]したとき、G＊＊の部下である探偵たちは、大変な異常さを目のあたりに見て、元気を失い、困惑してしまった。実はその異常さこそ、本当にしっかりした知性の持主にとっては、成功うたがいなしという前兆を告げてくれるものだったろうに。ところがこの香水売子の場合なんか、眼に触れるものが普通のものばかりだから、同じような知性の持主なら絶望するのが当然なのに、警視庁の連中と来たら逆なんだな、もう解決したも同然だ、なんて思ってる。

「レスパネー夫人母娘の場合には、捜査のはじめから、殺人がおこなわれたということには疑問がなかった。自殺という可能性は最初から排除された。今度の場合も、自殺という

＊(原注)『モルグ街の殺人』を参照。

仮定はまっさきに除外していいでしょう。ルールの関門で死体が見つかったときの状況から推しても、この重要な一点では疑う余地がない。しかし、発見されたあの死体はマリー・ロジェじゃないという説が出て来た。ところが、懸賞金が出るのは、彼女を殺した犯人、ないし犯人たちを摘発すればという条件だし、ぼくたちと警視総監との契約も、彼女に関してのみなんだ。あの紳士がどういう御仁かは、ぼくたち二人ともよく心得ているよね。あんまり信用しちゃあいけない人だ。もしあの死体から出発して、殺人犯へとたどり、これはマリー以外の誰かの死体だということを発見したら……それからまた、マリーが生きているという仮定から出発して、ぼくたちが殺されていない彼女を見つけたなら……どっちの場合も骨折損になる。何しろ相手がG＊＊先生なんですからね。だから、正義のためにはともかく、ぼくたちの目的のためには、あの死体は失踪したマリー・ロジェだということを確めることが最初の仕事になる。

「世間じゃ、『エトワール』の論調がたいへん重きをなしている。そしてこの新聞が自社の論調に自信を持っていることは、この問題を扱ったある記事の書き出しを見ても判るよね。『本日の朝刊のうち数紙は、月曜附け本紙の結論的《コンクルーシヴ》な記事について言及している』と書いてあるんだもの。でも、ぼくにとっては、この記事で明確《コンクルーシヴ》なのは新聞記者の熱心さだけなんだけどな。普通、新聞の目的が真実の追求じゃなくて、センセイションをまき起すこと、何かを主張すること、だってことは、忘れちゃいけない。真実の追求なんてものは、センセイショナリズムと偶然一致してる場合だけ、新聞の目的になるのさ。平凡な、ありきたりの意見を述べるだけの新聞は（その意見がどんなに根拠のあるものでも）、弥次馬どもの信用を博することはできない。大衆というものは、一般通念に対して辛辣な反対を投げつける奴を、深みのある人間のように考えるものなのさ。だから、文学の場合でも推理の場合でも、最も直接に、そして最も広く理解されるのは警句《エピグラム》なんです。どっちの場合だって、実はいちばん値打のないものなのに。

「つまり、ぼくの言いたいのは、マリー・ロジェがまだ生きているという説を『エトワール』が思いついたり、それが大衆の人気を博したりしたのは、この考え方が本当らしいせいじゃなくて、それがエピグラムとメロドラマのごちゃまぜだからなのだ、ということさ。この新聞の論調を形づくっている考え方を、検討してみようじゃないか。もともと含まれている支離滅裂さを、できるだけ排除するようにしながら。

「この新聞記者にとっての第一の目的は、マリーの失踪から漂っている死体の発見までの間が時間的に短かすぎるという理由から、あれはマリーの死体じゃあない、と述べることだ。だから、その時間をできるだけ短くすることが、この推理者にとっての目的となる。しかし、この目的に向ってあまり熱心に進んだため、最初から単なる仮定論に陥ってしまった。『もし殺害されたのが彼女であるとしても、殺人犯たちが真夜中にならないうちに死体を河に投げこむことができるほど、そんなに早い時刻に殺人が完了したと考えるのは、愚かしいことである』と新聞には書いてある。こう言われれば、読者としてはすぐに、なぜそうなのかと訊きたい気になる。娘が母親の家を出てから五分以内に殺されたと想定しては、なぜ愚かしいのか？　その日の日中、ある時間に殺されたと想定しては、なぜ愚かしいのか？　殺人なんてものは、どんな時刻にだって起り得るものなんですからね。でも、日曜の午前十時から夜の十二時十五分前までの間、どんな時刻に殺人が起ったとしても、『真夜中にならないうちに死体を河に投げこむ』時間は充分あるはずです。つまりこの記事の筆者は、犯行は日曜日にはおこなわれなかった、ということを言いたいらしい。でも、もし『エトワール』にこういう仮説を許すなら、もう、どんな自由でも許さなくちゃならなくなるよね。『もし殺害されたのが彼女であるとしても』云々《うんぬん》の文章は、『エトワール』にはあんなふうに印刷されてあったけれど、記者の頭のなかでは、実際はこんな形だったんじゃないかしら。——『もし殺害されたのが彼女であるとしても、殺人犯たちが真夜中にならないうちに死体を河に投げこむことができるほど、そんなに早い時刻に殺人をおこなったと考えるのは、愚かしいことである。そして、こういうふうに想像するのも愚かしいけれども、それからまた同時に（ぼくたちみたいに）死体が真夜中すぎまで投げこまれなかったと想像するのも愚かしいのだ。』——どうも辻褄の合わない文章だけど、印刷してある文章に比べれば、まだしもちゃんとしているはずです。

「ぼくの目的が『エトワール』のこの一節を反駁することだけなら」とデュパンはつづけ

た、「ほうって置いて一向さしつかえないんだ。でも、ぼくたちの本当の相手は『エトワール』じゃなくって、真実なんですからね。問題の文章には、意味はたった一つしかない。それをぼくは今、はっきりと述べてみた。しかし言葉というものは、その背後にまで迫ることが大切なんだ。つまり、その言葉が明らかに言おうとしていながら、述べることに失敗している考えを手に入れること、ですよ。新聞記者の言おうとしているのは、殺人が日曜日の昼ないし夜の、どんな時刻におこなわれたにせよ、殺人犯が死体を、真夜中にならないうちに河へ運ぶなんて危険な真似をするはずはない、ということだ。ぼくがこの仮定に反対なのは、実はこの点なんですよ。なるほど、殺人がそういう地点で、そういう状況の下におこなわれたのなら、死体を河まで運ぶことは必要でしょう。でも、殺人は河岸でおこなわれたのかもしれぬ。ひょっとしたら、河の上かもしれない。そうなれば、死体を水のなかに投げこむのは、いちばん簡単で、いちばん手っとりばやい処置なんだから、昼でも夜でも、いつでもいいわけだ。君は判ってるだろうけど、何も、たぶんこんな具合だったろうと言ってるんじゃないぜ。それからまた、ぼくの意見もたまたまそれに一致してる、なんて言ってるわけでもない。今までのところ、ぼくの意見は、この事件の事実とは何も関係がない。ぼくはただ、『エトワール』のほのめかし記事が、そもそも偏した《エクス・パルト》性格のものであることを明らかにして、君の注意を呼び起しておけばいいのさ。

「この新聞は、こういうふうに、自分の先入主に合うよう範囲を限定して置いて、もし死体がマリーなら水中にあった時間が短かすぎるという仮説を立て、それからこう論じつづけるんだ。『あらゆる経験に徴してみても、水死体ないし兇行による死の直後に水中に投ぜられた死体が、充分に腐敗して水上に浮びあがるまでは、六日ないし十日を要するのである。かりに、死体に向けて大砲を射った結果、五日ないし六日間もぐっている以前にそれを浮びあがらせたとしても、放置すればそれはまた沈んでしまうのである』

「この主張は、パリじゅうの新聞全部が暗黙のうちに認めているものだ。もっとも、『モニトゥール』*だけは別だけれど。この『モニトゥール』は、水死体と判断されるものが『エトワール』の主張する期間より短い時間で浮びあがった例を五つか六つあげて、この『水死体』云々の箇所に対して反駁しようとしてるんだ。でも、これは『モニトゥール』のほうがどうもひどく理窟に合わないな。『エトワール』の一般的な主張に反駁するのに、それに反する特殊な例だけあげるなんて。二日か三日たってから死体があがった例を、五つか六つだけじゃなく、もう五十つけくわえることができたって、それはただ『エトワール』の法則への例外としてのみ考えられるのが本筋ですよ。まあ、法則それ自体が論破されるまではね。この法則を認める限り（しかも『モニトゥール』はこれを決して否定してやしない。ただ例外があると主張するだけなんだ）、『エトワール』の論調はかすり傷ひとつ負わないわけです。なぜかと言えば三日以内に死体が浮びあがることの蓋然性以上の問題を、この論調は含んでいないから。そしてこの蓋然性は、むしろ『エトワール』の位置を有利にする。少くとも、こういう子供っぽい実例を列挙して、反対の法則を確立するまではね。

「そこで、すぐ判るだろうけれど、この点についてのあらゆる議論は——もし議論をおこなうのなら——法則それ自体についての議論でなくちゃならない。だからぼくたちは、この目的のために、法則の理論的根拠《ラシオナーリ》を検討してみなくちゃならないことになる。一般に人間の体は、セーヌ河の水と比べて、そう重くもないし、そう軽くもない。つまり人体の比重は、自然の状態では、それが排除する淡水の量とほぼ等しい。肥っていて肉づきのいい人間の体は、女の場合には特にそうだけれども、痩せていて骨太な人間、殊に男の体より軽いのが普通です。もちろん河の水の比重は、海からの潮の具合で多少影響を受けるけれど、この潮のことを問題から排除すれば、淡水のなかでだってひとりでに沈む人体は滅多にないと言ってよい。だから大抵の人は、河へ落ちたとき、水の比重を自分の比重にうまく引付けるようにすれば——つまり、体を水の外へできるだけ僅かしか出さないようにすれば、浮んでいることができる。泳げない者にとって一番いいのは、ちょうど陸地を歩くようにまっすぐに立ち、頭をぐっと後ろにそらせて、水にひたっていることですよ。口と鼻だけは水の上に出すようにしてね。こうすれば、困難もなく、努力もせずに、浮んでいられるはずだ。でも、体の重さと排除された水の重さとが、実にうまい具合に平衡を保っ

*(原注)『ニュー・ヨーク・コマーシャル・アドヴァタイザー』、編集長はストーン大佐。

ているのだから、ほんのちょっとしたことで平衡が破れるのは判りきっている。たとえば、片腕を水の外へ出しただけでも、支えがなくなって重くなり、頭がすっかり沈んでしまう。ところがまた、たまたま小さな柱一つでも助けがあれば、頭をあげてあたりを見まわせるというわけです。しかし泳ぎのできない者は、ばたばたもがいて腕を振りあげ、頭を普段のように真直にしようとする。その結果、口も鼻も水のなかへ浸ってしまうし、水中で息をしようとするものだから、肺のなかへ水がはいる。胃のなかへは、もちろんたくさんはいってしまう。当然、全身は、最初に体腔をひろげていた空気の重さと、今そこにはいっている液体の重さの差だけ重くなることになる。その差は、普通、体を沈めるのに充分なだけの差です。でも、骨が細くて、脂肪体質だとか、肥っているとかいう人の場合なら、沈まないでいるわけです。こういう人は、溺死しても浮んでいる。

「でも、いったん河底に達すると、その比重が、それが排除した水の重さより軽くなるまでは、そのまま河底にいる。浮びあがらせる原因になるのは、死体の腐敗作用とか、その他ですよね。腐敗の結果、ガスが生じて、これが細胞組織だとか、あらゆる体腔だとかを押しひろげ、それであの恐しい膨れあがった外観を呈することになる。この膨張が非常に進行して、質量すなわち重さの増大は全然ともなわずに体の容積が増大すると、その比重は排除した水より小さくなる。そこで、水面に浮んで来るというわけです。しかし、腐敗というのは無数の条件によって変化を受ける。つまり無数の要因によって、速くなったり遅くなったりする。たとえば、暑い季節か寒い季節か、水が鉱物質をたくさん含んでいるか、いないか、その他、深浅、流れのあるなし、体質、死亡前の病気のあるなし、など。だから、死体が腐敗の結果いつ浮びあがるかなどということは、はっきり言えないんですよ。ある条件の下では、一時間以内にこういう結果が生じるかもしれないし、他の条件の下では絶対にそうならないかもしれぬ。それに、動物の体を永久に腐敗から防ぐような注入剤さえあります。塩化第二水銀なんてのがその一つですよ。しかし、腐敗はともかくとして、胃のなかにある植物性物質の醋酸《さくさん》発酵にもとづく（および他の体腔内における他の原因にもとづく）ガスの発生ということがざらにある。これがまた、体腔を広げて、死体を水面に浮べることになるんですよ。大砲を射った結果というのは、単なる振動のせいで、こうすれば、死体がはまりこんでいる泥から、死体を離すことになって、もし他の条件がそれ以前に揃っていれば浮びあがらせるわけだし、あるいは、その結果、細胞組織の腐れかかった大部分がやぶけ、ガスのせいで体腔が広がることになるかもしれない。

「こんなふうに、この問題に関する理論を全部ならべて見ると、『エトワール』の主張を検討することなんか実に楽な仕事になってしまいます。『あらゆる経験に徴してみても、水死体ないし兇行による死の直後に水中に投ぜられた死体が、充分に腐敗して水上に浮びあがるまでは、六日ないし十日を要するのである。かりに、死体に向けて大砲を射った結果、五日ないし六日間もぐっている以前にそれを浮びあがらせたとしても、放置すればそれはまた沈んでしまうのである』とこの新聞は言っている。

「この記事全体が矛盾と撞着《どうちゃく》のかたまりだってことは、これでもうはっきりしているよね。『水死体』が水面に浮びあがるのに充分なだけ腐敗するには、六日ないし十日を要するなんてことは、あらゆる経験が示してくれることじゃあない。科学だって、経験だって、浮びあがる時期は一定じゃないし、一定であるはずがない、ということを示しているだけさ。もし、大砲を射ったせいで浮びあがったとしても、『放置すればそれはまた沈んでしまう』ことはない。もちろん、腐敗がひどく進行して発生ガスが漏れてしまった場合は別だけど。でも、『水死体』と『兇行による死の直後に水中に投ぜられた死体』とが、はっきり区別されていることには注意したほうがいいな。もっともこの記者は、いちおう区別を認めながら、結局、両者を同範疇に入れているんですけどね。溺れかかった者の体の比重が、同じ容積の水よりも比重が重くなることや、水面上に腕をあげてもがいたり、水のなかで息をつこうとして喘いだりさえしなければ決して沈まないことは、前にも言いました。息をつこうとして喘げば、水がはいって、肺のなかの空気がそれだけ減ってしまうわけです。でも、『兇行による死の直後に水中に投ぜられた死体』が、こんなふうにもがいたり喘いだりすることは絶対ない。だから、こういう場合には、死体は一般に決して沈まない――これは明らかに、『エトワール』紙が知らない事実です。腐敗作用が非常に進行して……多量の肉が骨から離れたような場合にはもちろん沈むだろうけれど、でもそれまでは沈むはずがない。

「そうなると、浮んでいる死体が三日後に発見されたのだから、あれはマリー・ロジェの死体じゃないという説は、一体どうなるかしら？　もし溺死だとしても、女だから沈まなかったかもしれないし、沈んだとしても二十四時間かそこらで浮ぶかもしれない。でも、彼女が溺死したなんて考えてる者は誰もいないんだ。とすれば、河に投げこまれる前に死んで、その後でいつか、浮んでいるのが見つかったということになる。

「しかし『エトワール』はこういうことも言っている。『もし死体が、切りきざまれたまま陸上に、火曜日の夜まで置かれたとする。このときは、殺人犯の足跡が岸辺に見つかるはずである。』ちょっと読んだだけでは、こういう推理をおこなっている人間の真意が那辺にあるのか、理解できないよね。自分の理論に反対のことを自分で想像して先まわりして断っているみたいじゃないか。——だって、二日も陸の上に置かれたら、死体はそれだけ早く——水のなかよりもずっと早く腐敗するわけだもの。彼は考えてるんですよ。二日間そんな具合にほうって置いたのなら、水曜日に浮びあがったかもしれない……いや、そういう状況の下においてのみ死体は浮びあがることが可能だった、とね。そこで今度はあわてて、死体は陸上に放置されてなかったと述べる。なぜかと言えば、もしそうなら『殺人犯の足跡が岸辺に見つかるはず』というわけさ。この推論《セクイトゥール》には、君もにやにやしちまうだろうと思うよ。死体を単に岸辺に置いたからといって、どうして殺人犯の足跡を増すことになるのか、判らないでしょう？　ぼくにだって判るもんか。

「ところが、この新聞はまだつづけている。『さらにまた、このような殺人を犯した兇悪犯が、死体を沈めるための錘《おもり》をつけずにこれを河に投ずることなど、あり得べきことだろうか。この配慮は極めて容易に思いつくものであるだけに、奇怪なことと言わねばなるまい。』ねえ、なんて滑稽な、思考の混乱だろう！　発見された死体が他殺体であることには、誰ひとり——『エトワール』さえも——反対してないんだ。兇行の跡は、あまりにも歴然としているからね。この記者の目的は、これがマリーの死体じゃないということを示すことだけなので、彼がしようとしているのは、マリーが殺害されていないということだ。この死体が殺害されていない、ということじゃあなくってね。ところが彼の考察は、ただ後者のほうだけを立証している。ここに錘のついていない死体が一つある。それゆえ、これは殺人犯によって投げこまれたものじゃない。ただそれだけの話じゃないか——もし何かが証明されたとしてもね。死体確認の問題には触れてさえいない。それに『エトワール』は、自分がつい今しがた言ったことを一生懸命になって否定してるんだ。だって、『この死体が殺害された女性の死体であることはまったく疑いがない』と言ってるんだからね。

「もっともこの記者が思わず知らず自家撞着を犯しているのは、問題のこの部分に関してだけじゃない。前にも言ったように、彼の目的は明らかに、マリーの失踪と死体の発見の間の時間をできるだけ短くすることなのだが、そのくせ一方では、娘が母の家を出てから以後、誰ひとり彼女を見かけなかった点をしきりに強調している。『マリー・ロジェが六月二十二日、日曜日の九時以後に生きていたという証拠は何ひとつない』と言っているようにね。もともとこの人の議論はひどく偏った議論《エクス・パルト》なんだから、少くともこんなことは触れないで置けばよかったのさ。だって、もし誰かが、月曜日にだろうと、火曜日にだろうと、マリーを見かけていることが判れば、問題の時間はぐっと短くなるわけだし、そうなれば彼の推理によって、死体があの女売子《グリゼット》のものだという可能性はうんと小さくなるじゃないか。それなのに——面白いねえ——『エトワール』は自分の議論を押し進めるつもりで、この点にひどく力瘤を入れてるんですよ。

「今度は、ボーヴェーによる死体確認について言及している箇所をもういちど読んでみたまえ。『エトワール』は腕の毛について、明らかにずるい書き方をしてるぜ。ボーヴェー氏は馬鹿じゃないから、ただ単に腕の毛だけを手がかりにマリーの死体だと断定したはずがない。『エトワール』の書き方の一般論的な口調は、証人の言葉を歪めたものにすぎないんだ。証人はこの毛の、ある特徴について述べたに相違ない。毛の色とか、量とか、長さとか、生えている場所とかの特徴を言ったに違いないと思うんですよ。

「それにこの新聞は、こんなことも言っている。『彼女の足は小さかったというが、小さい足はいくらでもある。ガーターや靴も、何の証拠にもならない——なぜなら、靴やガーターは大量に売られるものだからである。同じことは、彼女の帽子の花飾りについても言い得るであろう。ボーヴェー氏が強く主張したことは、発見されたガーターの止め金は小さくするために逆に動かしてあったという点だが、これも証拠にはならない。なぜなら、大抵の婦人は、買物をする店頭でぴったりしたサイズのガーターを買うよりも、家に帰ってからガーターを腿の太さに合せて調節するものだからである。』ここまで来ると、一体この記者は真面目なのかどうか、疑わしくなってしまうよ。ボーヴェー氏がマリーの死体を探していて、体つきといい大きさといい失踪した娘にぴったりの死体を見つければ(服装のことは論外にするとしても)、ようやく探し当てたと思うのは当然だろう。それに、体つきだけでなく、生前のマリーの腕に見たことがある特徴的な毛を死体の腕に発見すれば、彼の意見はいよいよ強まるだろう。さらに、その毛の特徴なり異常さなりに気がつけば、ますます自信がついて来るはずじゃないか。マリーの足が小さくて、死体の足も小さければ、これがマリーの死体だという蓋然性は、算術級数的にではなく幾何級数的に増大してゆくにちがいない。こういうことすべてに加うるに、失踪する朝にはいていた靴と同じ靴だという事情がある。こうなれば、いくら靴が『大量に売られている』ものだったにせよ、蓋然性はもう確実の域に迫っている。それ自体では確認する証拠にならないものでも、然るべき位置に置かれれば、最も確かな証拠になるんですよ。さあ、そこへ、帽子についている花飾りが失踪した娘の花飾りと同じだという条件が加わる。こうなれば、もうそれ以上調べようとしないのは、当然じゃないかしら。たった一輪の花だって、もう詮索する必要がなくなる。まして、二つ、三つ、それ以上が、一致しているとなればどうだろう？　連続する一つ一つの証拠は、いわば倍率的な証拠――足し算のじゃなくて、掛け算のものになり、百倍も千倍も証拠を強化する。しかもそこへ、故人が生前に使っていたガーターが見つかる。こうなったら、もうそれ以上調べるのは馬鹿げているようなものだ。更にそのガーターは、マリーが家を出る少し前にしたように、止め金を動かして小さくしてあることが判った。もうこうなったら、疑念を持つのは、気が変なのかそれとも偽善者であるか、どっちかですよ。それなのに『エトワール』が疑って、ガーターを縮めるのはありがちなことだと主張しているのは、頑固きわまる謬見《びゅうけん》だと言うしかないな。止め金つきのガーターというのは、そのままでも伸び縮みする弾力を持っているんだから、小さくしてあることが第一、異常なんですよ。それ自体で調節できるようになっているものを、わざわざ別の仕掛けで調節する必要があるというのは、そうざらにあることじゃない。マリーのガーターが同じような具合に小さくしてあるとすれば、それこそ、最も厳密な意味での、偶然の一致にちがいない。だからこの事実だけでも、マリーの死体だと確認する決め手になるでしょう。しかし、問題なのは、失踪した娘のガーターをつけてる死体が発見されたということじゃない。彼女の靴、彼女のボンネット、彼女のボンネットの花飾り、彼女の足、彼女の腕の特徴、彼女の体つき、を持った死体が発見されたということでもない。問題なのは、こういうこと一つ一つが、全部一緒になって、死体と共に発見されたということだ。こういう状況の下にあっても、依然として『エトワール』の編集長が本当に疑いをさしはさんでいるのなら、精神鑑定《デ・ルナティコ・インクイレンド》などおこなう必要はない。そいつは、法律屋の下らないおしゃべりの口真似をするのを聡明なことだと思っている奴なのさ。法律屋なんてものは、大抵は、四角四面な法廷用語を無責任に繰返してれば、それで御満悦な人種なんだ。だから、法廷から却下される証拠の大部分が、実は、知性のある人間にとっては最上の証拠なのだとぼくは思いますよ。なぜかと言えば、法廷というのは証拠についての一般的な原則――公認された、書物に書いてある原則――に従うものだから、特別の場合だって、その原則から外れたくない。もちろん、こういうふうに頑固に原則にこだわって、それと相容れない例外を強く排斥するやり方は、長い眼で見れば、入手し得る最大の真実を手に入れるための確実な方法かもしれない。だから、たしかにこのやり方は、全体としては理窟に合っているだろうけれど、しかし個々の場合には、厖大な間違いを犯すことも確かなのです*。

「ボーヴェーに対しての当てこすりなんかは、あんなもの、君ならあっさり退けるだろうと思うよ。この善良な紳士の本当の性格がどういうものか、君はとうに知っているはずだ。お節介屋でね、ロマンチックなところがかなりあるし、頭はあまりよくない。こういう気質の人間は、本当に興奮すると、詮索好きな人間や悪意のある者の眼から見ると、わざわざ疑いを招くような行動をしたがるものだ。ボーヴェー氏は（君の覚え書から判断すると）、『エトワール』の編集長とこっそり合ったらしい。そして、編集長の理窟にもかかわらず、死体は絶対にマリーだと頑張って、相手をひどく怒らせたようだ。新聞は、『彼は、この死体がマリーのそれだと主張しているが、われわれが以上論評したもののほかには、他人を納得させるような事実をつけ加えることができないのである』と言っている。でも、もうこれ以上、『他人を納得させる』ような強力な証拠がつけ加えられるはずがない、ということは別にしても、こういう場合、相手を信じさせる理由は何一つ出せなくても、自分がそう信じているってことはあり得るだろう。一体、一人ひとりの人間を確認するときの印象ほど漠然としているものは、他にないくらいなんだ。誰だって、隣人を見れば、ああ、あの人だってことが判る。だが、なぜ判るのかという理由を用意してる人は誰

*(原注)「対象の性質にもとづく理論は、それが対象に応じて展開することを妨げるものである。そして、問題をその原因に応じて処置する者は、問題をその結果によって評価することをやめてしまう。それゆえ各国民の法学を検討すれば、法が科学となり体系となるとき、それがもはや正義＝司法（ジャスティス）でなくなるということが判るだろう。分類という原則に盲目的に身を献げることは、制定法を誤謬へと導くのだが、このことは、立法府がどんなにしばしば、立法府の機構がすでに失ってしまった衡平を復興しようとしなければならなかったかを見れば判るだろう」――ランダー

もいやしない。『エトワール』の記者には、ボーヴェー氏が理由も言えずにそう信じこんでいるからといって、別に怒る権利はないんだよ。

「この男をめぐっていろいろ不審な事情はあるけれども、しかしそれは、この記者がほのめかすような、犯人は彼だという方向より、むしろロマンチックなお節介屋というぼくの仮説に、ずっとぴったりしてると思いますよ。一度でいいから、もっと寛容な解釈をしてみたまえ。あの鍵穴にさした薔薇の花だって、石板に書いてあった『マリー』という字だって、『男の親類を避けた』ことだって、自分が戻るまで憲兵《ジャンダルム》と口をきくなとB＊＊夫人に注意したことだって、それから『事件の処置については自分以外の誰にも関与させない』つもりだったらしい態度だって、全部納得がゆくことだ。ボーヴェーがマリーに言い寄っていたこと、マリーのほうでも媚態を示していたこと、および彼としては自分がマリーとたいへん親しくて信頼されているみたいに見せかけたがっていたことなどは、もう問題がないと思う。だから、もうこの点については触れないことにしましょう。それから、『エトワール』がしきりに言う、母親や親類の者が無関心だったという点だが——たしかにこのことは、彼らがこれはマリーの死体だと信じていることと矛盾するけれど——この点についてはちゃんと反証があがっている。だからぼくたちは、さきに進むことにしよう。死体確認の問題はすっかり解決したことにして」

「それじゃあ」とぼくはここで訊ねた、「『コメルシエル』の説については、君はどう思ってるの？」

「あれは、この問題について発表されたどんな記事よりも注目に価するよ——精神においてはね。前提から演繹《えんえき》してゆくやり方も、論理的で鋭いな。でもその前提が、少くとも二つの点で、不完全な考え方にもとづいている。『コメルシエル』としては、マリーが母の家から出て、そう遠くへゆかないうちに、一群のごろつきにつかまえられた、と言いたいらしい。『この若い女性のような、数多くの人に知られている者が、誰の眼にも触れないで街区を三つ通りぬけるなどということは不可能である』と書いているんだからね。これは、パリに長く住んでいる人——公人——で、しかも歩きまわる範囲がまあ大体、役所の近所に限られている人の頭に浮ぶ考えだ。彼は、自分の勤め先《ビュロー》から六街区も歩けば、きっと誰かに出会って挨拶されるにきまってる。だから、自分が知っている他人の範囲も、自分を知ってる他人の範囲も、よく判っているので、自分の有名さとこの香水屋の売子の有名さとを比較して、そう大して差はないと考えるのさ。そこから論理は一足とびに、彼女が街を歩けば、自分が街を歩いた場合とちょうど同じように、知った顔に出くわすだろうという結論に到達しちゃう。しかしこういうことは、彼女の外出が彼の外出と同じような、きちんとした性格のものであって、歩いた範囲も彼の場合と同じくらい限られているときだけ妥当する話なのだ。彼は一定の地域内を、一定時間の間隔を置いて往復する。しかもその地域というのは、彼らの職業が彼の職業に似かよっているという点から言っても、彼に注意しそうな人間が多いわけですよ。ところがマリーの外出のほうは、大体まあ、漫然たるものなんだな。特に今度の外出などは、いつも通いつけている道とはひどく違った道を歩いたにちがいない。もし、この二人の人物がパリじゅうを歩き廻るというんだったら、『コメルシエル』の記者の頭のなかにあったと思われる対比は、たしかに成立するかもしれない。その場合なら、二人の知合いの数がもし等しければ、知合いと出会う数も等しくなる可能性が出て来るわけですからね。ぼくとしては、マリーがある任意の時刻に、自分の住居から叔母の家へゆく道のどれか一つを、彼女が知っている人、および彼女を知っている人に誰一人にも会わないで通るということは、単に可能であるだけじゃなくて、非常にあり得ることだと思う。この問題を本当によく考えるためには、パリでいちばん有名な人の知合いだってパリの全人口と比すれば実に微々たるものだってことを、頭のなかにしっかり置いとかなくちゃ駄目さ。

「それに、『コメルシエル』の思いつきは、マリーが外出した時刻を考慮に入れるとき、ひどく無力なものになってしまう。『彼女が出かけた時刻には、街路には人通りが多かったのである』と『コメルシエル』は書いているけれども、これは違う。出かけたのは午前九時だった。そして午前九時には、日曜以外なら、たしかに街路には人通りが多い。これは本当ですよ。しかし日曜の九時には、みんなは大体うちのなかで、教会へ出かける支度をしてるとこだ。注意ぶかい人なら、日曜日の八時から十時までのあいだ、街のなかが特にひっそりしてることにきっと気がつくはずです。十時から十一時までは、たしかに人通りが多い。しかし、この問題の時刻のような早朝には、そういうことはないんですよ。

「『コメルシエル』の記事には、もう一つ、観察の不充分なところがある。『不幸な娘のペティコートから、長さ二フィート幅一フィートの布が、むしり取られ、後頭部から巻いて頤の下で結んであった。これはたぶん猿ぐつわであったろう。兇行はハンカチを持たない連中によって犯されたのである』と言っている。この判断が充分な根拠にもとづくものかどうかは後で検討するとして、『ハンカチを持たない連中』というのは、新聞記者としては最下級のごろつきということだろう。しかし、実はそういう連中こそ、たとえワイシャツは着てなくとも、ハンカチはしょっちゅう持っているものなんだ。君も気がついているにちがいないが、最近ハンカチは、悪党にとって必要不可欠なものになってるんだよ」

「じゃあ」とぼくは訊ねた。「『ソレイユ』の記事については、どう考えるべきなのかしら？」

「あの文章の筆者が鸚鵡《おうむ》に生れて来なかったのは残念千万だね。せっかく最高級の有名な鸚鵡になれたところなのに。あれじゃあ、今まで発表された意見をあっちの新聞、こっちの新聞から、敬服すべき勤勉さでよせ集め、それをただ繰返してるだけじゃないか。『これらの品は、明らかに、少くとも三、四週間そこにあったものである。恐しい兇行のおこなわれた地点が発見されたことは、疑いをさしはさむ余地のないことである』と言っているけれど、この『ソレイユ』が繰返してる事実は、どうもこの問題についてのぼくの疑念をさっぱり排除してくれない。しかしこういう点については、あとで他のことと一緒にもっと詳しく検討してみよう。

「今のところ、ぼくは他のことを調べてみなくちゃならないんだ。まず、君も気がついたにちがいないと思うけれども、検屍はひどく粗雑なものだった。たしかに、死体の確認はすぐにできたし、また当然そうあるべきだったろう。しかし、それ以外にも、確めるべきいろんな点があったと思う。持ち物で掠奪されているものは、何かないだろうか？　家を出るとき、宝石類は身につけていなかったろうか？　もし身につけていたとすれば、それは死体と一緒に発見されているか？　こういう重大な問題が、証拠しらべではぜんぜん触れられていないんですよ。この他にも、同じくらい重要なのに注意されていないことが、いくつもある。こういう点は、納得がゆくまで、自分で調べてみなくちゃならない。サン・テュスターシュのことなんかも、再検討しなくちゃね。もちろん、ぼくはこの男を疑ってはいませんよ。でも、方法的に仕事を進めたいからな。日曜日に出廻ったさきについての口供書が正当なものかどうかも、疑問がちっとも残らないくらい確めてみましょう。この種の口供書は、とかく言いのがれになりがちなものですから。でも、この点についてさえ変なことがなければ、サン・テュスターシュのことはもう調べなくていいだろう。疑惑を深める材料になるのは、彼が自殺したということだが、まあこれだって、口供書に虚偽の中立てがあればの話で、もしそうでなければ、説明のつかないことだとは言いにくい。何もそのせいで、普通の分析の線から逸脱しなくちゃならぬことはないでしょう。

「これからやろうとしていることでは、この悲惨な事件の内的な問題は無視して、もっぱら周縁のほうに注目することにしよう。こういう捜査でよくやる間違いは、直接的なことの調査にだけ範囲を限ってしまって、間接的・附随的な出来事はすっかり無視するというやり方です。証拠や論議を、一見したところ関連のありそうな事柄にだけ限定してしまう――これが法廷のよくやるあやまちだ。でも、経験に徴しても判ることだし、哲学的にも説明のつくことだけれども、真理の大部分は、ちょっと見ただけじゃあ無関係みたいに見えるところから出て来るものだ。近代科学が予見されないものを予測するのは、字義通りにはともかく、精神においては、この原則によるものです。しかし君には、ぼくの言ってることがよく呑込めないでしょうね。人間の知識の歴史を検討すれば、非常に価値の高い無数の発見が、実は附随的・偶然的な出来事のせいで生れたということが判る。こういう事情は、今までずうっと続いているので、今では、何か将来の改善を期待するためには、普通の予想の範囲からは完全に逸脱した、偶然によって生ずる発見を狙うために、ものすごく大きな余地を考慮して置くことが必要だ、というところまで来てしまっている。過去の事実の上に未来の幻を構築するのは、もう論理じゃないのです。偶然というものが、基礎工事の一部分として認められている。チャンスという奴を絶対的な推定の問題にしている、と言ってもいい。予見されないもの、想像されないものを、学校の数学公式に従属させるというわけですよ。

「繰返して言うけれども、あらゆる真理の大部分が附随的なものから生れるというのは、単なる事実以上の何かなんだ。だからこの場合でも、これまでさんざん調査して、しかも収穫のなかった方面から眼を転じて、事件をとりまく当時の状況をぼくが考えて見ようというのは、つまりこの原則の精神にもとづいているのさ。だから、君にあの口供書の信憑性を確めてもらう一方、ぼくは新聞を、君がやってくれたよりももっと広い範囲で検討しようと思う。今までのところ、ぼくたちの捜査は、すでに捜査ずみの領域をもう一ぺん調べているだけだ。でも、まったくの話、ぼくが言ったように徹底的に調べてみて、それでもなお捜査の方向を確立してくれるような微細なことが出て来なかったら、出て来ないほうが不思議だと思うんだ」

デュパンの提案にもとづいて、ぼくは口供書を丁寧に検討してみた。その結果、口供書はまったく信用し得るものであること、サン・テュスターシュは無罪であること、が判った。その間、ぼくの友人は、ぼくの眼にはあまり入念すぎて無方針だとさえ思われるほどの態度で、さまざまの新聞のファイルを調べていた。一週間たつと、彼はぼくに次のような抜き書を見せてくれた。

「約三年半前、パレ・ロワイヤルのル・ブラン氏の経営している香水店《パルフュムリー》から、同じマリー・ロジェが失踪して、今回と同じような事件が起ったことがある。しかしその場合は、一週間後、多少いつもよりは顔色が蒼ざめていたほか、普段と変ることなしに、自分の担当である勘定台《コントワルー》にふたたび姿をあらわした。ル・ブラン氏と彼女の母は、田舎の友人の所へ遊びに行っていただけだと述べ、事件はあっさりと忘れられた。今回の事件も、同じような気まぐれの結果であろう。一週間ないし一ヵ月経過すれば、彼女は帰って来るであろう」――『夕刊新聞』* 六月二十三日、月曜日。

「昨日のある夕刊新聞は、ロジェ嬢にかつて謎めいた失踪事件があったことを報じている。ル・ブラン氏の香水店《パルフュムリー》を欠勤していた一週間のあいだ、彼女が、放蕩をもって聞えた、ある若い海軍士官と一緒であったことは、よく知られている。たまたま二人が仲たがいしたため、彼女は戻ることになったものらしい。この、現在パリ在勤中の女たらしの名は判明しているが、それは公けにしないで置く。その理由は、今さら申すまでもなかろう」――『メルキュール』** 六月二十四日、火曜日、朝刊。

「一昨日、最も兇悪な種類の暴行が、この市の近くでおこなわれた。夕方ごろ、妻と娘を連れた一紳士が、セーヌ河の岸の近くでのんびりボートを漕いでいた六人の若者たちに金を与えて、河を渡してもらった。三人の乗客は対岸に着くとボートから下りたが、ボート

*（原注）『ニュー・ヨーク・エクスプレス』
**（原注）『ニュー・ヨーク・ヘラルド』

が見えなくなるまで行ってしまってから、娘が、パラソルを置き忘れて来たことに気がついた。彼女はそれを取りに戻ったが、若者たちにつかまって、河の上に連れ出され、猿ぐつわをはめられて暴行された後、最初両親とボートに乗った地点からさほど遠くない所に置き去りにされた。悪漢どもは目下逃走中であるが、警官は彼らを追跡している。彼らのうちの若干名は間もなく逮捕される見込み」――『日曜新聞』* 六月二十五日。

「本社は、最近の兇行に関し、ムネー** に罪を着せる目的の投書を、一、二通、受取ったが、この紳士は当局の調査の結果、無罪であることが完全に判明しているし、これら投書者たちの論議は、熱心ではあるが深い根拠はないもののように見受けられるので、これは公表しないほうが宜しいと考える」――『日曜新聞』六月二十八日。

「本社は、おそらく別人の筆になると目される、強硬な投書数通を受取った。不幸なマリー・ロジェが、日曜日にパリ市の近郊を荒しまわる悪党どもの集団の一つによって犠牲となったことは疑う余地がない、という趣旨のものである。本社の見解もまた、この仮説を全面的に支持するものである。今後、この種の論議は紙上に掲載される予定」――『夕刊新聞』*** 六月三十一日、火曜日。

「月曜日に、一隻の空ボートがセーヌ河を浮流しているのを、税務署関係の艀の船頭が見かけた。帆は横にされて船底にあった。船頭はそれを艀事務所まで曳いて行った。翌朝、事務所の者が誰ひとり知らぬうちにそれはなくなってしまっていた。現在、舵だけは艀事務所に置いてある」――『ディリジャンス』****六月二十六日。

こういう様々の抜き書を読んでみたが、ぼくにはそれらが相互に矛盾しあっていると思われるだけではなく、それらが現在の問題とどうかかわりがあるのかさえ理解できなかった。ぼくはデュパンが説明してくれるのを待った。

「第一のものと第二のものについては」とデュパンは言った。「あまりこだわるつもりはないんだ。主として、警察当局の極端な怠慢ぶりをお目にかけるため、写しとっただけですよ。何しろ、警視総監から聞いた話から判断する限り、ここで話に出て来る海軍士官を調べることさえやってないんだからね。でも、マリーの二度の失踪事件が、その間にまったく関係が考えられないというのは、ひどく馬鹿げた言い草ですよ。かりに、最初の駈落《かけおち》が恋人たちの仲たがいをもたらし、裏切られた女がそのため帰ることになったのだとして見よう。すると、二度目の駈落は（もちろん、これが駈落だと判った上での話だけれども）、別の男が現れて新しく言い寄った結果というよりは、むしろ、かつて裏切った男がよりを

*（原注）『ニュー・ヨーク・カリアー・アンド・インクワイアラー』

**（原注）ムネーは、最初嫌疑をかけられ、逮捕された者の一人。証拠がまったくないため、放免された。

***（原注）『ニュー・ヨーク・イヴニング・ポスト』

****（原注）『ニュー・ヨーク・スタンダード』

戻そうと言い出したせいなのじゃないかしら。新しい恋愛《アムール》の始まりとして見るよりも、焼け棒杭《ぼっくい》に火がついたのだと考えるほうがいいと思う。前に一人の男と駆落したことのあるマリーに今度は別の男が駆落を持ちかけるということより、彼女とかつて駆落したことのある男がもういちど同じことを提案するほうが、圧倒的に可能性が多いやね。ところで、次の事実に注目してくれたまえ。いいかい。最初の駆落と、二度目の駆落かもしれない事件との間に経過した時間は、わが国海軍の軍艦が普通一航海に要する期間より、せいぜい数ヵ月多いだけなんです。マリーの恋人は、最初のときは、出航時間を控えていたため兇行をおこなえなかった。それで今度は帰って来るとすぐ、前には実行できなかった悪だくみをおこなったのじゃないだろうか？　だけど、こういうことすべてについては、ぼくたちには何も判ってないんだ。

「しかし君は言うかもしれない。この二度目のときには、想像されるような駆落なんて何もなかったのだ、とね。たしかになかった――でも、駆落の計画はしたけど失敗したのだ、とは言えないかしらん？　サン・テュスターシュと、それから多分ボーヴェーの他には、公然と認められているマリーの求婚者は判っていない。他の人間については何も言われていない。じゃあ、親類の者が（少くとも彼らの大部分が）何も気づいていない秘密の恋人というのは、誰だったろう？　マリーはその男と、日曜の朝に会ったわけだ。その男は彼女をよほど安心させていたらしい。だって、日が沈んでもまだ彼と一緒に、ルールの関門の寂しい森のなかにいたわけだからね。少くとも親類の大抵の者が知らなかった秘密の恋人は誰なんだろう、とぼくは訊ねるよね。そして、マリーが出かけた朝ロジェ夫人が口にした、『もうマリーとは会えないだろう』という異様な予言は、何を意味するだろうか？「まさか、ロジェ夫人が駈落の計画を知っていたとは想像できないけれども、少くともマリーが駈落のことを考えていたとは、考えられるんじゃないかな。彼女は家を出るとき、サン・テュスターシュに頼んだのだ。そうね、ちょっと見ると、このことはぼくがさっき言ったことと、矛盾するかもしれない――でも、考えてみようよ。彼女がたしかに誰かと会い、その男と一緒に河を渡り、午後三時という遅い時刻にルールの関門に着いた、ということは判っているんだ。でも、この男の言葉に従って同行するとき（その目的が何だろうと――それを母親が知ろうが知るまいが）彼女は考えていたにちがいないと思うんだ。家を出るとき、どう言って出て来たかということを。それからまた、許婚者のサン・テュスターシュが約束の時間にデ・ドゥロームへ行って、彼女がいないのを知ったとき、そして更に、この驚くべき知らせをもって下宿屋《パンション》へ帰り、彼女が家にも戻っていないことを知ったとき、彼の心にどんな驚きと疑惑が訪れるだろうか、ということを。マリーはこういうことを考えてたに相違ないと思うな。サン・テュスターシュの失望や、みんなの疑惑を、予想していたにちがいない。この疑惑を打消すために帰宅するというところまでは、考えることができなかったかもしれないけれど。しかし、彼女には帰る気がなかったんだと思えば、こういう疑惑なんか実に、取るに足りないものになってしまうでしょうね。

「だから、彼女はこんな具合に考えた、と想像してもいいんじゃないか――『これからあたしは、駈落のため、ないし他人には知らせてない或る目的のため、ある人に会う。なんとか邪魔がはいらないようにして置かねばならぬ――追手を逃れるだけの時間をとって置かねばならぬ――デ・ドゥローム街の叔母さんの家に行って、一日じゅうそこにいると言おう――暗くなるまでに迎えに来てくれとサン・テュスターシュに頼もう――こうすれば、あたしが長いあいだ家を留守にしていても、疑われたり心配されたりしないだけの、説明がつくわけだし、他のやり方よりもずっと時間にゆとりができる。暗くなってから迎えに来てくれとサン・テュスターシュに頼めば、それより早くは決してやって来ないだろう。でも、そう頼まなければ、もっと早く帰るはずだと彼は期待するから、不安に思うことになり、結局、あたしが逃げるための時間は少くなってしまう。もし帰るつもりなら――問題の男と散歩することを計画しているだけなら――サン・テュスターシュに迎えに来てなんか貰いやしない。だって、迎えに来れば彼はきっと、あたしが彼を偽ったことに気がつくだろう――しかもそれは、彼にはなんにも言わずに家を出、夕方までに戻り、デ・ドゥローム街の叔母の家に行っていたと述べれば、永久に気づかれなくてすむことなのだ。でも、決して帰らないつもりなのだから――少くとも数週間は――あるいは隠れ家がみつかるまでは帰らないつもりなのだから——あたしが考えるべきことはただ一つ、時を稼ぐことだけなのだ』

「君の覚え書にも書いてある通り、この悲惨な事件についての世間一般の通念は最初からずうっと、この娘は一群の悪党どもの犠牲になった、ということでしたね。民衆の意見というものは、ある条件の下では、無視されるべきじゃない。それが自然に発生した場合——つまり厳密な意味で自発的に現れた場合には、天才の特徴である直観と酷似したものとして考えるべきだ。百のうち九十九までは、ぼくもその断定に従いますね。でも、そのためには、誰かが暗示したという痕跡が見当らない、という条件が大切です。つまり、その意見はあくまで民衆自身の意見でなくちゃならぬ。でも、それを区別して、その区別を見失わないようにするのは、ひどく難しい場合がしょっちゅうなんだな。今度の事件では、一団の悪党についての『民衆の意見』は、第三の抜き書に書いてある附随的な出来事の影響を受けていると思う。若くて美人でとかくの評判のある娘、マリー・ロジェの死体が発見されたというので、パリじゅうが沸きかえっている。死体には暴行の跡があるし、河に浮んでいた。ところが、彼女が殺されたちょうど同じころ、というよりもほぼ同じころ、程度はそれより少し劣るけれども、まあ大体マリーが受けたような兇行を、もう一人の若い女性が一団の若いならず者によって受けている、ということが判明した。とすれば、ある既知の残虐行為が、もう一つの残虐行為についての大衆の判断に影響するのは、当然のことじゃないか？　大衆の判断は方向づけられるのを待っていた。そこへ、この既知の暴行事件が、じつに適切に方向を与えてくれた！　マリーが発見されたのもセーヌ河だった。この同じ河で、既知の事件のほうも起っている。この二つの事件のあいだの関係は、極めて明瞭なので、世間がこのことに気がつき、それにこだわらなかったら、かえって不思議なくらいなのですよ。ところが実際は、こういうふうにおこなわれたということが判る或る兇行は、それがもし何かだとするならば、ほとんど同じ時刻に発生したもう一つの兇行がそんなふうにおこなわれたのじゃないということの証拠なんだ。もしも、一団のならず者たちが、ある任意の地域で、前代未聞の悪事を働いているときに、もう一団の同じような悪党どもが、同じ街の同じ地域で、同じような状況の下に、同じような手口で、まったく同じ時間に、まったく同じ種類の悪事を働いているとすれば、これは奇蹟と呼ぶしかないじゃないか！　ねえ、偶然によって暗示を受けた大衆の意思が、ぼくたちに信じさせようとしているものは、こういう奇蹟めいた暗合の連続以外の何なのかしら？

「話をさきに進める前に、兇行の現場と目されている、ルールの関門の茂みについて考えてみよう。あれはたしかに深い茂みだけれども、とても往来に近接している。茂みのなかには石が三つか四つあって、それが、背中のよりかかりと足台のついた、一種の椅子みたいな形をしているんです。上のほうにある石の上には、白いペティコートが発見された。二番目の石の上には、絹のスカーフ。それから、パラソル、手袋、ハンカチもみつかった。

ハンカチには『マリー・ロジェ』という名前がついていた。あたりの小枝には、服の切れはしがひっかかっていたし、地面は踏み荒され、灌木は滅茶滅茶になっている。凄まじい格闘を証拠づけるものばかり、というわけさ。

「この茂みが発見されたことは、新聞から大歓迎を受けたし、これが兇行の現場だということに意見は一致してしまったけれど、疑う理由が充分あることは、やはり、認めなくちゃならないよね。これが現場であったことを、ぼくが信じようと信じまいととにかく――疑念をさしはさむ余地はたっぷりある。もし真の現場が『コメルシエル』が言うようにパヴェ・サン・タンドレ街の近くなら、犯人たちは、彼らがまだパリにとどまっていれば、世間の注意がこんな具合に問題の地点のほうへ集って行っていることは、当然、激しい不安を味わわせることになるだろう。そうなれば、ある種の人間なら、この世間の注目をよそへ向けるのが必要だと考えることもあり得るわけだ。とすれば、ルールの関門の茂みには既に疑いがかかっているのだから、ここに遺品を置こうという考えも当然わこうというものさ。発見された品は数日以上あの茂みのなかにあったみたいに『ソレイユ』は言ってるけれど、そんな証拠は一つもありやしない。一方、あのいろんな品が、運命の日曜日から、子供たちがそれを見つけた午後までの二十日間、誰の注意も惹かずにあそこに放置されているはずがない、という情況証拠のほうならいっぱいある。『ソレイユ』は、他の新聞の意見をすっかり採用して、『雨のせいで一面に黴が生え、そのためぴったりと密着している。周囲には草が生えており、なかには草に覆われている品もある。パラソルの絹は丈夫な生地だが、その内側の糸はくっつきあっている。たたまれて二重になった、上のほうの部分は、すっかり黴が生えて朽ちているため、開けたら破けてしまった』と書いているけれど、『周囲には草が生えており、なかには草に覆われている品もある』ということに関しては、二人の子供の言葉、および記憶によって確められたものにすぎない。だって子供たちは、第三者が見る前に、こういう品を動かして家へ持って帰ったんだろうからね。それに草なんてものは、殊に暑くて湿気の多い時候には(殺人があったころの気候がそうだよね)、一日のうちに二インチも三インチも伸びるものだ。芝を植えたばかりの地面の上に、パラソルを置けば、一週間のうちに、草に覆われてすっかり見えなくなってしまうだろうよ。それから、『ソレイユ』の記者があんなに執拗に――いま引用したばかりの短い文章のなかにさえ三回もその言葉を使うくらい執拗にこだわっている黴について言えば、黴の性質を本当に知って書いているんだろうか? 普通、二十四時間のうちに生えて、また枯れてしまう、いろんな種類の菌類の一つなんだということさえ、知らないんじゃないかしら?

「こういうわけで、あの遺品が『少くとも三、四週間』茂みのなかにあったという考えを支えるためさも得意そうに引合いに出されたものが、実はそのことの証拠としてこの上なく馬鹿ばかしいものである、ということがほんの一瞥で判るんだよ。一方、ああいう品物が、あの茂みのなかに一週間以上も——ある日曜から次の日曜までよりもっと長い期間——置いてあるなんてことは、どうにも信じにくい話だ。パリの近郊のことを少しでも知っている人なら、郊外からよほど遠く離れた所ならばともかく、人目につかぬ場所を見つけるのが極度に困難なことを知っているはずだ。そういう森のなかにある、誰も行ったことのない場所なんて、いや、人目につかぬ程度の場所でさえも、想像することがまったく不可能なのですよ。誰か、心の底では自然の愛好者でありながら、仕事の関係でこの大都会の熱気と埃に縛りつけられている人に——ウィーク・デイでいいから、やらせて見たまえ。ぼくたちを取巻いている美しい自然のなかで、孤独への渇望を果して癒《いや》せるものかどうか、ということをね。増大してゆく自然の魅力が、二歩あゆむごとに、ごろつきや、どんちゃん騒ぎをしている悪党どもの、声や姿によって、きっと消し取られてしまうに決っている。深い森のなかで孤独を楽しもうとしたって、無駄な話さ。こっちの隅には薄ぎたない奴がいる——あっちには俗用に瀆された神殿がある、といった寸法なんだ。結局は嘔き気を感じながら、堕落の都パリへ戻って来る。まだしもこっちのほうが、同じ汚水溜にせよ、不調和でないだけ厭らしさが少いというわけさ。ところで、ウィーク・デイでさえこんな具合だとすれば、日曜のパリ近郊はどんなにひどいだろう！　労働の義務から解放されて、つまり、普段のように悪事を働く機会はないので、町のごろつきどもは郊外へとやって来る。田園の眺めを愛しているから、なんてものじゃあない。そんなものを心のなかでは軽蔑していて、ただ、社会の束縛と慣習から免れるためなのさ。連中の欲しているのは新鮮な空気や緑の樹木じゃなく、田舎の放縦さなんだ。道端の宿屋で、森の葉蔭で、飲み仲間の眼しか気にかけることなしに、ラム酒と放埒との混合——気違いじみた、まがい物の浮かれ騒ぎに耽るわけさ。だからぼくは、問題の品物が、パリ近郊のどこかの茂みのなかで、ある日曜日から次の日曜日まで見つからぬままほうってあるなんてことは奇蹟としてしか考えられないと、もういちど繰返したいな。これは、冷静に観察すれば、誰にだって明白なことだと思う。

「それに、茂みのなかの品が、兇行の現場から注意をそらさせるため置かれたんじゃないかという疑念には、まだ他に論拠があるんですよ。まず、遺品が発見された日附に注目してくれたまえ。それから今度はそれを、五番目の抜き書きの日附と比較してほしいんだ。夕刊新聞へ息せききった投書があったほとんどすぐ後に、遺品が発見されたということが判るでしょう。投書はさまざまだし、出所もさまざまらしいけれど、全部、一点に帰着する——つまり、兇行の加害者としては一団のならず者に、兇行の場所としてはルールの関門の附近に、注意を向けさせようという趣旨のものだ。もちろん、こういう投書の結果、あるいはそのせいで世間の注意が向けられた結果、子供たちが例の品を見つけたなんて言う気はありません。それまでは茂みのなかに遺品はなかったから、そのとき以前に子供たちが発見しなかったというわけなんですよ。兇行よりもずっと遅く、投書の日附と同じころ、ないしそれより少し前に、こういう投書を書いた犯人たち自身の手で置かれたのだという疑惑はじゅうぶん成立つと思う。

「この茂みは変な――じつに変な茂みでしたよ。異様なくらい深く茂っているし、その自然の壁ともいうべきものに囲まれたなかには、三つの風変りな、背中の寄りかかりと足台のついている椅子みたいな形の、石がある。それに、このひどく人工的な茂みは、ドゥリュック夫人の家のすぐ近く、数ロッド（一ロッドは五・五ヤード）も離れていない所にあるんだが、彼女の子供たちはくすのき《ササフラス》の樹皮を探して、この辺の茂みを丹念に歩き廻る習慣だったと言う。とすれば、この子供たちが木蔭の広間にはいりこんだり、自然が作った王座に腰かけたりすることなしには、一日だって過ぎ去りやしなかったろうと思う。これに賭けては無分別というものかしら？　千対一ぐらいの確率だと思うけどな。こういう賭けにためらうのは、子供だったことがない人か、子供の心を忘れてしまった人でしょう。繰返して言うけど――一体ああいう品が、一日ないし二日よりももっと長い期間、どうして発見されずに茂みのなかに置いてあることができたか、どうにも納得のゆかない話だ。とすれば、『ソレイユ』の独断と無知とは無視してかかって、あの遺品はかなり後であの場所に置かれたんじゃないかと疑う理由は充分あるだろう。

「それに、そんなふうに置かれたものだと信ずる理由としては、今まで述べたもの以外の、もっと強力な理由もある。ねえ、あの幾つかの品がひどく人工的に配列されていることに注意してくれたまえ。上のほうの石には白いペティコート。第二の石には絹のスカーフ。そしてまわりには、パラソル、手袋、『マリー・ロジェ』と名前のはいっているハンカチがちらばっている。これは、頭がすごく切れるという程じゃあない人間が、自然《ナチュラリ》に置かれたように見せかけたいとき、当然やりそうな配列ですよ。でもこれは、本当に自然《ナチュラリ》な置き方では決してない。もしぼくだったら、全部の品が地面に落ちていて、足で踏みつけられている、というふうにしたろう。あの木蔭みたいな狭いところで、ペティコートとスカーフが、格闘している大勢の人間によって、あっちへこっちへ、と振りまわされながら、しかも石の上に乗っかっているなんて、まあ不可能なことでしょうよ。『格闘がおこなわれた証拠があるし、地面は踏み荒され、灌木の枝は折れている』と言っているけど――でもペティコートとスカーフは、まるで棚の上に置くみたいに、きちんと置いてあった。それに、『灌木のせいで裂けた彼女の上衣は、幅三インチ、長さ六インチである。一つは上衣のへりで、これはつくろってあった。もう一つはスカートの一部分だが、へりではない。両方ともちぎれたものらしい』と書いてあるが、ここで『ソレイユ』は、怠慢な話だけど、極端に曖昧な言葉を使っている。布きれはたしかに、書いてある通り、『ちぎれたものらしい』外観を呈しているだろう。しかしこれは、わざと手で裂いたものだ。布きれが茨のせいで、こんな具合に『ちぎれる』なんてことは、絶対にないと言っていいくらいだ。ああいう布地は、茨や釘に引っかかると、必ず直角に裂けるたちのものなんだ――二つの裂け目が、引っかかったところを頂点にして互に垂直にまじわるのさ。だから、布きれが『ちぎれる』なんてことは考えられない。ぼくはそう判断しますね。君だって異論はないでしょう。ああいう布地から一部分を破き取るためには、大抵の場合、違う方向に働く二つの力が必要だからね。布地に縁が二つあれば――つまり、たとえばハンカチのような場合なら――こういうときだけは一つの力で目的を達することができるけれど。でも、いま問題になっているのはドレスで、縁が一つしかないんだ。縁のところじゃない、真中のところから茨で布きれを破き取ることは、奇蹟でもなければ無理だし、たった一つの茨じゃ絶対不可能だ。それに、縁になっているところだって茨は二つ必要だ。つまり、二つの別の方向に働く茨が一つ、一つの方向に働くものがもう一つ。でも、これにしたって、縁がかがってなければの話で、かがってあったらもう問題にならない。だから、『茨』のせいで布きれが『ちぎれる』ことには、無数の、そして多大の障害があることが判る。しかも今ぼくたちは、たった一枚の布きれだけじゃなくて、何枚も、こんな具合にしてちぎれたと信じてほしい、と要求されているんだぜ。おまけに、『一つは上衣の縁の箇所である』のだし、もう一つは『スカートの一部分で、縁の箇所ではない』と言う。つまりドレスの、端のところじゃない、真中のところから、茨のせいでそっくりちぎり取られたというわけさ。これじゃあ、信用しなくったっていっこう差支えないような話じゃないか。しかも、こういう事柄全体よりも、もっとおかしいのは、死体を運び去ったほどの注意深い殺人犯たちが、茂みのなかに遺品を残しているという大変な状況ですよ。でも、この茂みは兇行の現場じゃないとぼくは言ってるんじゃありません。あそこが現場なのかもしれないし、ドゥリュック夫人の家がそうなのかもしれない。しかし、実を言うと、こういうことはそう重要じゃない。ぼくたちの仕事は、現場をみつけることじゃなくて、殺人犯をあげることなんだから。いろいろの細かな引用を別にすれば、今までぼくが引用したものは、まず、『ソレイユ』の独断的で軽率な主張がどんなに馬鹿げているかを示すためのものだった。しかし第二には、そしてこっちのほうが主要な目的なんだけれど、この兇行は悪党の一味の仕業であるか、ないか、という疑惑へと、極めてなだらかに君を誘って来ることが狙いだったのさ。

「そこでまたこの問題に帰ることにしよう。検屍をしたとき外科医が書いた、胸が悪くなるような報告を手がかりにしてね。でも、彼が発表した、犯人の人数に関する推論は、根拠も何もない出鱈目な意見だと言って、パリじゅうの名のある解剖学者から馬鹿にされている、とだけ言えばもういいんじゃないかな。推論が間違っているというわけじゃあないんだ。推論に論拠がないというのさ。一体、別の推論をおこなうための材料はないんだろうか？

「そこで『格闘の跡』について考えてみよう。あの跡は、今まで、何を示すものだと考えられていたんだろう？　答は、一団の悪党だよね。でも、あれはむしろ、一団の悪党がいないということを示してるんじゃないかい？　無防備の状態にあるかよわい女の子と、想像されているような一団のごろつきとのあいだで、一体どんな格闘が起り得るだろう——あらゆる方向に『跡』が残るような、長時間にわたる、激しい争いだぜ。頑丈な男が一人か二人、黙って彼女をつかまえれば、万事はそれで終りじゃないか。もう、奴らの意のままになるしかないんだ。ここで、頭によく入れて置いてほしいんだが、茂みが殺人の現場じゃないという意見は、主として、一人以上の者によって兇行が犯されたとすれば、の話なんだ。もし、たった一人の犯人という場合を想像するなら、はっきり『跡』を残すような、激しくて執拗な格闘も考えられることになる。そして、実はそうとしか考えられないのさ。

「話をまた元へ戻しますよ。遺品が例の茂みにそっくりそのまま残っていたことが、かえって疑念をかきたてるという事情については、前に述べましたね。こういう犯罪の証拠が、偶然に、ああいう場所に残されているなんてことは、ほとんどあり得ない。ともかく、死体を運び去るだけの心の落ちつきはあった（のだろうと思う）。ところが死体よりもっとはっきりした証拠は、兇行の現場に、よく目立つように置いてある（だって、顔なんか、すぐに腐って判らなくなるからな）——ねえ、君、ぼくは名入りのハンカチのことを言ってるのさ。もしこれが偶然なら、一団のならず者がやった偶然じゃあないな。一人の人間がやった偶然としか、想像できません。ねえ、君。一人の男が人殺しをしたとする。

そして死んだ者の亡霊と、たった二人きりになる。彼は、眼の前に身じろぎもせず横たわっている者を見て、ぎょっとするのだ。感情の激しいたかまりはもう終っている。自分のやったことについての自然な恐怖が忍びこむ余地は、心のなかにいっぱいあるというわけさ。大勢いっしょにいれば勇気も湧くだろうが、今はとてもそんな度胸はない。何しろ、死人と二人きりなのだから。体はふるえるし、心は滅入ってくる。でも、とにかく死体の始末はつけなきゃならない。そこで、犯罪の証拠になる他のものは残して、死体を河へ運んでゆく。というのは、全部いっしょに運ぶのは、不可能じゃないにしても難しいことだし、それに、残してあるものを取りに戻るのは易しいことだと考えてなんだ。しかし、水際までさんざん苦労して運ぶうちに、ますます恐怖はつのって来る。今度は、生きている者の気配が彼を取囲むんですよ。自分を見まもっている人の足音が、十数回も、聞えたり、聞えたように思ったりする。街の灯さえも、彼の心を暗くする。しかし、やがて深い苦悶のせいで何度も長いあいだ立止ったあげく、ようやく河岸に着いて無気味な荷物を処理する――たぶんボートか何かに乗せてね。が、こうなった今、この世のどんな宝物をもらえるからと言ったって、あるいは、どんな恐しい刑罰を負わされるからと言って、あの辛い危険な道を通って、あの茂みへ、あの血も凍るような思い出へ、戻ってゆく気になれるものかしら？　彼は戻ってゆかない――後はどうなろうとかまわないという気持で。戻ってゆきたくたって、ゆけないいんだ。彼が考えているのは、たった一つ、今すぐ逃げ出すこと。

あの恐しい茂みに永遠に背を向け、まるで神の怒りから逃れるように逃れてゆく――というわけさ。

「これがならず者の一団だったら、どうだろう？　まあ、途方もない悪党なくせに度胸がないという奴もいるわけだが、それだって人数が多くなれば度胸がつく。それに、ならず者の一味なんて、大抵、途方もない悪党の集りですよ。奴らだったら人数が多いから、さっきぼくが想像したような、一人の犯人の場合に襲いかかる、理由のない、恐しい恐怖は味わわなくてすむ。たとえ一人が、あるいは二人が、あるいは三人が、ついうっかり見のがしたとしても、四人目の男がその見のがしに気がつく。あとに何か残してゆくなんてことも、しなくてすんだろうと思いますよ。だって、それだけ人数がいれば、全部いちどに運んでゆけるわけだもの。戻って来る必要なんかないんです。

「次に、死体がみつかったときの衣類の状態だけど、『裾から腰のあたりまで引裂かれた、幅一フィートの布きれが、腰のまわりにぐるぐると三度まきつけられ、背中のところで一種の索結《ヒッチ》びにしてとめてあった』ことに注意したまえ。これは明らかに、死体を持ち運ぶとき把手として使うためのものだ。しかし、犯人が何人もいるのだったら、こんな処置を思いつく必要があるだろうか？　三人か四人いれば、死体の手足を持てば充分運べるし、またそうするのが一番いいやり方だ。こういう工夫は、犯人がたった一人の場合の工夫ですよ。そこでこのことから、当然ぼくたちは思い出すことになる――『茂みと河の間にある柵は、横木が倒れているし、地面には重い荷物が引きずられた形跡がある』という記事のことをね。もし何人かの人間がいたならば、死体を引きずってゆくために柵をこわすなんて、そんな余計なことをなぜしなきゃならないかしら？　力を合せて持上げれば簡単にすんでしまうことなのに。何人もいるのに、なぜ、引きずった跡がはっきり残るように引きずらなくちゃならないんだろう？

「ここで、『コメルシエル』の記事について一言しなくちゃならないでしょうね。ほら、前にもちょっと触れたことがある記事ですよ。それには、『不幸な娘のペティコートから、長さ二フィート幅一フィートの布がむしり取られ、後頭部から巻いて頤の下で結んであった。これはたぶん猿ぐつわであったろう。兇行はハンカチを持たない連中によって犯されたのである』と書いてあった。

「前にも言ったけれど、本当の悪党はハンカチを持ってないなんてことは決してないものです。でも、今ぼくが言いたいのは、そのことじゃあない。この布きれは、『コメルシエル』が想像しているような目的のために使うハンカチがないから、という理由で使われたものじゃありませんね。だって、茂みのなかにはハンカチがあるんだもの。それにあれは『猿ぐつわ』でもないな。そのためなら、もっと適当なものがあったはずですからね。しかし、問題の布きれについて、証言はこう言っている。『頸のまわりにゆるく巻きつけて、固結びに結んであった』とね。ずいぶん曖昧な表現だけれど、『コメルシエル』の言って

いることとは全然ちがう。この布きれは幅が十八インチあるのだから、生地はモスリンだけれど、縦に使って、畳むかくしゃくしゃにするかすれば、丈夫な紐になるでしょう。それに第一、みつかったとき、こんな具合にくしゃくしゃになっていたんだよ。そこで、ぼくの推定はこうなる。犯人は一人で、彼は死体をある程度の距離、運んで行った。茂みのなかからか、あるいは他のところからかは、ともかくとしてですよ。死体の真中のところにぐるりと巻きつけた布をつかまえて運ぶという方法だった。ところが運んでいる途中で、これでは重すぎて大変だということが判ったので、引きずってゆくことにした——ほら、引きずられたという証拠がちゃんとあるでしょう。こうなると、何か紐のようなものを死体の端にゆわえつけることが必要になった。頸のまわりが一番いいだろう、ここなら頭にひっかかるからずり抜けない、と考えた。そこで犯人は当然、腰のまわりの紐のことを考えたでしょう。実際、あんなふうにぐるぐる巻きつけてなく、結び目もあんな厄介な索結びでなく、それが上衣から『裂けて取れて』しまったものなら、きっとあれを使ったろうよ。しかし、ペティコートから新しい片を裂きとるほうが、ずっと簡単だった。そこで犯人はそういう具合に裂きとり、頸のまわりにきつく巻きつけ、河のへりまで死体を引きずって行ったというわけさ。ところで、この、裂きとるのに時間がかかるしいろいろと手数もかかる布きれ、しかも肝腎の目的にはあまりぴったりしない紐が、とにかく使われたという事実は、ハンカチがもう手にはいらなくなってから、ある事情のせいで急にその必要が生じたのだ、ということを示していると思う。つまり、さっき想像したように、犯人があの茂み（茂みが現場だとしての話だよ）を立去ってから、茂みと河の途中で、その必要が生じたというわけだ。

「君は言うだろうね。マダム・ドゥリュックの証言（！）は、殺人のあったおおよその時刻、茂みの附近にギャングがいたということを特に指摘しているじゃないか、と。そりゃあ、ぼくだって認めますよ。でも、あの惨劇のあった時刻、ないし大体そのころに、ルールの関門の附近には、マダム・ドゥリュックの言うような連中は、十二組もいただろうな。ところで、マダム・ドゥリュックの辛辣な批評（もっとも、証言としてはいささか遅ればせの、しかも極めて疑わしい証言だけれどね）を浴びているギャングは、そのなかのたった一組――潔白にして良心的な老婦人の言うところによれば、彼女の店で菓子を只食いし、ブランデーを只飲みしたという一組だけなんだ。こいつはまさしく、この故に怒りがある《エト・ヒンク・イルロエ・イロエ》、というところじゃないか。

「しかしマダム・ドゥリュックの証言というのは、精細に調べてみたらどうなるだろう？『一群のならず者がやって来て、騒がしく飲んだり食ったりしたあげく、金も払わずに出て行った。若い男と娘が行った方角へ向ったのである。夕暮ごろまた戻って来たが、大急ぎで河を渡って帰って行った』というのだったね。

「この『大急ぎで』というのは、マダム・ドゥリュックの眼には実際以上に急いでいるように見えたろうよ。だって、彼女はいつまでもくどくどと、食い逃げ飲み逃げされたお菓子とビールのことを思っていたわけだからな。ひょっとしたら金を払ってもらえるんじゃないかと、一縷《いちる》の望みをいだいていたにちがいない。もしそうでなければ、日暮どきなのにわざわざ彼女が、急いでいたということを強調する理由が判らない。これから小さなボートで大河を渡ろうというのに、嵐が来そうで、夜は迫るとすれば、いくらごろつきどもだって家路を急ぐのは当り前じゃないか。

「ぼくは今、夜は迫ると言ったけれど、これは言い換えれば、まだ夜になっていないということさ。『ならず者』の見苦しいあわて方を謹直なマダム・ドゥリユックが見たのは、黄昏《たそがれ》どきにすぎない。でも、マダム・ドゥリユックと彼女の長男が『宿屋の近くで女性の叫び』を聞いたのは、夜になってからのことだったという。しかも、この晩に聞いた叫び声のことを、マダム・ドゥリユックはどんな言葉で言いあらわしている？『暗くなってからじき』と言ってるんだ。しかし『暗くなってからじき』というのは、すくなくとも暗いだろう。『夕暮ごろ』というのは、はっきりと昼のうちだ。とすれば、その連中がルール関門をあとにしたのは、マダム・ドゥリユックが悲鳴を耳にした（？）時刻よりさきだということは、明々白々になる。この前後関係は、たくさんあるどの証言を読んでみても、ちょうど今ぼくが君としゃべったときのようにきちんと区別して述べられているんだが、今までのところ、どの新聞も、どの警察官も、このことに注目していないんですよ。

「この無頼漢どもじゃないという証拠を、もう一つだけ附加しようか。でも、この一つが、すくなくともぼくの考えるところじゃ、ほとんど決定的な重さを持っているんだな。巨額の懸賞金がかかってる上に、無罪放免が約束されているとなれば、まあこれはどんな仲間の場合だってそうだけれども、まして下等なごろつきの一団となれば、とうの昔に共犯者を密告する者が出ているはずだ。こういう条件になると、悪漢は、賞金がほしいとか逃げだしたいとかいう気持よりも、まず裏切られるのがこわいものなのさ。だから、自分が裏切られたくない一心で、いわば相手に先んじて密告することになる。とすれば、秘密がまだ洩れていないということは、それが秘密であるということの最上の証拠というわけだ。つまり、この恐しい犯罪行為を知っているのは、ただ一人、せいぜい二人の生きている人間と、あとは神様だけということになる。

「さて、このへんで、長いことかかって分析したことの、貧弱かもしれぬがともかく確実な結果を集計してみようか。兇行がおこなわれたのは、マダム・ドゥリュックの家のなかか、ルール関門の茂みのなかかだし、犯人は恋人か、すくなくとも非常に親しい仲の秘密の知人ということになる。この知人というのは、顔の色がとても黒い男だ。この顔色といい、『索結び』といい、帽子のリボンを結ぶ際の『水夫結び』といい、すべて、真直に船乗りを指している。ところで被害者は、陽気な娘だったけれど、下品な娘じゃ決してなかったから、彼女がつきあう以上、平《ひら》の水兵以上の身分だったに相違ない。ここであの、新聞社に投書された筆蹟のあざやかな火急の手紙が、じゅうぶん確証になるだろうね。とすれば、『ル・メルキュール』紙が伝えた最初の駈落のときの事情を考えあわせると、この船乗りと、それからこの不幸な娘を初めて罪に導いたと思われる『海軍士官』とは、どうも同一人物らしい気がして来る。

「するとここで、ちょうど具合のいいことに、あの顔の黒い男があれ以来ずっと姿を見せていないということに気がつく。ねえ、この男の顔の黒さといったら、並大抵じゃないんだぜ。ヴァランスにしろ、マダム・ドゥリュックにしろ、そのことしか覚えていないくらいなんだから。なぜ姿を見せないのかしら？　例の悪漢どもに殺されたんだろうか？　もしそうなら、殺された娘のほうの証跡しか残ってないのはなぜだろう？　二つの兇行は当然、同じ場所でおこなわれたはずじゃないか。男のほうの死体はどこにあるのだろう？　犯人たちはたぶん、同じやり方で始末しただろうに。もっとも、この男は生きていて、殺人の罪を着せられるのがこわくて身を隠しているんだ、ということは言えるかもしれない。今となっては――つまりこれだけ遅くなってしまえば――こういう考慮が作用してるということも考えられる。だって、彼がマリーと一緒だったという証言があるんですからね。でも犯行直後にこういう考慮をしたとすれば、やはりおかしいな。無実な身だったら、最初にしようとするのは、まず兇行を通報しようとすること、それから犯人が誰なのかを明らかにするのに協力すること、この二つじゃないか。これが正しい方針だってことぐらい、すぐに思いつきそうなものだ。何しろ娘と一緒のところを見られているんだし、屋根のついてない渡し船で一緒に河を渡ったのだ。自分が嫌疑を免れるためには、犯人を摘発するしかないってことぐらい、白痴にだって判りそうなものじゃないか。あの問題の日曜日の夜に、その男が無実であって、しかも同時に、彼が兇行がおこなわれたことも知らなかったなんて、まさか考えられませんよ。彼が生きていて、犯人を摘発しようとしないということは、こういう状況の下でしか想像できないことなのにね。

「一体どういうふうにしたら真相を突きとめることができるだろうか？　話を進めるにつれて、その手段はぐんぐん明白になって来るだろうけど、今はまず、最初の駈落《かけおち》のときのことを徹底的に調べあげてみようじゃないか。あの『士官』の経歴全部、現在どうしているか、それに、ちょうど殺人がおこなわれた時刻にはどこにいたか、なんてことを。夕刊新聞に投書のあった、例のごろつきどもに罪を着せようとするいろんな手紙、あれを丹念につきあわせてみよう。それがすんだら今度は、前に朝刊新聞に投書のあった、ムネーの有罪を猛烈に述べ立てている手紙と（文体と筆蹟の両方に注意して）比べてみよう。それが終ったら、こういういろんな投書を、士官の筆蹟だと判っているものともう一ぺん比べてみよう。それから、マダム・ドゥリュックと子供たち、および乗合馬車の駅者のヴァランスに、もう一度、『顔色の黒い男』の風采や態度のことを問いただして、確めてみよう。この連中に上手に質問すれば、この点について（それから他の点についても）情報を引き出すことができるだろう——当人さえ気がついていないような情報をね。それから今度は、六月二十三日の月曜日の朝に、艀の船頭が拾いあげたというボートをたどってみよう。ほら、死体が発見されるすこし前に、舵のないままで、番人の知らないうちに艀事務所から盗まれたという、あのボートだよ。注意ぶかく、しかも根気づよくやりさえすれば、このボートはかならずみつけることができる。拾いあげた船頭に見せれば確認できるわけだし、それに何しろ舵がこっちにあるんだからな。心にやましいところのない人間だったら、帆走ボートの舵を、調べもしないで打っちゃってゆくなんてことを、するかしら？　それに、ここで一つ疑問を提出して置きたいんだが、ボートを拾いあげたという広告は出なかったんだぜ。艀事務所に黙って納められ、断りなしにそこから持ってゆかれたわけだ。でも、その持主、あるいは借主が、火曜日の朝なんてこんなに早く、月曜日に引上げられたボートがどこにあるのか判ったのだろう？　広告も出なかったのに。海軍との関係——海軍についての些細な事柄（つまり下らない局部的なニュース）まで知っている恒久的な関係を想定しなければ、理解がつきませんよね。

「ぼくはさっき、たった一人の犯人が死体を岸辺まで引きずって行ったのだと言ったとき、たぶんボートを使ったんじゃないかとほのめかして置いた。話がこうなれば、マリー・ロジェの死体はボートから投げ込まれたのだということが判る。まあ、当然、これが真相だったろうな。岸辺の浅いところに投げ込むわけにはゆかないから。被害者の背と肩にある奇妙な痕は、ボートの底の肋材にぶつかって出来たものだろう。死体におもりがついてなかったということも、この考え方と一致する。岸辺から投げ込んだのなら、たぶんつけてあったろうからね。投げ込む前に用意して置くことを忘れたと考えるのでなくちゃ、おもりがなぜないのか、とても説明がつかない。そりゃあ、死体を河に投げ込むそのときには、この手落ちに気がついたろう。しかし、今更どうしようもない。恐しい岸へ戻るくらいなら、どんな危険でもまだしもましだという気持だったに相違ない。犯人は、気味のわるい荷物の処分が終ると、あわててパリへ帰ったのさ。そして、どこか人気《ひとけ》のない波止場で陸へ跳び降りたのだが、ボートは——さあ、どうだろう？　繋いで置いたかしら？　何しろあわてているんだ。そんなことをする余裕はとてもなかったろうな。それにボートを波止場に繋げば、自分に不利な証拠をわざわざ残して置くような気がしたかもしれない。彼が考えたことは、当然、犯行に関係のあるものはできるだけ自分のそばからなくしてしまおうということだったろう。波止場から逃げだしただけじゃなく、ボートがそこに残っているのさえ我慢できなかったろうな。きっと、ボートを押し流したんだろう。もうすこし空想をつづけてみましょうか。——朝になると、ボートが拾いあげられて、どこか彼が毎日通るところ——たぶん仕事のせいでしょっちゅう通るところだろう——に繋いであるのを見、この男が言いようのない恐怖にとらえられたというわけだ。その夜、彼は、舵のことをなんか訊ねる勇気はないまま、ボートを盗んだのだ。そこで、この舵のないボートは一体どこへ行ったか？　これを探すのが、ぼくたちの最初の目標の一つですよ。それの最初の閃きさえ手にはいれば、ぼくたちの成功の曙が始まることになる。このボートはぼくたちを導いてくれるでしょうよ——ぼくたち自身びっくりするくらいの速さで——あの宿命的な日曜日の深夜にそれを利用した男のところへと。こうして確証は確証を生み、犯人はつきとめられるでしょう」

〔特に記すまでもなく、多くの読者に明白であろうと思われる理由により、デュパン氏が一見些細な手がかりから推論を重ねて行った細部などは、本社に託された原稿から省略させていただくことにした。ただ簡単に述べて置いたほうがよかろうと思われることは、結果は所期どおり達成され、警視総監は勲爵士デュパン氏との契約を、不承不承にではあったがきちんと履行したという事実である。さて、ポー氏の記事は次のように終っている。——編集者〕*。

　ぼくが暗合について語っているので、それ以上の何かについてではないことは、了解してもらえると思う。この問題については、ぼくが以上述べて来たことで充分なはずである。ぼくの心のなかには、超自然への信仰などというものはない。自然とその神とが二つの異るものであるということは、いやしくも思考力を持つ者ならば、なんびとたりともこれを肯うであろう。自然を創造した神が、意のままに自然を支配し変改し得るということ、これもまた疑う余地がない。ぼくは今、「意のままに」と言った。なぜならば、事は意志の問題であって、在来、論理が誤って仮定して来たような、力の問題ではないからである。神はみずからの法を変改することができぬのではない。変改の必要があるかのごとくぼくたちが想像すること、それが、神を侮辱することなのである。これらの法は、最初において、未来にあり得べき一切の偶発事を包含し得るように作られたのであった。神にあっては、一切は今なのである。

　そこで、繰返して言うけれども、ぼくがこれらのことについて語ったのは、ただ暗合としてなのである。さらにまた、これまで述べて来たことによって、読者諸君には次のことがお判りになるであろう。すなわち、あの不幸なメアリ・シシリア・ロジャーズの運命（今日まで知られている限りの運命）と、マリー・ロジェなる女性のある時点までの運命との間には、平行がたしかに存在するということである。そしてまた、その平行の驚くべき正確さについて考察するとき、理性は当惑せざるを得ない、ということである。ぼくは今、読者諸君にはお判りになるであろう、と言った。しかし、マリーの悲しい物語を上に記した時点からさらに押し進め、そしてまた彼女をめぐる謎をその大団円へとまでたどろうと言ったとき、先程の並列をさらに遠く延長しようとか、あるいは女売子殺しの犯人摘発のためにパリで採用された手段、ないしは同様な推理過程にもとづくどのような手段でも、同様の結果を生むだろうとか、そんなことを言っているのだと誤解してはならない。

＊（原注）　この記事が最初に発表された雑誌の編集者。

なぜならば、この仮定の後半においては、二つの事件における実に微細な事実の相異が、二つの事件の全コースを変えてしまい、この上なく重大な誤算をもたらすことも考えられるからである。それはちょうど、算術において、単独ではほとんど判らないくらいの誤りも、計算過程の全段階で倍加されてゆくと、最後には真の答から極端に遠い結果を生むのと同様であろう。それに前半の段階についても、ぼくがさきほど言った確率論そのものが、平行を延長するというあらゆる考えを禁じているのである。しかも、一見したところ数学的思考に極めて遠い思考に訴える問題のように思われるが、しかしただ数学者のみが完全に理解し得る変則命題に比例して、強硬に、そして断定的に禁じているのである。たとえば、骰子を投げている者が、二へんつづけてオール六を出したということは、三回目にはまず出ないというほうに大きく賭けていい充分な理由なのだけれども、これを一般読者に納得させることほど難しいことはない。こういうことをちょっとでも言うと、知識人はとたんに反対するものだ。もうすでに振ってしまった、今となっては過去に属する二回の六が、これから振る骰子の目にどうして影響するのか、理解できないのである。二回オール六の出るチャンスは他のときと変らない、つまり、骰子を振りなおすことによって生ずる影響を受けるだけじゃないかというわけである。この考え方はものすごく明白なように見えるものだから、これと論争しようとすると、傾聴どころか、まず大抵は嘲笑をもって酬いられるのが落ちだ。こういう考え方に含まれている誤謬——悪影響をもたらす大きな誤謬――これを今、限られた紙面のなかであばくことは、ぼくにはできない。それに第一、哲学的な人々にとっては、あばくまでもないことだろう。ここではただ、それこそは人間の理性が部分的真理を求める傾向の故にかえって理性を妨害する、無数に多い過誤のなかの一つだとのみ言っておくことにしよう。

# お前が犯人だ

ぼくはこれから、ラトルバラーの謎に対してオイディプスの役を演じようと思う。ラトルバラーの奇蹟——唯一の、真実の、誰しもこれを認め、異議を唱えない、明白な奇蹟——を生み出した、からくりの秘密を解明しようと思う。それができるのは、ぼく一人だけなのだ。そしてこの奇蹟の故にラトルバラーびとは不信心を決然として捨て、かつて敢然として懐疑論を奉じていた現世的な人々はみな、祖母たちの正統思想《オーソドクシー》へと改宗したのであるが。

そもそもこの事件は——事件にふさわしからぬ浮薄な口調で論ずるのは、まことに申しわけないと思っている——一八＊＊年の夏に起った。町随一の資産家であり、また最も尊敬すべき市民の一人であるバーナバス・シャトルワーズィ氏が、殺害の疑いをいだかせる状況の下に、数日間、行方不明だったのである。氏は、ある日曜の朝まだき、十五マイルほどへだたる＊＊市へとおもむいて夜には戻って来るつもりだと述べ、馬に乗って、ラトルバラーを立ち去ったのだ。しかるに、出発後二時間にして、馬だけが、背に結びつけた鞍袋もつけずに帰って来た。馬は怪我していたし、泥だらけでもあった。このような事情は、当然、失踪者の友人たちを驚かせずにはいなかった。彼が日曜の朝になってもまだ姿をあらわさぬと判ったとき、町じゅうの人々は一斉《アン・マッス》に立ちあがり、彼の死体を探しにでかけたのである。

この捜索に当って最も熱心だったのはシャトルワーズィ氏の親友——チャールズ・グッドフェロウなる人物、というよりもむしろ一般に「チャーリー・グッドフェロウ」ないし「オールド・チャーリー・グッドフェロウ」と呼ばれている男であった。ところで、これは驚くべき暗合なのか、それともこの名は人間の性格に微妙な影響を及ぼすのか、どうもそのへんはまだぼくに判らぬけれども、およそチャールズと名のつく人はすべて、開放的で男らしく、誠実で優しくて率直な気質であって、音吐朗々、言語明晰、耳に聞いてここちよく、しかも「私は一点曇りない良心の持主ですから何人《なんぴと》をも恐れません。卑劣な振舞なんて決してするものですか」とでも言いたげに人の顔をまともに見る——といった男ばかりなのである。元気旺盛で闊達《かったつ》な、「押しだしの立派な俳優」がみなチャールズという名前を持っているのは、ひょっとしたらこのためであろうか。

さて、この「オールド・チャーリー・グッドフェロウ」は、ラトルバラーに来て六ヵ月かそこらしか経っていないし、この町に住む前は何をしていたのか誰も知らなかったけれども、彼が町じゅうの身分いやしからぬ人々と知合いになるにはいささかの苦労もいらなかった。男たちはみな、そしていつでも、彼がほんの一言いった言葉を千語ぶんにも受取ったし、そして女たちはと言えば、彼に感謝してもらいたい一心でどんなことでもしたのである。これらすべてのことは、彼がチャールズと命名されたためであり、また、その命名の当然の結果として、諺にいわゆる「最上の紹介状」――無邪気な顔立ちを持っているためであった。

前述したごとく、シャトルワーズィ氏はこの町で最も身分高い人物の一人であり、そして、疑いもなく、ラトルバラー随一の金満家なのだが、一方「オールド・チャーリー・グッドフェロウ」は、彼と兄弟同様の親密な間柄であった。二人の紳士は隣り同士だったのである。シャトルワーズィ氏が「オールド・チャーリー」の家を訪れることは滅多になかったし、この隣人の家で食事をとったなどという話も耳にしていないが、しかしそんなことは、今ぼくが言ったように二人の友人が親しい仲になることを妨げるものではない。というのは、「オールド・チャーリー」は毎日三度か四度、隣人がどうしているかと覗き込むのだったし、いつまでも長居してはしょっちゅう朝食やお茶《ティー》を、いや、それだけではなく、たいてい正餐をさえも御馳走になるのだったからである。二人の友人が一度の食事に消費する葡萄酒の量は、まったく測り知れないほどであった。「オールド・チャーリー」のお気に入りの酒はシャトー・マルゴーで、親友がそれを次から次へと飲み干すのを眺めることは、シャトルワーズィ氏の心臓によい効果を与えるようであった。そこである日のこと、酒がはいり、当然の結果として機智がいくらか出て来たとき、彼は親友の背中をたたいてこう言った。――「ねえ、『オールド・チャーリー』、お前さんという男は、わしが生れてこのかた出会ったなかでいちばん愉快な奴だぞ。お前さんがそんな調子で酒をがぶがぶ飲みたいんなら、シャトー・マルゴーの大箱を一つ進呈してもいいな。本当だとも《オド・ロット・ミー》……」――（シャトルワーズィ氏にはスウェアリングを言うという悲しい癖があった。もっとも、それとても、『本当だとも《オド・ロット・ミー》』とか『きっと《バイ・ゴッシュ》』とか『ほんとに《バイ・ザ・ジョリ・ゴッシュ》』とかいう程度を越えることは滅多になかったけれども）――さて、「本当だとも《オド・ロット・ミー》」と彼は言うのである。「今日の午後に早速、町で手にはいる最上等のやつを、大箱一箱、注文して置くからな。お前さんへの贈り物さ。あげるとも！……あんたは黙っていなさい……あげるよ。これで話はおしまい。当てにして待ってなさいよ。そのうち、お前さんが忘れてるころに箱がとどくから。」このようなシャトルワーズィ氏の気前のよさについて語るのは、二人の友人の間にどれほど親愛の念にみちた理解があったかを示そうとしてなのであって、他意はない。

ところで問題の日曜日の朝、シャトルワーズィ氏が卑怯な仕打ちを受けたことがはっきりと判ったときの「オールド・チャーリー・グッドフェロウ」ほど深刻な打撃に悩んでいる者を、ぼくは今まで見たことがない。ピストルで撃たれて血まみれになった哀れな馬が、主人も乗せず、鞍袋もつけず、胸のあたりに深い傷手を負いながら死なずに帰って来たことを最初に耳にしたとき、聞き終った彼は、まるでその行方不明になった男が自分の兄、ないし父であるかのように顔色蒼白になり、瘧《おこり》の発作でもおこしたように、体じゅうわなわな震えていたのである。

最初、彼は悲しみのあまり何ひとつすることができず、どのような行動計画に力をかすこともできないで、ただ、シャトルワーズィ氏の他の友人たちに向って、このことで騒ぎ立てないほうがいい、しばらくの間——一週間か二週間、あるいは一ヵ月か二ヵ月——待って、何か起らないか、シャトルワーズィ氏が無事に戻って来て馬をさきに帰した理由を説明しないかどうか見るほうがいい、と述べたのである。おそらく読者は、激しい悲しみに悶えている人々がとかく物事を見合せてぐずぐずしがちなものだということを知っていると思う。こういう人々は、心の力が麻痺し、行動することに対して恐怖感をいだくのである。ベッドに横たわって、老婦人たちのいわゆる「悲しみをいたわる」こと、つまり悩みごとを瞑想すること、それが一番の楽しみになってしまうのだ。

実際　ラトルバラーの人々は「オールド・チャーリー」の知慧と分別を非常に高く評価していたので、大部分の者は彼に同調し、誠実な老紳士の言うように「何かが起るまで」、事件を騒ぎ立てぬことにしようという気になった。結局これが一般の結論になりそうな形勢だったのだが、それが覆《くつがえ》ったのは、シャトルワーズィ氏の甥でむやみに金づかいが荒い、いくぶん不良がかっている青年が、うさん臭そうに口出ししたためにほかならぬ。ペニフェザーという名のこの甥は、「静かに横たわっている」などという分別には耳をかさず、ただちに「被害者の死体」を探そうと主張した。これが、彼の用いた言い廻しなのである。そのときグッドフェロウ氏は、「妙なことをおっしゃる。そういう言葉は、もう二度と使わないでいただきたい」と激しい剣幕で述べた。そして「オールド・チャーリー」のこの言葉もまた、群衆に多大の影響を与えた。というのは、群衆のなかの一人の、こういぶかしむ声が聞えたのである。「一体あのペニフェザー様は、大金持の伯父様がいなくなったことについて、どうしてまたこう詳しく事情を知っていなさるのだろう？　伯父様が『殺された』などと、ああもはっきり、曖昧なふしが全然ないくらいに言い張るなんて。」ここで少しばかり、皮肉の言い合いだの口論だのが、群衆のなかのさまざまの人たちのあいだ、特に「オールド・チャーリー」とペニフェザー氏のあいだでなされた。もっともこの二人の間では、これは決して珍しいものではなかった。過去三、四ヵ月というもの、彼らのあいだには、好意などまったく存在しなかったからである。同居している伯父の家で、伯父の友人が勝手放題な振舞に及ぶため、甥は憤激のあまり伯父の友人を殴りたおす――事態はそこまで発展していたのだ。この事件の際「オールド・チャーリー」は模範的なくらい穏健に、キリスト教的な慈愛にみちた態度で振舞ったと言われている。すなわち、立ちあがった彼は服装を直しただけで、仕返しなどしようとしなかったのである。

ただ、「チャンスがあり次第、まとめて仇を討ちますよ」と二言三言つぶやきはしたけれども、これは極めて自然な怒りのあらわれだし、それに疑いもなく、一時の怒りが発散してしまえば忘れるたちのものであった。

　こういう事情がどうであろうとも（第一それは今のこの話には無関係なことなのだが）主としてペニフェザー氏の説得のせいで、ラトルバラーの人々はついに、シャトルワーズィ氏を探しに手分けして近隣の地帯へおもむくことになった。そう、まず最初に捜索することがきまったのである。そして、捜索しなければならぬことが確認されたあとで、今度は、そのあたりの地域を徹底的に調べるため捜索者は分散――つまり分隊に分れるのが当然だと判断されたのだ。しかし、「オールド・チャーリー」がどのような巧妙な理窟をならべて、結局のところこの計画は無分別きわまりないものであると、そこに集っている人々に信じさせてしまったかは、ぼくは思い出せない。そう、みんなに信じ込ませたのである――ただしペニフェザー氏一人を除いて。結局、捜索は入念に、極めて徹底的に、町の人々が一団《アン・マッス》になっておこなうことになり、「オールド・チャーリー」自身が道案内をすることにきまった。

　実際「オールド・チャーリー」以上の案内者はあり得なかったろう。彼が山猫のような眼を持っていることは、誰でも知っていたのである。しかし彼が、近所にあるとは誰ひとり思いもよらなかった道を通って、あらゆる種類の人目につかない場所に案内しながら、夜昼やすみなく一週間ほど捜索をつづけたにもかかわらず、シャトルワーズィ氏の足どりは依然として発見されなかった。が、足どりが発見されなかったというのを、文字どおりの意だと考えてはいけない。ある程度の足どりはたしかにあった。それは、彼の馬の蹄鉄《ていてつ》（特殊なものであった）によって、市に通ずる本通りの、町の東三マイルの地点まで追跡されたのである。ここで足跡は林を通り抜けて脇道にはいりこんでいた。この道はまた本道に戻るのだが、半マイルばかり近道になるのである。足跡をたどりながらこの脇道をゆくと、一隊はとうとう、道の右手にある、茨で半ば隠されているよどんだ水溜りのところまで来た。この水溜りの反対側で足跡はすっかり消えていたが、ある種の争いがここでおこなわれたように見えたし、何か重くて大きいもの――人間の体より遥かに重くて大きいものが脇道から水溜りまで引きずりこまれたように見えた。水溜りは二度、注意深く探ってみたが、何ひとつ発見できなかった。そして一行が、これといった収穫がないのに絶望して引上げようとしたとき、神のお告げとでもいうのだろうか、グッドフェロウ氏は水をすっかり干すことを思いついたのである。この計画は拍手で迎えられ、「オールド・チャーリー」の賢さと思慮深さは大いに讃めたたえられた。町の人のなかには、死体を掘りだせとでも言われるかと思って鋤を持参した者が大勢いたので、水溜りを干すことはやすやすと、そして速かにおこなわれた。底があらわれると、残っている泥の真中に黒い絹ビロードのチョッキがみつかったが、居あわせた人はほとんどすべて、これはペニフェザー氏のものであると認めた。ひどく破け、血で汚れていたけれども、一行のなかにはシャトルワーズィ氏が市へ出かけたその朝、持主がこれを着ていたことをはっきり記憶している者が何名かいた。一方、あの忘れることのできぬ日の朝いらい、ペニフェザー氏が問題のチョッキを着ていなかったと、もし求められるなら証言するつもりだと述べる者もいた。シャトルワーズィ氏の失踪以後にペニフェザー氏がそれを着ているのを見た、と言う人を探しだすことはできなかった。

事態は今やペニフェザー氏にとって深刻な様相を呈してきたし、それに、彼の顔色がいちじるしく蒼ざめたことも、また、弁明を求められて何ひとつ言えないことも、たしかに疑惑を裏づけるものだと思われた。こうなると、遊び仲間はいちはやく、一人のこらず彼を見捨て、以前から公然の敵であった連中よりももっとかまびすしく、彼をただちに逮捕せよと要求するのであった。ところが一方、グッドフェロウ氏の雅量は、いわば好対照をなして燦然《さんぜん》と光り輝いたのである。彼は思いやりにみちた口調で熱弁をふるい、ペニフェザー氏を擁護したのだが、そのなかで一再ならず、自分はこの乱暴な若紳士――「格式たかいシャトルワーズィ氏の後とり」――が、疑いもなく激情の結果、彼（グッドフェロウ氏）に侮辱を加えたことを心からゆるしてやったとほのめかしたのである。「その点について、わたしは心の底から彼をゆるしました」と彼は言った。「わたしとしましては、ペニフェザー氏にとってまったく不利なことになってしまった（と言わねばならないのは残念なことですが）この疑惑にみちた状況を、徹底的に突きつめてゆくよりも、むしろ、できる限り良心的に努力して、この厄介な事件のじつに始末に負えない様相を、ええと……ええと……打破するために、いささか弁舌をふるいたいと思うのであります」

こんな調子でグッドフェロウ氏は三十分ばかり喋りつづけ、彼の頭脳も、そして彼の心の優しさも、大いに賞讃されることになったのである。しかし、心の暖かい者が物事を適切に観察することは滅多にない。つまり彼は、友人を助けようとあせるあまり、あらゆる種類の大失敗、災難《コントルタン》、不都合な事《マル・アプロポシスム》に陥ってしまうのだ。このようにして、折角、世にも親切な意図を持ちながら、自分の主張を述べつたえるよりもむしろ、それを台なしにするほうに努力することがよくあるものなのだ。

さて、この場合にもまた、事は、「オールド・チャーリー」の雄弁にもかかわらずそんな具合に運んでしまったのである。というのは、彼がいくら容疑者のために骨を折っても、彼が口にする言葉は、一語一語（その口調は露骨で、しかもさりげなく、聴衆の意見によれば語り手の品位を高めるものでは決してなかった）、弁護の対象である者にすでにこびりついている疑惑を深め、彼への群衆の怒りをかきたてる効果が偶然にもあったのだ。

この雄弁家が犯した最も奇妙な誤りの一つは、容疑者を「立派な老紳士シャトルワーズィ氏の後つぎ」と呼んだことである。人々は今まで、実のところ、このことを考慮に入れてなかった。彼らは、伯父（生きている親族は甥以外にはいなかった）が、一、二年前に、勘当するぞと言って何度目かの脅しをしたのを覚えているにすぎなかった。そのため人々は、勘当は決定ずみのものと思いこんでいたのである。ラトルバラーの住民はこれほど単純な人々だったのである。「オールド・チャーリー」のこの言葉のせいで、人々はただちにこの点について考えたし、脅しは単なる脅し以上のものではなかったのかもしれぬと思いはじめた。すると、ここにおいて cui bono? という自然な疑問、恐しい罪をこの若者に着せるためにはあのチョッキ以上に有用な疑問が生じてきたのである。さてここで、誤解を避けるためにしばらくのあいだ脱線して、いま用いたたいそう簡潔なラテン文がさまざまに誤訳され誤読されていることを述べさせていただきたい。この“cui bono?”はあらゆる気のきいた長篇小説およびその他において——たとえば『セシル』の作家、ゴア夫人（彼女はカルデア語からチカソウ語にいたるまでのあらゆる言語を引用するが、その学識は整然たる計画の下に、「必要上」ベックフォード氏の援助を受けているものである）——ブルワーやディケンズの本からターナペニやエインズワースのものにいたる、あらゆる気のきいた長篇小説において、この二つのラテン語 cui bono は「何のために」あるいは（まるで quo bono であるかのように）「何の利益のために」と記されている。が、しかし本当の意味は「誰の利益のために」である。cui は「誰のため」、bono は「利益のため」なのだ。これは純粋な法律用語であって、ぼくたちがいま考慮中であるような、一行為の行為者の蓋然性が、その行為の達成によってこの個人ないしあの個人に獲得される利益の蓋然性次第にかかっている、という場合に用いられるのが正しい。さて、今の場合、誰が利益《クイ・ボーノ》を受けるか？　という疑問は、ただちにペニフェザー氏をまきぞえにしてしまった。伯父は、彼に有利な遺言状を作ったあとで、勘当するぞと脅したのである。そしてこの脅しは実行されず、もとの遺言状は変改されなかったらしい。もし変改されていたのなら、容疑者の殺人動機として考え得る唯一のものは、ごくありふれた復讐の念であろう。そしてこれさえも、復縁して伯父の恩恵を受けるという望みに妨げられるだろう。ところが、遺言状は書き替えられず、しかも書き替えるぞという脅迫が甥の頭上に依然として保留されているとすれば、兇行を惹き起させる極めて強力な因子がただちに現れて来るわけだ——ラトルバラーの有徳の市民たちはこう判断したのである。

従って、ペニフェザー氏はその場で逮捕され、群衆はさらに捜索をおこなった後、彼を引立てて家路についた。しかも途中で、疑惑を裏づけるような事件がもう一つ起ったのだ。グッドフェロウ氏は熱心のあまりいつも一行の前にいたのだが、とつぜん二、三歩かけだしてゆき、かがみこみ、叢《くさむら》のなかから小さなものを拾いあげた。そしてそれを急いで調べると、上衣のポケットに隠そうとするのが見えた。しかしこの動作は、ぼくがいま言ったようにみんなに気づかれたため、止めなければならなかったし、拾いあげられたものはペニフェザー氏の所有に属するスペイン・ナイフであることが、十二名の人々によって確認された。さらに、その柄には彼の頭文字が彫ってあったし、刃は開いており、血にまみれていたのである。

もはや甥の有罪は疑う余地がいささかもなく、彼はラトルバラーに着いたとたん、審問のため治安判事の前に引出された。

ここで事態はまたもや、はなはだしく不利な方向へと進展した。囚人は、シャトルワーズィ氏が失踪した問題の朝にどこにいたかと訊ねられた際、横柄きわまる態度で答えたのである。ちょうどその朝は、ライフル銃を持って、グッドフェロウ氏の機転によって血まみれのチョッキを発見したあの水溜りのすぐ近くに鹿撃ちに行っていた、と。

グッドフェロウ氏は前に進み出、眼に泪を浮べながら、自分を審問してもらいたいと申し出た。彼は、自分が友人たちと同じように造物主に負っている厳しい義務が、もはや沈黙していることを自分にゆるさないと述べた。今までは、ペニフェザー氏にとってはなはだしく不利だと言われる状況のなかにあって、この若者に対する誠実な愛情から（若者が自分すなわちグッドフェロウ氏に対しておこなった非道な仕打ちにもかかわらず）、疑惑をいだかせる事態を何とか好意的に説明することはできないものかと、思いつく限り、ありとあらゆる仮説を立てて来た。しかし状況は今や、あまりにも納得のゆくものであり——あまりにものっぴきならない。もう躊躇《ちゅうちょ》してはいられない——知っていることすべてを述べよう。たとえ、打明けるという努力のためにこの心臓が破裂してばらばらになろうとも。彼はそう前置きしてから、次のように語った。シャトルワーズィ氏は、市へ出発する前日の午後、彼（グッドフェロウ氏）に聞えるところで、甥に向って、明朝、市にゆくのは農商銀行に巨額の金を預金するためであることを告げ、および、そのときその場で、今までの遺言状は無効にし、甥には一シリングを与えて勘当する、この決定にはもはや絶対に変更はないと述べた、というのである。証人は被告に、自分がいま証言したことはあらゆる点で真実であるかどうか答えてほしいと厳粛に要求した。そして、ペニフェザー氏は、真実であると率直に認めたので、列席者はことごとく驚愕した。

判事は、伯父の家の被告の部屋を捜査するため、二名の警察官を派遣するのが妥当であると判断した。警察官はこの捜査からただちに帰還したが、彼らはその際、老紳士が長年、肌身はなさず持っていることで有名な、鋼で綴じた、赤褐色の革の紙入れをたずさえて来たのである。しかし貴重な内容は取去られていたし、それをどうしたのか、あるいはその隠し場所はどこなのか、判事が囚人に問い訊してみても、彼の努力は虚しかった。実際、彼は何も知らないのだと頑強に言い張ったのである。また警察官は、被害者のベッドと粗麻布との間に、いずれも彼の頭文字入りの、そしていずれも被害者の血がべっとりとついた、ワイシャツとハンカチを発見していた。

このとき、被害者の馬がたった今、受けた傷のために厩《うまや》で息を引きとったと伝えられたので、グッドフェロウ氏は、もしできることなら、弾丸を発見するため馬の死後検査《ポスト・モルテム》をしなければならぬと提案した。そこで、このことがおこなわれた。するとグッドフェロウ氏は、胸の弾丸孔を注意ぶかく探したあとで極めて大きな銃弾をさぐり当て、引出すことができたのだが、これを調べてみると、まるで被告の有罪は疑問の余地がないかのように、ペニフェザー氏のライフル銃に正確に適合していたし、この町および近隣の、他の何人《なんぴと》のライフル銃にも遥かに大きすぎることが判明したのである。しかも、よりいっそう事態を確実にしたことには、この弾丸には継ぎ目の右に傷があって、検査の結果その傷は、被告が自分のものだと認める鋳型に偶然あった隆起とぴったり一致していた。この弾丸が発見されると、判事はもうこれ以上証言を聞くことを拒否して、ただちに囚人を裁判にかけた。しかも彼は、この事件において保釈金を受取ることを断乎として拒絶したのである。この厳しい処置に対してグッドフェロウ氏が深い思いやりをこめて抗議し、どれほど巨額の保釈金を要求されても保証人になると申出たのだが、相手にされなかった。この「オールド・チャーリー」の寛大さは、彼がラトルバラーに滞在中、終始一貫いささかもかわることのなかった、優しくてしかも騎士道的という原則とまさしく合致するものであった。その場合、この立派な男は、若い友人のために保証人になると申出たとき、暖かい同情心に駆られるあまり、自分にはこの地上に一ドルの財産もないことを失念していたのだろう。

この犯罪の帰結は容易に予見することができる。ペニフェザー氏は次回の開廷日に、ラトルバラーじゅうの者がわめきたてる呪いの真只中で、裁判に附されたのである。一連の情況証拠は（グッドフェロウ氏が敏感な良心のため法廷に提出せざるを得なかった、特に決定的な事実によって補強されたので）まったく堅固であり、まったく決定的と思われたため、陪審員は別室で協議することもなしに、ただちに「第一級殺人の有罪」という答申をおこなった。その直後、不幸な男は死刑の判決を受け、法の仮借ない復讐を待つため州刑務所へ護送されたのである。

この間、「オールド・グッドフェロウ・チャーリー」は、けだかい振舞いのため、町の誠実な人々と前に倍する親密さを獲得するようになった。さらに、在来の十倍も人々に気に入られるようになった。そして、もてなしを受けることの自然の成行きとして、いわば強制的に、これまでは貧しいために守らざるを得なかった極端な吝嗇《りんしょく》の習慣をゆるめ、小規模な親睦会《レユニオン》をしきりに催すことになった。そのパーティには、機智と陽気さとがみちあふれていた。もちろん、この気前のいい主人の親友の甥の上に重く垂れさがっている、不幸で陰鬱な運命がときどき思い出されるため、すこしばかり湿っぽくなることはあったけれども。

さて、ある晴れた日のこと、この雅量ある老紳士は次のような手紙を受取って、かつ驚き、かつ喜ぶことになったのである。

シャトー・マルゴー　A. No. 1.
６ダース　（１／２グロス）
H. F. B. 会社
チャールズ・グッドフェロウ殿
ラトルバラー

チャールズ・グッドフェロウ殿
謹啓　弊社の取引先シャトルワーズィ氏より約二ヵ月前にいただきました御注文に従い、シャトー・マルゴー（かもしか印すみれ色の封印）の大箱一個、貴殿あてお送りしました。箱には欄外のごとく記してございます。
敬具
ホッグス・フロッグス・ボッグズ会社
＊＊市一八＊＊年六月二十一日
追伸　この書簡をお受取りになった翌日に、車にて配達される予定です。
Ｈ・Ｆ・Ｂ・会社

実のところグッドフェロウ氏は、シャトルワーズィ氏の死後、シャトー・マルゴーのことはすっかりあきらめていた。それゆえ彼は今や、それを、神意によって彼へと与えられた贈り物のように思ったのだ。もちろん彼は非常に喜んだし、喜びが溢れるあまり、善良なシャトルワーズィ老の贈り物の口あけのために翌日、夕食会《プチ・スペ》を開いて、大勢の友人たちを招くことにした。招待状を出すとき、彼はシャトルワーズィ氏のことは何も言わなかった。実は、さんざん考えたあげく、何も言わないことに決めたのである。彼は――もしぼくの回想が正しいならば——シャトー・マルゴーを贈り物として受取ったことも、誰にも言わなかった。ただ、二ヵ月前に注文を出して明日受取るつもりの、特に高価で芳醇な葡萄酒を飲みに来ていただきたいと友人たちに頼んだにすぎなかった。旧友から葡萄酒を受取ったことを披露しないことに、なぜ決めたのかと、ぼくはその理由を想像して当惑したのだが、彼の沈黙の理由は、ぼくにははっきりと理解することはできなかった。もちろん、彼には何か、上品で高尚な理由があったのだろうけれども。

こうしてその翌日、身分の高い人々が大勢グッドフェロウ氏の家を訪れた。実際、町中の半数の人が群れ集ったのである——ぼく自身もそのなかにまじっていた。しかし、主人を当惑させたことには、シャトー・マルゴーは遅くまで——「オールド・チャーリー」の出した豪華な夕食を客人たちがすっかり平らげるころまで到着しなかった。

が、それはついに到着した。ものすごく大きな箱である。全員ひどく上機嫌だったので、食卓の上にのせて中身をすぐに取出すことにしようと、満場一致《ネム・コン》で決った。

事はただちに実行された。ぼくは手をかした。箱はまたたく間に食卓の、壜や皿のあいだに載せられ、皿や壜は二つ三つ、ぶつかりあってこわれた。かなり酔っていて顔の赤い「オールド・チャーリー」は、威厳をとりつくろって食卓の上座に席を占め、コップで食卓を激しく叩いて、全員に、「宝物を掘り起す儀式のあいだ」静粛にするように求めた。

しばらくざわざわした後、とうとう静かになり、やがて、こういう場合によくあるように森閑とした静寂が訪れた。蓋をこじあけてほしいとぼくが求められ、もちろん「非常に喜んで」それに応じた。鑿《のみ》を差し込み、ハンマーで二、三度かるく叩くと、とつぜん箱の上部が飛んだ。その瞬間、あの殺されたシャトルワーズィ氏が、傷だらけで血まみれの、ほとんど腐りかけている死体となってぱっと飛び出し、主人の真正面に坐ったのだ。その死体は、輝きを失った腐った眼で、じっと、悲しそうに、グッドフェロウ氏の顔をちょっとのあいだみつめていたが、ゆっくりと、しかしはっきりした印象的な声でこう言ったのである。――「お前が犯人だ」と。そして、心から満足したように箱のそばに倒れ、手脚を食卓の上に、震わせながら伸ばしたのだ。

その後の光景を言い尽すことは不可能だろう。人々が出口へ、そして窓へと殺到する有様は恐しいくらいであったし、大勢の、屈強の男たちさえあまりの恐しさのためたちまち失神したのである。恐怖にみちた激しい悲鳴を一しきりあげてから、全員の視線はグッドフェロウ氏へと注がれた。先程まで勝利感と葡萄酒の酔いに赤らんでいた彼の顔は、今、青ざめきっていたが、そこに見られる、死ぬように運命づけられている者としての苦悩は、たとえぼくが千年生きようとも忘れることができないだろう。数分のあいだ彼は、大理石像のようにこわばって坐っていた。その眼はまったく虚ろになって、ひたすら内部へと向けられ、自分じしんのみじめで冷酷な魂をひたすらみつめているようであった。が、ついに彼の眼はきらめいて外界へと向けられたらしい。彼はすばやく椅子から飛び跳ね、頭と肩を食卓の上に重苦しくつけて、死体によりそい、早口に、そして激しい口調で告白したのである——ペニフェザー氏がその罪により投獄され、死刑を宣告されている恐しい犯罪の一部始終を。

彼が語った内容は、大要、次のようなものであった。——彼は被害者を水溜り附近まで後をつけてゆき、その場で、馬をピストルで撃った。それから被害者をピストルの床尾で殴り殺し、それから紙入れを奪った。馬は死んだと思い、水溜りのそばの茨のところまで苦心惨憺して引きずって行った。シャトルワーズィ氏の死体は自分の馬に引きあげ、森を通って、遠く離れた安全な隠し場所に運んで行った。

チョッキ、ナイフ、紙入れ、弾丸は、ペニフェザー氏に復讐するため、彼の手で発見場所に置かれた。また、血にまみれたハンカチとシャツも発見されるようにたくらんだのである。

血も凍る独白が終りかけたころ、この罪人の言葉はどもり、虚ろになった。告白が終ると、彼は立ちあがり、よろめきながら食卓から後ずさりし、倒れ——そして死んだ。

---

幸いにして時機を得たこの告白が、どのようにして強いられたのかというからくりは、このすばらしい効果にもかかわらず、じつは極めて簡単なものであった。グッドフェロウ

氏の率直さは度が過ぎていて、ぼくには不快に感じられたし、そもそもの最初から疑惑をかきたてていたのである。ペニフェザー氏が彼を殴ったとき、ぼくはその場に居合せていたのだが、そのとき一時的にもせよ彼の顔に現れた残忍きわまる表情は、復讐が可能になり次第きっと実行されるにちがいないと、ぼくに確信させたのだ。こうしてぼくは、ラトルバラーの善良な人々とは異った見地から、「オールド・チャーリー」の策略を眺めようと考えた。有罪を立証するものが、直接的にせよ間接的にせよ、すべて彼じしんの発見にかかわるということはすぐ判った。事件の真相にぼくの眼を開かせてくれた事実は、馬の死体のなかにグッドフェロウ氏が発見した弾丸である。ラトルバラーの人々は忘れていたが、ぼくは忘れていなかった――弾丸がはいったところに孔が、取出されたところに別の孔があることを。弾丸が出てしまったのに弾丸が馬の体のなかに発見されるなら、発見者が入れたにちがいないとぼくは考えたのである。血まみれのワイシャツとハンカチも、弾丸で思いついた考えを裏づけてくれた。調べてみると、血は上等の赤葡萄酒にすぎないと判ったからである。これらのことども、および最近のグッドフェロウ氏の大変な気前のよさ、金《かね》づかいの荒さを考え合せると疑惑が生じてきたし、この疑惑は心に秘めていたのでいっそう強いものになったのである。

　その間、グッドフェロウ氏が一行を案内した地域を中心に、できるだけ広い範囲にわたって、内々に、精密な調査を始めた。その結果、数日後に偶然、茨でほとんどおおわれている古い涸《かれ》井戸をみつけた。この井戸の底に、ぼくは探しているものを発見したのである。

さて、ぼくは、グッドフェロウ氏がシャトルワーズィ氏をうまくおだてあげ、シャトー・マルゴー一箱を約束させたとき、二人の親友の話を立聞きしていたのである。ぼくはこれにヒントを得て行動した。堅い鯨の骨を一本、手に入れ、死体の咽喉のなかに差しこんで、葡萄酒の古箱に死体を入れた。鯨の骨を二つに折り曲げるように注意しながら、死体を二つに折り曲げた。こうして、死体を下に押しつけて置くように、蓋を無理やり押えつけて、釘を打った。もちろん、釘を抜けば蓋が飛んで、死体が飛び出すのを予想してのことである。

箱の用意ができると、前述したように、文字や数字や宛名を書き入れた。それから、シャトルワーズィ氏が取引きしていた葡萄酒商人の名で手紙を書き、箱をぼくの合図のあり次第、手押し車に乗せてグッドフェロウ氏の家の入口に運ぶよう、下男に指示を与えた。死体に話をさせたのは、ぼくの腹話術の腕前をこっそり用いたまでである。これならば、残忍で恥しらずな良心にも作用するだろうと考えたからだ。

もうこれ以上、説明することはないだろうと思う。ペニフェザー氏はただちに釈放され、伯父の遺産を相続し、経験という教訓に知慧を借りて、その後はずっと幸福な新生活を送った。

# 黄金虫

おや、おや！　気が狂ったみたいに踊っている！
毒蜘蛛《タランチュラ》に咬まれたにちがいない。

『みんな間違い』

久しい以前のこと、ぼくはウィリアム・レグランド氏なる人物と親交を結んでいた。彼はあるユグノー教徒の一族の出で、かつては裕福だったのだが、一連の不幸のせいで貧しい暮しを余儀なくされていた。災厄にともなう屈辱感を避けようとして、父祖の地であるニュー・オーリーンズを去り、南カロライナ州、チャールストンに近いサリヴァン島に住みついたのである。

これはじつに変った島である。ほとんど砂ばかりで出来ていて、長さは三マイル。幅はどこで測っても四分の一マイルを越えることがない。本土からは、あまり目立たない小川で仕切られているのだが、この小川は、水鶏《くいな》の好んで集る蘆《あし》と泥砂の荒地のなかを、ちょうどにじみ出るような感じで流れているのだ。言うまでもなく植物は乏しく、たとえあるとしても矮小なものばかり、大きな樹木はまったく見られない。ただし——西端に近くモウルトリー城砦《じょうさい》があるあたり、そして、夏のあいだチャールストンの埃と炎熱を逃れて来る人々の借りるみすぼらしい木造家屋が数軒ちらばっているあたりには、あの毛のこわい棕櫚《パルメットー》がある。しかし島全体は、この西端の部分と白い堅い海岸線を除けば、イギリスの園芸家がたいそう珍重するかぐわしい桃金嬢《マートル》の密生した下生えでおおわれている。この灌木は、この島では十五フィートないし二十フィートの高さに達することが珍しくないし、ほとんど通り抜けられないくらいの矮林を形づくり、その芳香であたりの空気を重苦しくしているのである。

矮林のいちばん奥、島の東端すなわち遠いほうの端からあまり離れていないところに、レグランドは自分で小さな小屋を建てて住んでいたのだが、ぼくがたまたま彼と面識を得たのはここにおいてであった。そしてこの面識はやがて友情に変った。なぜならこの隠遁者には、関心をそそり尊敬をいだかせるものがあったからである。ぼくは、彼が高い教育を受けており、なみなみならぬ知力を備えているけれども、嫌人癖に冒されていて、熱狂したかと思うと憂鬱に落ちこむ、頑固な気質の男であることを知った。なかなかの蔵書家だったが、本はめったに読まない。銃猟や釣り、あるいは海岸や桃金嬢《マートル》の茂みのなかをぶらついて貝殻や昆虫を探すことが主な楽しみだった。そして彼の昆虫標本のコレクションは、スワンメルダムのような碩学《せきがく》をも羨望させるに足るものだったのである。こんなふうに逍遥《しょうよう》する際、彼はいつも、ジュピターという名の老黒人を同行していた。この黒人は、レグランド家の没落以前に解放されていた者だが、若い「ウィル旦那」の後について歩くことを自分の権利だと考えており、おどしてもすかしてもやめさせることができなかった。ひょっとしたらレグランドの親類の者たちが、レグランドはいくらか頭が変なのだと思い込み、このぶらぶら歩き廻る癖の男を監視させ後見させる目的で、ジュピターにこういう頑固さを教えこんでおいたのかもしれぬ。

　サリヴァン島の位置する緯度のあたりでは、きびしい寒さの冬はめったに訪れないし、秋でも火がほしいようなことは極めて稀である。しかし一八＊＊年の十月中旬に、かなり冷えびえする日があった。日没のすこし前、ぼくは常緑樹のあいだを通り抜けて、友人の小屋へ行った。ここ数週間、訪ねていなかったのである。当時ぼくは、島から九マイルの距離にあるチャールストンに住んでいたし、往復の便は現在より遥かに乏しかったのだ。小屋に着くといつものように扉をたたいたが、返事がないので、鍵が隠してあるのを知っている場所を探し、扉の錠をあけてなかへはいると、炉には火があかあかと快く燃えている。これは思いがけぬことだったし、また、じつに有難かった。ぼくは外套を脱ぎすて、ぱちぱち音を立てて燃えている薪のそばへアーム・チェアを持ってゆき、主人が帰るのをのんびりと待っていた。

暗くなるとじきに彼らは帰って来て、ぼくを心から歓迎してくれた。ジュピターは大きく口をあけて笑いながら、夕食に水鶏《くいな》を御馳走しようと準備に大童だった。レグランドは例の発作——そうとしか呼びようがない——熱中する発作の最中だった。彼は今日、新しい属をなす、まだ知られていない二枚貝を発見しただけではなく、さらに、ジュピターの助けを借りて、一匹の黄金虫《スカラビウス》を追いつめ、捕えたのである。その黄金虫はまったくの新種だと彼は信じていて、それについて明日ぼくの意見を聞かせてほしいと述べた。

「なぜ、今日じゃいけないの？」と、ぼくは火にかざした両手をこすりながら、そして、黄金虫なんぞは一族ことごとく悪魔に亡ぼされてしまえと思いながら言った。

「うん、君の来るのが判ってればねえ！」とレグランドは言った。「こんなに長いあいだ会ってないんだ。よりによって今夜、訪ねて来てくれるってことが、どうして判ります？　帰る途中、城砦のG＊＊中尉に会って、ついうっかり貸しちゃったのさ。だから、明日の朝まではお目にかけられない。今夜は泊りたまえ。夜が明けたらすぐ、ジュピターに取りにゆかせるよ。すばらしいぜ！」

「何が？　夜明けがかい？」

「馬鹿な！　違う！　虫がさ。きらきら光る金《きん》いろで——大きさは胡桃《くるみ》の大きな実ぐらい——背中の一方の端には真黒な点が二つあり、もう一方にはすこし長いのが一つある。触角《アンテニー》は……」

「錫《ティン》なんてはいっていましねえだ、ウィル旦那。前々《めえめえ》から言ってるでがすが」と、このときジュピターが話をさえぎった。「あの虫は金無垢《きんむく》の虫ですだ。内も外もすっかり。まあ、羽根だけは別ですけんど。――生れてこのかた、あの半分も重てえ虫は持ったことがありましねえだ」

「うん、たとえそうだとしてもな、ジュピター」とレグランドは、ぼくにはすこし真面目すぎると思われる口調で答えた。「それが鳥を焦がす理由になるかい？　その色はね」――と、ここでぼくのほうに向いて――「まったく、ジュピターの考えももっともだと言いたいくらいのものなんだ。あの甲が発するのよりもきらきら光る金属性の艶は、君だって見たことがないだろうよ――まあ、明日になれば判る。とりあえず、形だけならあらまし教えることができますよ。」こう言いながら彼は、小さなテーブルに向ったのだが、その上にはペンとインクはあったけれども、紙はなかった。抽斗《ひきだし》のなかを探したが、一枚も見当らない。

「いや、いいんだ」と彼はとうとう言った。「これで間に合う。」そしてチョッキのポケットから、ひどく汚れた大判洋紙《フールスキャップ》のように見えるものを取出し、それにペンでざっと図を描いた。彼がそうしている間、ぼくはまだ寒かったので火のそばにいた。図ができあがると、彼はそれを腰かけたままぼくに手渡した。ぼくが受取ったとき、大きな唸り声が聞え、それにつづいて戸をひっかく音がした。ジュピターが戸をあけると、ニューファウンドランド種の大きな犬が飛び込んで来て、ぼくの肩にとびつき、しきりにじゃれついた。前に訪れたとき、ぼくが可愛がってやったせいなのである。犬と一しきり遊んでから、ぼくは例の紙を見たのだが、実を言うと友人が描いたものを見ていささか当惑せざるを得なかった。「ほほう！」とぼくはしばらくみつめてから言った。「こいつはおかしな黄金虫だ。たしかにぼくは初めてだよ。今まで見たことがない——頭蓋骨か髑髏《されこうべ》でないとすればね。今まで見たもののなかじゃあ、髑髏にいちばん似てる」

「髑髏だって！」とレグランドはまるで木霊《こだま》のように言った。「うん、まあ、そうだな。紙に描けば、たしかにそんな感じにもなる。上の二つの黒い点が眼というわけかい？　下のほうの長い点が口で。それに、全体が楕円形だしね」

「まあそうだろうね」とぼくは言った。「でも、レグランド、君はあまり絵は上手じゃないらしいね。虫がどんな形なのか、ぼくには実物を見てからでなくちゃ、呑込めないな」

「そうかい？」と彼は、すこしむっとして、「ぼくはかなり——絵が描けなくちゃならんはずだがね。少くとも……偉い先生についたし。それに自分じゃ、そう下手糞だとも思ってないんだ」

「とすれば、君はふざけてるんだな」とぼくは言った。「これは、まずまず普通の頭蓋骨だ。まあ、立派な頭蓋骨《スカラビウス》だと言っていいぜ——生理学の標本についての一般人の考えに従えばね。それに君の黄金虫は、たとえ黄金虫《スカラビウス》に似てるとしても、世にも不思議な黄金虫《スカラビウス》だな。ねえ、このヒントを利用して、スリル満点な迷信を一つでっちあげることができるぜ。この虫には、人頭黄金虫《スカラビウス・カプト・ホミニス》というような名をつけるといいな。ほら、博物学じゃあ似たような名がいろいろあるじゃないか。でも、君の言ってた触角はどこにあるんだい？」

「触角だって？」とレグランドは言った。彼はこの話題に奇怪なほど夢中になっているようだった。「見えるはずだがね。実物どおり、はっきり描いておきましたよ。あれで充分だと思うけど」

「うん、うん」とぼくは言った。「描いたんだろうな――でも、ぼくには見えない。」そして、もう何も言わずに紙を返した。彼の機嫌をそこねたくなかったのである。が、ぼくは形勢が一変したのに非常に驚いた。彼の不機嫌はぼくを当惑させたし――それに、黄金虫の図について言えば、触角などぜんぜん見当らず、全体はごくありふれた髑髏の絵とそっくりだったのである。

　彼はひどく気むずかしい様子で紙を受取り、火のなかへ投げこもうとしてまるめかけたのだが、そのとき図をちらっと見ると、とつぜんそれに注意をひきつけられたらしい。顔はたちまち紅潮し――次いで真青になった。数分間、彼は椅子に腰かけたまま仔細に図を調べつづけていたが、とうとう立ちあがって、テーブルから蠟燭《ろうそく》をとりあげ、部屋のいちばん遠い隅にある水夫の衣服箱《シー・チェスト》に腰かけた。ここでもう一度、紙をあらゆる方向に引っくり返して熱心に、一言も口をきかずに調べている。そういう彼の挙動はぼくをひどく驚かせたけれども、余計な口をきいて、ますますひどくなる彼の不機嫌をかえってこじらせないほうがいいと判断した。やがて彼は上衣のポケットから紙入れを取出し、注意ぶかく紙をしまい、書き物机のなかに入れて錠をおろした。彼の態度は、今度はずっと落ちついたものになって、最初の熱狂ぶりはすっかり影をひそめた。今の彼は、不機嫌というよりもむしろ茫然としているといった感じだった。夜が更けると、彼はますます物思いに耽って、ぼくがどんな冗談をとばしても、その夢想から目覚めさせることができない。ぼくは今まで何度もこの小屋に泊ったことがあるので、この夜もそうするつもりだったが、彼がこんな様子では引上げたほうがいいと考えた。彼は引止めもしなかったが、ぼくが立去るとき、普段よりももっと心をこめて握手した。

その約一ヵ月後（その間ぼくはレグランドに一度も会わなかった）、彼の下男のジュピターがぼくをチャールストンに訪ねて来た。ぼくは、この善良な老黒人がこんなに意気銷沈しているのを見たことがなかったので、友人の身に何か重大な災厄が襲いかかったのではないかと心配した。

「おや、ジュピター」とぼくは言った。「どうした？　旦那は元気かい？」

「へい、旦那。実を言うと、あまりよろしくねえだ」

「よくない、だって？　困ったね。どこが悪いと言ってるの？」

「そのことですだ。どこも悪いと言ってましねえ――言ってねえことがつまり恐しい病気なんでがす」

「恐しい病気だって！　ジュピター、なぜそう早く言わないんだ？　ベッドに寝てるのかい？」

「うんにゃ、そうでねえ！　どこにも寝てねえ……それで困ってますだ。ウィル旦那のことを思うと、かわいそうで、胸がいっぺえになるでがすよ」

「ジュピター、一体どういう話なのか、聞かせてくれないか。旦那が病気だと言ってたが、どこが悪いのかは、お前に打明けてくれないのかい？」

「へえ、旦那。あんなこって気違いになるなんて。ウィル旦那は何ともねえって言ってなさるだが――そんなら何で、こんな具合《ぐええ》に頭をさげて、肩をおっ立てて、幽霊みたいに真青になって歩きまわらなくちゃならねえだかね。それに、いちんちじゅう、計算してるだ」

「何をしてるだって？　ジュピター」

「石盤に数字を書いて、計算してるだよ――おらの見たこともねえような変ちょこりんな数字を書いて。おら、おっかなくなって。旦那がわけの判らねえことをすんのを、いちんちじゅう見張ってなきゃなんねえ。こねえだも、夜の明けねえうちにこっそり抜け出し、いちんち帰って来なさらねえ。戻って来たらどやしつけてやろうと思って、でっけえ棒をこせえといただ。だけんど、おらは馬鹿だねえ、いざとなると気がくじけて、そんなことできねえ――旦那があんまりかわいそうな様子なもんで」

「え？　何だって？　なるほど！　まあ、そんなかわいそうな男に乱暴しちゃいけないな。折檻なんぞするなよ、ジュピター。そんなことされたら、旦那は参ってしまうぜ。でも、なぜそんな病気に――というより、なぜそんなおかしなことをするようになったのか、思い当るふしはないのかい？　こないだ、ぼくが行ってから後、変なことでも起ったのかい？」

「うんにゃ、旦那。あれからあとは、変なことなんて、何も起りましねえだ。あれより前のことだと思うでがすよ。ちょうど旦那がいらした日のことで」

「どうして？　いったい何の話だい？」

「旦那、あの虫でがすよ。ほら」

「あの、何だって？」

「あの虫――ウィル旦那はあの黄金虫に、頭のどこかを咬《か》まれたにちげえねえだ」

「どうしてそう思うのかね？　ジュピター」

「爪があるだよ、旦那。それに口もあるだ。あげな、いめいめしい虫、見たことねえだ――近寄って来るもんは何でも、蹴ったり咬んだりするだから。ウィル旦那がはじめつかまえたが、すぐおっ放さなきゃならなかっただ――あんとき咬まれたにちげえねえ。おらは、どういうわけか、虫の口の恰好が気にくわなかっただから、指じゃ持ちたくねえと思って、めっけた紙きれでつかまえただ。紙にくるんで、紙の端っこを虫の口んなかへつっこんだだよ――こんなあんべえにな」

「じゃあ、旦那は本当に虫に咬まれて、病気になったと思ってるわけだね？」

「思うわけじゃねえだ――まあ、嗅ぎつけてるようなもんだ。黄金虫に咬まれたんでなきゃあ、どうして、ああしょっちゅう、黄金《きん》の夢を見るもんかね？　おらは、そういう黄金虫の話、聞いたことがあるだよ」

「しかし、黄金《きん》の夢を見てるってこと、どうして判る？」

「どうして判る、と言うかね？　なんしろ、寝言でしゃべるだからね。おら、それで、嗅ぎつけたんでがす」

「なるほどな、ジュピター。お前の言うとおりなんだろうよ。だが、今日、訪問の栄を賜ったのは、どういうわけなんだい？」

「何のことですだ？　旦那」

「レグランドさんから、何か言伝《ことづ》てを言いつかって来たかい？」

「うんにゃ、旦那。この手紙を持って参りましただよ」こう言ってジュピターはぼくに、次のような手紙を手渡した。


拝啓。こんなに長いあいだお目にかかれないのは、どういうわけでしょう？　小生のちょっとした無愛想《ブリュスクリー》を、あれこれ気になさるような大兄ではないと思いますが。いや、まさかそんなことなどあるはずがない。

先日お目にかかって以来、ひどく心がかりなことが一つあるのです。お話いたしたいのですが、どう話したらいいのか、また、果してお話すべきかどうかも判りません。

この数日あまり具合がよくないのですが、ジュピターの奴が、もちろん好意からしきりにお節介を焼いて、小生をうんざりさせ、我慢できないくらい。大兄は信じて下さるでしょうか？　彼は先日、小生をこらしめようとしたのですよ。小生がこっそり家を抜け出し、本土の山中で、一人《ソウラス》で一日を過したというかどで。病人みたいな顔つきだったせいで彼の打擲《ちょうちゃく》を免れたのだと、信じています。

この前お会いして以来、標本箱には何一つ加わったものなし。

もし御都合がつきましたら、ジュピターと同道にておいで下さい。是非来てほしい。重大な用件にて、今夜大兄にお目にかかりたいのだ。重大この上ないこと、保証いたします。

敬具
ウィリアム・レグランド

この手紙の書きぶりには、ぼくをひどく不安にするものがあった。全体の文体が、普段の彼の文体とひどく違っている。一体、何を夢想しているのだろう？　どんな新奇な考えが、彼の興奮しやすい頭脳にとり憑いたのだろう？　どんな「重大この上ないこと」を、彼が処理しなければならぬというのだろう？　ジュピターの話の様子では、あまりいいことではなさそうだ。友人の理性は度重なる不幸のため、ついにまったく乱れてしまったのではないかとぼくは恐れた。それゆえぼくは、いささかも躊躇《ちゅうちょ》することなく、黒人と同行することにした。

波止場へ着くと、これからぼくたちが乗込むボートのなかに一梃の大鎌と三梃の鋤が置いてあって、どれもみな新品らしい。

「これはどういうわけだ？　ジュピター」とぼくは訊ねた。

「うちの旦那の鎌と鋤ですだ」

「なるほど。が、どうしてここにあるんだい？」

「ウィル旦那が町さ行って鎌と鋤を買って来いって、きかねえんでがす。眼ん玉がとび出るほど、金を取られましただ」

「しかし、判らないね。お前のとこの『ウィル旦那』は、鎌と鋤で何をするつもりなんだろう？」

「おらにも判らねえ。うちの旦那だって判らねえにきまってるだよ。何もかもみんな、あの虫のせいでがす」

「あの虫」のことで頭がいっぱいなジュピターに何を訊いても満足な答が得られるはずは

ないと思い直し、ぼくはボートに乗りこんで出帆した。強い順風を受けて、ぼくたちは間もなくモウルトリー城砦の北にある小さな入江にはいり、二マイルばかり歩いて小屋に着いた。到着したのは午後三時ごろである。レグランドは待ちこがれていた。彼はぼくの手を、神経質な熱っぽさ《アンプレスマン》をこめて握ったので、ぼくは不安になり、すでにいだいている疑惑を強めた。彼の顔色は死人のように蒼白く、窪んだ眼は不自然なほどぎらぎら光っていた。ぼくは、彼の健康についてすこし訊ねてから、何の話をしたらいいか判らないので、G＊＊中尉から黄金虫を返してもらったかと言った。

「ええ、もちろんさ」と彼は顔を紅潮させて答えた。「翌朝、返してもらった。どんなことがあったって、あの黄金虫と別れるもんか。君、知ってるかい？　ジュピターがあれについて言ったのは、本当なんだぜ」

「どういう点で本当なの？」と、ぼくは心に悲しい予感をいだきながら言った。

「あれが本当の黄金で出来てる虫だと考えた点で。」彼が厳粛な口調でそう言ったので、ぼくは名状しがたい衝撃を受けた。

「この虫がぼくの財産をこさえるはずだ」と彼は、勝ち誇ったように微笑しながら言いつづけた。「先祖代々の財産を取返してくれるってわけだ。とすれば、ぼくがあの虫を大事にするのも不思議じゃなかろう？　運命の女神があれをぼくに授けようと考えた以上、ぼくがそれを手引として正しく使えば、黄金のところへたどり着けるというわけだよ。ジュピター、あの黄金虫を持って来いよ」

「えっ！　あの虫かね、旦那。おら、あれに手は出したくねえ。自分で取りにゆきなせえ。」そこでレグランドは、真剣な重々しい態度で立ちあがり、黄金虫の入れてあるガラスの容器からそれを持って来た。それは美しい黄金虫で、当時は博物学者に知られていない品種であり——言うまでもなく、科学上の見地から見てじつにすばらしいものであった。背の一方の端に近いあたりには、二つのまるい黒点があり、もう一方の端には長い点が一つあった。甲は極めて堅く、つやつやして、よく磨いた黄金のような外観を呈している。この虫の重さはかなりのものだったから、あれこれ考えあわせると、ジュピターがああ考えたのも責めるわけにゆかない。しかしレグランドまでが彼の意見に同調するのはどう解釈したらいいか、ぼくにはどうしても納得がゆかなかったのである。

「君を迎えにやったのは」と、彼は、ぼくが黄金虫を調べ終ったときに大げさな口調で言った。「君を迎えにやったのは、君の忠告と助力を得て、運命の女神とこの虫との……」

「ねえ、レグランド」とぼくは彼をさえぎって叫んだ。「君はたしかに具合が悪いんだ。すこし気をつけたほうがいいな。やすみたまえ。よくなるまで、ぼくは二、三日ここにいるよ。熱があるし、それに……」

「脈を計ってみろよ」と彼は言った。

ぼくは脈を計ったが、実のところ、熱のありそうな気配はちっともない。

「しかし、病気なのに熱はないのかもしれない。今度だけは、ぼくの言うことを聞いてくれよ。まず、寝ること。次には……」

「誤解だよ」と彼は言葉をさしはさんだ。「今のぼくみたいに興奮してれば、このくらいでじゅうぶん健康だと思う。もし本当にぼくを健康にしたいなら、この興奮状態を救ってくれよ」

「どうすればいいの?」

「簡単さ。ジュピターとぼくは、これから本土の山のなかへ探検に出かける。この探検では、誰か信用できる人に助けてもらわなくちゃならないんだ。成功しようと失敗しようと、いずれにしろ、君の見ている興奮はおさまるはずだ」

「喜んでお手伝いするよ」とぼくは答えた。「でも、このいまいましい虫は、山のなかの探検と何か関係があるのかい?」

「うん、ある」

「じゃあ、レグランド、そういう馬鹿げた仕事の仲間には加われないな」

「残念だ……じつに残念だな。そうなると、ぼくたち二人だけでやらなくちゃならない」

「二人だけでやる、だって?……こいつ、確かに頭がおかしいぞ!……だけど、待てよ!……どのくらい留守にするつもり?」

「たぶん、一晩。すぐに出発して、どんなことが起ろうと日の出までには帰って来る」

「じゃあ、たしかに約束するかい？　この気違い沙汰が終って、虫の一件が（ちえっ！）君の納得がゆくように落着したら、すぐに家へ帰って、ぼくの言うことに、医者の意見同様に従うってことを」

「うん、約束するよ。そうと話が決ったら、早速でかけよう。ぐずぐずしてる暇はないんだ」

ぼくは重い心で同行した。ぼくたち——レグランドとジュピターと犬とぼく——は、四時ごろ出発した。ジュピターは大鎌と鋤を持っていたが、ぜんぶ自分で持つと言い張ったのは、勤勉すぎ忠実すぎる彼の性格のためではなく、主人の手のとどくところにどっちも置きたくないという配慮のためらしいと、ぼくには思われた。彼の態度は極端なくらい頑固で、道々、彼の口を洩れるのは「あの忌々《いめいめ》しい虫が」という言葉だけであった。ぼくは龕灯《ダーク・ランターン》を二つ持っていたが、レグランドは黄金虫だけで満足し、それを鞭索の端にむすびつけて、歩きながら魔法使いのようにくるくる振り廻していた。この、友人が発狂したという明白な証拠を見たときには、ぼくはほとんど泪をおさえることができないくらいであったが、すくなくとも今しばらくは、つまり、成功する見込みのあるもっとも有力な手段がみつかるまでは、したいようにさせておくほうがいい、とぼくは考えた。そんなふうにしながら、ぼくは探検の目的についてあれこれと探りを入れてみたが、これはぜんぜん無駄な努力に終った。ぼくを同行させるという大事なことがうまく行った以上、あまり重要でない話題については語りたくないらしく、何を訊《き》いても「今に判るよ！」としか答えてくれなかった。

ぼくたちは島の端にある小川を小舟で渡り、本土の海岸にある高地を登って、人間が歩いたらしい形跡などまったくない、ひどく荒れ果てた地帯を北西の方角へ進んだ。レグランドは先に立って、決然とした様子で進んで行った。ときどき、ほんのちょっと、前に来たときつけて置いた目じるしのようなものを調べるため、立ちどまることはあったけれども。

こんなふうにしてぼくたちは二時間ばかり歩き、今までに見たどこよりも幻想めいた感じの地帯へ足を踏み入れた。それは一種の台地で、ほとんど登攀《とうはん》不可能な或る山の山頂に近いところであった。その山は麓《ふもと》から頂上まで、密生した樹木におおわれていて、大きな岩が散在しているが、その岩は地面の上にごろごろ転がっているだけらしく、たいていは樹木によりかかっているせいで、下の谷に落ちずに済んでいるのだ。さまざまの方向に走っている深い谷は、あたりの景色にいっそう苛烈な趣を加えていた。

ぼくたちが登った、この天然の壇ともいうべき地帯には、茨がびっしりと生えていて、大鎌がなければ一歩も前進できないことがすぐに判った。ジュピターは主人の指図に従って、ものすごく高いゆりの木《チューリップ・トリー》の根もとまで、ぼくたちのために道を切り開いた。この樹は、八本か十本ばかりの樫の樹と一緒にこの平地に立っていて、葉簇や形の美しいことでも、枝が広くひろがっていることでも、外観が堂々としていることでも、樫の樹のどれよりも、そしてまたぼくが今まで見たどんな樹木よりも遥かに優っている。この樹のところまで来たとき、レグランドはジュピターのほうに向って、お前はこの樹に登れると思うかと訊ねた。老人はこの質問にすこしたじろいだらしく、しばらく返事をしなかったが、とうとう巨大な幹に近づいて、そのまわりをゆっくりと歩き廻り、注意ぶかくそれを調べた。調べ終ったとき、彼はこう答えた。

「ええ、旦那、今まで見た樹で、登れねえって樹はありましねえだ」

「じゃあ、できるだけ早く登れ。もうすぐ暗くなって、様子が判らなくなるからな」

「どこまで登るんで？　旦那」

「まず大きい幹を登るんだ。それから先は教えてやる。おい、ちょっと待て！　この虫を持ってゆけ」

「虫ですかい？　ウィル旦那。あの黄金虫を？」と黒人は狼狽して、しりごみしながら大声で言った。「なんで、樹に登るに虫を持ってゆかにゃならねえだ。くそ！　おらは真平だよ」

「ジュピター。お前みたいな、大きな図体をした黒ん坊が、死んじまって嚙みつきも何もしない小さな虫が、なぜこわいのかね。そんなら、この紐につけて持ってゆけばいい――でも、どうしても持ってゆくのが厭なら、このシャベルでお前の頭を割るしかないということになる」

「一体、何のことですだ？　旦那」とジュピターは明らかに恥じ入りながら、従順になって、「いつもいつも、年寄りの黒ん坊と口喧嘩なんかしてさ。あれは冗談だに。おれが虫をおっかながる？　虫なんて何でもねえだ。」彼はこう言って紐のうんと端のところを注意ぶかく持ち、虫を自分の体からできるだけ離すようにしながら、樹に登る用意をした。

　アメリカの森林で最も堂々たる樹木であるゆりの木《チューリップ・トリー》、学名リロデンドロン・トゥリピフェルムは、若木のうちは幹がたいへんすべすべしていて、横枝を出さずに非常な高さまで成長することがしばしばである。しかし老樹になると、樹皮に瘤が生じてごつごつしたものになり、多くの短い枝が幹にできる。それゆえこの場合、攀じ登ることは見かけほど困難ではなかった。ジュピターは、大きな円柱のような幹に両手両脚でできるだけぴったりと抱きつき、どこか突出しているところを手でつかまえ、別の突出部に素足の指をかけて、一、二度あやうく落ちそうになりながら、とうとうその樹の最初の股まで登った。そこで彼は、実質的な仕事は全部すんだと考えたらしい様子だった。事実、六十フィートか七十フィート登ったわけだが、木登りという冒険はもう終ったも同然だった。

「今度はどっちへゆくだね？　ウィル旦那」と彼は訊ねた。

「いちばん大きな枝にかかれ——こっち側の」とレグランドは言った。黒人はすばやく、そして何の苦もなさそうにその言いつけに従い、ぐんぐん登って行って、とうとう彼のずんぐりした姿は密生した葉簇におおわれて見えなくなった。やがて彼の声が一種の掛声のように聞えて来た。

「もうどのくらい登るんですだ？」

「どれくらい登った？」とレグランドは訊ねた。

「うんと高いですだ」と黒人は言った。「樹のてっぺんから空が見えるで」

「空のことなんか気にかけないで、おれの言うことをよく聞け。幹を見おろして、こっち側の下にある枝を数えるんだ。枝をいくつ越した？」

「一つ、二つ、三つ、四つ、五つ——旦那、こっち側ので五つ越しましただ」

「じゃあ、もう一つ登れ」

すぐにまた声があって、七つ目の枝に着いたと報告した。

「いいか、ジュピター」とレグランドは明らかにたいへん興奮した口調で叫んだ。「その枝をできるだけ前へ進んでもらいたいんだ。何か変なものが見えたら、知らせるんだぞ」

もうこのころには、ぼくが哀れな友人の狂気についていだいていた一縷の望みも、すっかり消え失せていた。もはや、まったく発狂しているのだと考えるほかはない。なんとかして家に連れて帰らねばならぬと、心のなかでぼくは必死になって考えていた。が、どうするのが得策かと案じているうちに、もう一度ジュピターの声が聞えた。

「この枝をうんと先までゆくのは、ひどくおっかねえですす——すっかり枯れてますだ」

「枯枝だって？　ジュピター」とレグランドは震え声で叫んだ。

「うん、旦那。枯れきってますだ……枯れきって……生きてましねえだ」

「ああ、一体どうしたらいいんだろう？」とレグランドは困りきった様子で言った。

「きまってるじゃないか！」とぼくは、言葉をさしはさむ機会ができたのを喜びながら言った。「家へ帰って寝るんだよ。さあ！　大人しく言うことを聞いてくれ。もう遅いぜ。それに、まさか約束を忘れたわけじゃないだろう？」

「ジュピター」と彼は、ぼくの言葉はちっとも気にかけないで叫んだ。「おれの言うことが聞えるか？」

「うん、はっきりと聞えますだ、ウィル旦那」

「じゃあ、ナイフでほじくって、ひどく腐ってるかどうか調べて見ろ」

「ずいぶん腐ってますだ、旦那」と黒人はすぐに返事をした。「でも、そうひどくというわけでもねえ。おれ一人なら、もうちっと先へゆけますだ」

「お前ひとりだって！　一体なんの話だ？」

「虫のことですだ。何しろ重てえ虫だ。こいつを落しちまえば、黒ん坊ひとりの重みじゃ、枝は折れましねえ」

「馬鹿！」とレグランドは、ほっと安心した様子で叫んだ。「虫を落したら、お前の首を折っちまうぞ。おい、ジュピター、聞えるか？」

「へえ、旦那。可哀相な黒ん坊に、そうどならなくたっていいだに」

「いいか、よく聞け！　虫を離さずに、その枝をずっと安全だと思うところまで進めば、降りて来るとすぐ一ドル銀貨をやるぞ」

「今、行ってるとこですだ、旦那」と黒人は即座に答えた。「もうはあ、大体、端っこですだ」

「端っこだって！」とレグランドはこのとき悲鳴のような声で言った。「枝の端っこのところまで行ったのかい？」

「もうじき端っこですだ、旦那……わああ！　おったまげた！　木の上の、ここんとこにあるのは何だんべ？」

「いいぞ！」とレグランドは非常に喜んで叫んだ。「何がある？」

「髑髏《されこうべ》でがす……誰かが樹の上に自分の頭、置いて行って、鴉《からす》が肉をみんな食っちまっただ」

「髑髏と言ったな……。いいぞ……。何で枝にゆわえつけてある？　何を使ってとめてある？」

「へえ、旦那。見てみようかね。なんて不思議なこった……髑髏のなかにでっけえ釘があって、それで木に留めてあるだあ」

「いいか、ジュピター、おれの言う通りにするんだぞ……聞えるか？」

「へえ、旦那」

「じゃあ、よく気をつけるんだぞ……髑髏の左の眼をみつけろ」

「ふむ、ふむ。いいとも！　ええと、眼なんてちっともありましねえだ」

「この馬鹿野郎め。おまえ、自分の右手と左手の区別がつくか？」

「うむ、知ってるだ……ようく知ってる……薪を割るのがおらの左手ですだ」

「なるほど。左利きだもんね。じゃあ、おまえの左の眼は左手と同じ側にあるんだ。さあ、今度は髑髏の左の眼がわかるだろう。つまり、前に左の眼があった場所のことだ。判ったかね？」

ここで長い合間があった。とうとう黒人がたずねた。

「髑髏の左の眼も髑髏の左手と同じ側にあるんですかい？……でも、髑髏には手なんかねえだに……まあ、ええだ……左の眼をみつけましただ……うん、これが左の眼だ！　これをどうするんで？」

「それに虫を通して、紐をすっかり垂らすんだ。紐を離さないように気をつけろ」

「ちゃんとやりましただ、ウィル旦那。虫を穴に通すなんてわけねえこった……下から見てくなんしょ」

この会話のあいだ、ジュピターの姿はぜんぜん見えなかったのだが、彼がおろした虫はいま、紐の尖端で、落日の最後の光を浴びながら、よく磨かれた黄金の球のように光り輝いていたのだ。落日の光はぼくたちが立っている高地をまだほのかに照らしていたのである。黄金虫はどの枝からもかなり離れて垂れさがっていたし、もし落せばぼくたちの足もとに落ちて来たであろう。レグランドはただちに大鎌を手にし、それで虫の真下に直径三ないし四ヤードの丸い空地を切り開き、その仕事が終ると、ジュピターに、紐を手から離して木から降りて来いと命令した。

ぼくの友人は、ちょうど虫が落ちた地点にきわめて正確に杭をうちこみ、それからポケットを探って巻尺を取りだした。巻尺のいっぽうの端を杭にいちばん近い木の幹の一点に結びつけ、それを杭までのばし、そこから、木と杭の二点によって規定されてある方向へ五十フィート延長した――ジュピターはそのへんの茨を大鎌で刈りとったのである。こうしてきまった地点に、第二の杭が打ちこまれ、そしてこれを中心として直径四フィートのぞんざいな円が描かれた。レグランドは、今度は自分じしん鋤を一梃手にし、ジュピターにもぼくにも鋤を渡して、出来るだけ早く掘りはじめるようにと言った。

実を言うと、ぼくはもともとこういう趣味はあまりないほうだし、現にこの場合は断りたくてうずうずしていた。というのは、夜は次第に迫って来るし、それに今までさんざん体を動かしたせいでずいぶん疲れていたのである。しかし逃れる術がないことは判っていたし、それにぼくが断ることによって哀れな友人の心の平静をかき乱したくはなかったのである。実際ジュピターの助けを当てにすることができたならば、ぼくはいささかもためらうことなく、この狂人を力ずくで連れ帰ろうとしたにちがいない。しかし、ぼくはこの黒人の性癖をいやというほど知っていたから、彼の主人とぼくが喧嘩をした場合、たとえどんな状況のもとにおいてであろうと、ジュピターが助けてくれるとは思わなかったのだ。レグランドが、南部には数知れないくらい多い、埋蔵されてある黄金という迷信に影響されていること、そしてまた彼の幻想が黄金虫を手に入れたことによって、つまりたぶんジュピターがその虫を「金無垢《きんむく》の虫」だと頑固に言い張ったせいで保証されているということについては、疑う余地がなかった。発狂しやすい精神は、こういう暗示にかかりやすいものだし、殊にこの暗示が今まで自分がとかく耽りがちだった妄想と一致する場合にはなおさらそうなのである。このときぼくは、そう言えばこの男は黄金虫のことを「財産を作るための手がかり」だと呼んだことを思いだした。つまりぼくはひどくいらいらしながら困りきっていたのだが、とうとう仕方がないから諦めて——本気で掘ろう、そしてこの幻想家に彼の考えが間違っていることのぬきさしならない証拠を一刻も早く見せつけてやろうと決心したのである。

龕灯に灯をともしてから、ぼくたちみんなは熱心に掘りはじめた。そう、もう少し尤もらしい仕事にふさわしいくらいの熱心さで。ぎらぎらする光がぼくたちの体と道具とを照らしたとき、この一団はどんなに絵画的に見えることだろうと思わないわけにはゆかなかったし、それからまた、たまたま誰かがもしこの辺へやって来たならば、ぼくたちの労働はいかにも異様な、疑惑にみちたものに見えるにちがいないと思った。

二時間のあいだ、ぼくたちは着実に掘りつづけた。誰もあまり口をきかない。ぼくたちがいちばん困ったのは、犬が吠えたてたことである。ぼくたちの仕事がひどく面白く見えたらしいのだ。あまり騒がしく吠えるので、とうとう最後には、誰か近所を歩いているものが不安に思いはしないかと心配になった。いや、こんな気づかいをしたのはレグランドであった。ぼくとしては、何か邪魔がはいって彼を連れ帰ることができれば、すこぶる満足だったわけだから。が、とうとうジュピターがこのやかましい音を実にうまく止めてしまった。彼は、しかつめらしく考えこみながら穴から出て来て、靴下止めの片方で犬の口を縛りあげ、くすくす笑いながら、また仕事にとりかかったのである。

その二時間が経過すると、五フィートの深さに達したけれども、宝など影も形も見えぬ。みんなでひと休みしながらぼくは心のなかで、笑劇《ファルス》はいよいよ終りに近づいたなと思いはじめた。しかしレグランドは明らかにひどく狼狽して、もの思わしげに額の汗を拭うと、ふたたび仕事にとりかかった。ぼくたちは直径四フィートの円を掘りつくしてから、その範囲を少しひろげ、さらに二フィートだけ深く掘ったのだが、依然として何も出てこない。ぼくがレグランドのことを哀れな奴だとしみじみ思っていると、とうとうこの黄金探究者は、失望の色をありありと浮べながら穴から出、仕事を始める前に脱ぎ捨てた上着をゆっくりとそして不承不承に着はじめた。ぼくはその間、何も言わなかった。ジュピターは主人の指図に従って道具をまとめはじめた。それが終ると犬の口輪をはずし、ぼくたちは黙々として家路についた。

たぶん十二歩ばかり歩んでからである。レグランドは大きな罵り声をあげてジュピターのほうに大股に近より、彼の襟首をつかまえた。黒人は驚いて眼と口を大きくあけ、鋤をとり落し、ひざまずいた。

「こいつめ！」とレグランドは、食いしばった歯のあいだから一シラブルずつ吐きだすように言った。「この黒んぼの悪党め！……さあ、言え！……正直にさっさと返事しろ！……どっちが……どっちが貴様の左の眼だ？」

「ああ、ウィル旦那！　おらの左眼はこっちにきまってるじゃねえか」とジュピターは怯えながら叫んで手を右の眼に当てがい、まるで主人に眼球をえぐりだされるのがこわくてならないみたいに、死にもの狂いで目を押えるのであった。

「そうだろうと思ったんだ！……おれには分ってたんだ！　有難い！」とレグランドはわめくように言って黒人から手を離し、何度も何度もクルベット騰躍や半旋回をおこなったので、ジュピターはひどくびっくりしながら立ちあがり、口をつぐんだまま彼の主人からぼくへ、そしてぼくから彼へと視線を動かすのであった。

「さあ、引返さなくちゃ」とレグランドは言った。「勝負はまだついてないんだ。」そして彼はふたたび先頭に立ってあのゆりの木《チューリップ・トリー》のほうへと行った。

「ジュピター、ここへ来い！」と彼はその樹の根もとについたとき言った。「髑髏は顔を外に向けて樹にとめてあったか？　それとも、顔を枝に向けてか？」

「外に向いてましただ、旦那。だから、鴉《からす》どもは造作なく眼をほじくれたんで」

「じゃあ、お前が虫を落したのはこっちの眼からか、それともこっちの眼か？」と言いながらレグランドはジュピターの眼の一つずつに手を触れた。

「こっちの眼でさあ、旦那……左の眼……おめえさまの言った通りに」と言いながら黒人が指さしたのは彼の右の眼なのである。

「よし……やり直しだ」

今やぼくは、友人の狂気にも何か秩序らしいものがあることを理解しはじめた。あるいは理解したような気がして来た。レグランドは黄金虫が落ちた地点を示す杭を、以前の地点から約三インチ西のほうへ動かした。そして今度は巻尺を幹のいちばん近い点から杭へと、前と同じように引っ張り、そしてさらに一直線に五十フィートの距離まで延長し、さっきぼくたちが掘った地点から数ヤード離れた場所に目標を立てた。

新しい地点の周囲に、前のものよりいくらか大きら目の円が描かれた。そしてぼくたちはふたたび鋤を手にして働きはじめたのである。ぼくは疲れ果てていたけれども、何がぼくの気持を変えたのだろう、もう労働がさほど厭ではなくなっていたのである。ぼくは津々たる興味を感じていた。いや、興奮さえしていた。たぶん、レグランドのあらゆる奇矯な振舞いには、何か先見とか熟慮とかいうべきものがあって、それがぼくの心に影響したのであろう。ぼくは、熱心に掘った。そしてときどき、ぼくの不幸な友人を発狂させた幻想——幻の宝を、期待めいた気持で実際に探し求めている自分じしんに気がつくのであった。このような妄想が最もひどくぼくの心を捉えていたとき、そしてぼくたちが働きはじめてからおそらく一時間半ばかり経ったころ、ぼくたちはまたしても、あらあらしく吠えたてる犬に妨げられたのである。このまえ犬が吠えたのは、あきらかに悪ふざけないし気まぐれの結果だったが、今度はもっと深刻な吠え方であった。ジュピターがまた口輪をはめようとすると、犬は激しく抵抗し、穴にとびこんで、まるで気が狂ったように爪で土をひっかく。と、たちまち一かたまりの人骨を掘りだしたのである。それは二人分の完全な骸骨を形づくるもので、金属性のボタン数個と毛織物の腐って塵になったらしいものが混っていた。鋤で二、三度掘りおこすと大きなスペイン・ナイフの刀身が出て来た。そしてもっと掘ると、ばらばらになっている金貨や銀貨が三、四枚あらわれた。

これを見たときのジュピターの喜びは、ほとんど抑えきれないくらいであったが、彼の主人の顔にはありありと落胆の色が浮んだ。しかしレグランドは、もっと掘りつづけてくれとぼくたちを励したのだし、彼がそう言ったとたん、ぼくは長靴の爪先を、土の中に半ば埋まっている大きな鉄の環にとられてよろめき、前にのめったのである。

ぼくたちは今や熱心に働いた。これ以上興奮して十分間を過したことはぼくの生涯にないくらいに。その十分間のあいだに、ぼくたちは長方形の木製の櫃を一つ、すっかり掘りだしたのだ。この櫃は、完全に保存されていてひどく堅いことから見ても、明らかに何かの鉱化作用――たぶん塩化第二水銀の鉱化作用を受けているらしかった。この箱の長さは三フィート半、幅三フィート、深さは二フィート半であった。鍛鉄の箍環《たがわ》でしっかり締め、鋲を打ち、全体に一種の格子細工を施してある。櫃の片側の、上部に近いところには鉄の環が三つついており（したがって両側で六つ）、それによって、六人でしっかり持つことができるようになっていた。ぼくたちがあらん限りの力をあわせてみても、この長持の底をほんの少しずらすことができるだけであった。こんな重いものを動かすのが不可能だということは、すぐに判った。さいわい、蓋は二つの抜き差しのできる閂《かんぬき》でとめてあるだけであった。ぼくたちは不安に戦きながら、そして息をあえがせながら――閂を外した。と、そのとき、測りしれぬ価値をもつ財宝がぼくたちの目前にきらめきながら横たわっていたのである。龕灯の光が穴のなかへ落ちたとき、雑然といり混っている堆高い黄金と宝石の発する、燦爛《さんらん》たる光輝がぼくたちの眼を眩ませたのだ。

それをみつめたときの気持については、記さないことにしよう。もちろん、驚愕が主であった。レグランドは興奮のあまり疲れきっている様子で、ほとんど口をきかない。ジュピターの顔はしばらくのあいだ、黒人の顔がなれる限り真青になっていた。彼はまるで雷に打たれたように茫然としていたが、やがて穴のなかにひざまずいて、むきだしの腕を肘まで黄金のなかに埋め、ちょうど風呂《バス》につかる快楽をむさぼっているように両腕をそのままにしていた。そして、とうとう深い吐息をついて、まるで独白のようにこう叫んだ。

――

「これがみんな黄金虫のおかげなんだ！　きれいな黄金虫！　おらがあんな悪口たたいた、かわいそうな、ちっちゃな黄金虫！　やい黒ん坊、おめえ恥ずかしくねえだか？　返事してみろ！」

結局ぼくが主人と従者の二人を促し、宝を運ぶようにさせなければならなかった。夜は更けてゆくし、夜明け前に全部家に持ってゆくにはかなりの努力が必要だった。どうすればいいかなかなか判らないので、考えこんでいるうちにかなりの時間が経った。ぼくたち三人の頭は、それほど混乱していたのだ。が、結局、箱の中身の三分の二をとりだして軽くすると、箱は穴から比較的容易に引上げることができた。とり出された品々は茨のなかに置き、犬を残しその番をさせることにした。この地点からぜったい動いてはならないし、ぼくたちが戻って来るまでは吠えるなと、ジュピターが犬にきびしく言いつけたのである。こうして三人は櫃を持って家路を急いだ。無事に、しかしひどく苦労して小屋に到着したのは午前一時のことである。疲れきっていたので、すぐに仕事を続けることは不可能だったため、二時まで休み、食事をしてから、すぐに山へ向って出発した。このとき、運よく家にあった、丈夫な麻袋三つをたずさえた。四時ちょっと前にさっきの穴につき、戦利品

の残りを三人にできるだけ均等にわけ、穴は埋めないままで小屋に向ってふたたび出発したのだが、ぼくたちが黄金色の重荷を小屋におろしたのは、夜明けの最初のほのかな光の条《すじ》が東のほうの樹々の頂きから輝いたときであった。

もはやぼくたちは疲労困憊《こんぱい》していた。しかしそのときの激しい興奮は、ぼくたちに休息することを許さなかったのである。三、四時間ばかりうとうとした後で、ぼくたちはまるであらかじめ約束しておいたように、財宝を調べるため起きあがった。

宝は櫃の縁までぎっしりつまっていた。ぼくたちは日が暮れるまでずっと、それに夜になってからもかなりのあいだ、櫃の中身を調べるのに費した。秩序とか配列とかいうようなものはいささかもなしに、すべて乱雑に積み重ねてあった。全部を注意ぶかくより分けると、最初に考えたより遥かに莫大な富が手にはいったということがわかった。まず硬貨は四十五万ドル以上——これはそのときの相場表によって出来るだけ正確に値ぶみしてのことである。銀貨は一枚もなく、全部、古い時代の金貨で、種類はさまざまだった。フランスやスペインやドイツの金貨、それにイギリスのギニー貨も少しあったし、見たこともない金貨も少しまじっていた。ものすごく大きくて重い金貨もあったが、磨滅がはなはだしいため銘刻はぜんぜん読むことができない。なお、アメリカの貨幣は一枚もなかった。宝石の価格を見積ることは貨幣以上に困難であった。ダイヤモンドは全部で百十個——そのなかには非常に大きくて立派なものが幾つかあったし、小さなものは一つもなかった。

それからすばらしい光沢をはなつ十八個のルビー。三百十個のエメラルド、これがことごとく極めて美しい。二十一個のサファイアと一個のオパール。これらの宝石はみな台からはずされて櫃の中にばらばらに投げこまれてあった。その台のほうを他の黄金のなかから拾いあげてみると、識別されないようにであろう、みな金槌でたたき潰されているらしい。かてて加えて、きわめて多量の純金の装飾品もあった。すなわち二百に近い数の重々しい指輪および耳輪、豪華な金鎖が三十個――ぼくの記憶に間違いがなければ。非常に大きくて重いキリスト受難像《クルシフィックス》が四十三個、たいそう価値のある黄金の香炉が五個、巨大な黄金製のポンス鉢が一個。これには葡萄の葉としたたか酩酊して騒いでいる人々の姿とが鮮かに浮き彫りしてある。優雅な浮彫りをほどこした剣の柄《つか》が二個、その他に思い出せないこまごまとした数多くの品。これら貴重な品々の重さは常衡三百五十ポンドを超えていたのである。そしてこの評価のなかには見事な金時計百九十七個はふくまれていないのだ。そのなかの三個は、それぞれ五百ドルの値打ちはあったろう。時計はたいてい非常に古いもので、機械が多少とも腐蝕のため傷んでいるため、時間を測る機械としては価値のないものであったが、一つ残らず、宝石を数多く用いていたし、側はたいへんな値打ものだった。その晩ぼくたちは櫃の中身全体を百五十万ドルと見積ったが、しかしその後、小さな装身具や宝石類を（幾つかは自分たちで使うため取って置いたけれども）売払って見ると、この財宝をひどく安く値ぶみしていたことが判った。

調べがすっかり終り、激しい興奮がいくぶん静まったとき、ぼくがこの異常きわまる謎の説明を聞きたくて我慢しきれずにいるのを見たレグランドは、とうとう一部始終を詳しく話しはじめた。

「覚えているだろう」と彼は言った。「ぼくが黄金虫の略図をかいて君に渡した晩のことを。それに、絵が髑髏に似てると言い張られて、ぼくがすっかり当惑したことも忘れちゃいまい。あんなことを言われたとき、ぼくには最初、冗談としか思えなかった。でも虫の甲にある独特の点々のことを思い出して、君の言葉にも少しは根拠はあると思い返したのさ。だけど、ぼくの絵の腕前のことをからかわれちゃ不機嫌にもなるよ。自分じゃ、絵が上手なつもりなんだもの。だから、君が羊皮紙を返したとき、くしゃくしゃに丸めて腹立ちまぎれに火にくべようとしたんだ」

「ああ、あの紙切れね」とぼくは言った。

「違うんだ。紙そっくりだし、最初はぼくもそう思ったけれど、書く段になったら、とても薄い羊皮紙だということがすぐ判った。ほら、とても汚れていたじゃないか。で、皺くちゃに丸めようとしたら、君の見ていたスケッチに視線が落ちたわけですよ。虫の絵を描いたはずのちょうどその箇所で、髑髏をみつけたときの驚きは想像できるだろう。ちょっとのあいだは驚きのあまり、脈絡のある、ものの考え方ができないくらいだった。しかし、ぼくの描いた図は細部ではこれとずいぶん違うということは判った――輪廓はすこし似ていたけれどね。やがてぼくは蠟燭を手にして部屋の端に坐り、もっと綿密に羊皮紙を調べることにした。紙を裏返してみると、ぼくの描いた図はちゃんとその位置にある。最初ぼくが考えたことは、輪廓がひどく似ているということについての驚愕だけだった。つまり羊皮紙の裏側、ぼくの描いた黄金虫の真下にぼくのぜんぜん知らない髑髏が描いてあり、しかもこの髑髏が形といい大きさといい、ぼくの描いた図にそっくりだという暗合にたいする驚きでした。ねえ、この暗合の不思議さが、しばらくのあいだ、ぼくをすっかり茫然とさせたんですよ。こういう暗合に出会えば、そんな気持になるのは当り前のことだけれど。脈絡を――一連の原因と結果を――確立しようとしてそれができないため、精神が一時的に麻痺するのです。しかしこの麻痺状態から回復したとき、暗合よりもっと驚くべき一つの確信がゆっくりと訪れて来た。つまりぼくが黄金虫の図を描いたとき羊皮紙には絵なんかなにも描いてなかったということが、はっきり思い出されて来たから。これはまったく確実なことだった。だって最初に表を、次に裏を見て、どこがいちばんきれいだろうと探したんだから。もし髑髏の絵が描いてあったら、気がつかないはずは絶対ないもの。とすると、ぼくには説明不可能な謎がここにあることになる。……しかし、もうこのときすでに、ぼくの知性の、遠い遥かな秘密の部屋のなかでは、ぼくたちの昨夜の冒険であんなにみごとに証明された真理が、ちらちらと仄かに、まるで蛍の光のように光っていたような気がするんだよ。ぼくはすぐに立上り、羊皮紙を大事にしまいこんで、一人きりになるまで、もうこれ以上考えをたどるのを止めたのです。

「君が帰り、ジュピターがぐっすり眠ってしまうと、ぼくはこの条件についてもっと厳密に考えてみることにした。まず、羊皮紙がどうしてぼくの手にはいったかについて考えました。ぼくたちが黄金虫をみつけた地点は、本土の海岸で島の東方約一マイル、高潮線の跡のほんの少し上だった。ぼくが捕えたとき、虫のやつ、ひどく咬みやがったので、思わず落してしまった。ジュピターは例によって注意深く、自分のほうにやって来た虫をつかまえる前に木の葉かなんか探して、それでつかまえようとしたんだ。ぼくたち二人の眼が羊皮紙に気がついたのはこのときでした。まあ、ぼくはそのとき紙切れだと思ったわけだけれど。砂に埋もれて端っこがのぞいていたっけ。その羊皮紙を見つけた地点の近くに、帆船の長艇《ロング・ボート》らしいものの残骸があった。ずいぶん長いあいだそこにあったらしい。だって、ボートの用材に似ていることが、辛うじて判るくらいでしたから。

「さてジュピターはこの羊皮紙を拾いあげると、そのなかに黄金虫を包んでぼくに渡した。それから間もなく家へ帰りかけたのだが、途中でG＊＊中尉に会いました。虫を見せると、城砦《じょうさい》へ借りてゆきたいと言う。承知すると、すぐに虫をチョッキのポケットへ――羊皮紙には包まないで、つっこんだのです。羊皮紙のほうは、彼が虫を調べているあいだ、ぼくがずっと手に持っていたんだ。たぶん向うは、ぼくの気が変りやしないかと思って、すぐ獲物をしまうのが得策だと考えたんだろう。何しろ君も知ってる通り、博物学に関することなら、何にでも目がない男ですから。で、ぼくのほうもそのとき無意識のうちに、羊皮紙をポケットにしまいこんだものらしいな。ぼくが黄金虫の絵を描こうとしてテーブルへ行ったとき、いつも紙がしまってあるところに紙がみつからなかったのは覚えているでしょう。抽斗《ひきだし》のなかを探したが何もない。古手紙でもあるかもしれないと思って、ポケットの中をさぐったとき、手があの羊皮紙にふれたわけなのです。まあ、こういうふうに、羊皮紙がぼくのものになった事情を精密にたどったわけだ。何しろぼくは、異様なほど強い感銘を受けていましたからね。

「君はぼくのことを空想家だと思うに違いないが……ぼくはこのときすでに一種の関係のようなものを考えてしまっていたんだ。大きな鎖の二つの輪を結びつけていたというわけさ。海岸にボートがある。ボートからほど遠からぬところに髑髏を描いた羊皮紙――紙切れじゃないいんだぜ――がある。もちろん、君はたずねるだろうね。どこに関係があるんだ、と。その問にたいしては、頭蓋骨つまり髑髏は海賊の紋章としてよく知られていると答えよう。ほら、海賊が一仕事するときには、いつだって、髑髏の旗をかかげるじゃないか。

「ぼくは今、紙切れじゃなくて羊皮紙だと言った。羊皮紙は長持ちする。ほとんど永久的と言っていいくらいです。あまり大事でないことなら、なにも羊皮紙なんかに書きやしません。ごく普通の目的で絵を描いたり字を書いたりするのに、そうしょっちゅう羊皮紙が使われるものじゃない。こう考えてくると、髑髏にはある意味合い――ある適切さ――があるってことが判ります。それに羊皮紙の形のことも、ぼくは見落さなかった。隅が一つ、何かのせいでちぎれていたけれども、もともと長方形だったことは、はっきりしているのです。実際、それは覚書を書くのに使われるような、ちょうどそんな形の大きさだった。長いあいだ記憶しなくちゃならない、注意ぶかく保存しておく必要があることを書きつけるような……」

「でも」とぼくが口をさしはさんだ。「君が黄金虫の図を書いたとき、羊皮紙には髑髏の絵はなかった、と言ったじゃないか。そんなら一体、どうして、ボートと髑髏のあいだの関係をたどれるの！　君の意見によれば、この髑髏は（誰がどんなふうにして書いたかはともかくとして）君が黄金虫を描いたあとで描かれたに違いないんだから」

「ああ、全体の謎はその一点にかかってるんだよ。もっともこのことに関するかぎりなら、謎を解くのは比較的やさしかったけれど。ぼくの考え方は確実で、ただ一つの結論しか出て来ないんです。まあ、ぼくはこんなふうに推理をすすめて行ったわけだ。――黄金虫を描いたとき、羊皮紙には髑髏は現れていなかった。ぼくは図をかきあげてから君に渡し、返してもらうまでじっと君を見ていた。だから頭蓋骨を描いたのは、君じゃないし、それを描くような者は誰ひとりあの場にいなかった。とすると、あれは人間の力で書かれたものじゃあない。が、それにもかかわらず髑髏は描いてあったんですよ。

「ここまで考えたとき、ぼくは問題の時間のあいだに起ったあらゆる出来事をはっきりと思い出そうとしたし、事実、思いだしました。ひどく寒い日で（ああ、あれはまったく幸せな偶然だった！）、炉には火があかあかと燃えていた。ぼくは歩いてきたせいで体が温まっていたから、テーブルの近くに席をしめた。ところが君のほうは、炉のすぐそばに椅子を引き寄せたっけ。ぼくが君に羊皮紙を渡し、君がそれを調べているちょうどそのとき、あのニューファウンドランド種のウルフの奴がはいって来て、君の肩にじゃれついた。君は左手で犬を愛撫したり、あまり近寄られないように押しとめたりしていたが、羊皮紙をもっている右手のほうは、両膝のあいだに無頓着に置いてあって、そこから火までの距離はごく僅かだった。ぼくは、火が燃えつくのじゃないかと心配して、注意しようと思ったんだが、言いださないうちに君はそれを引込めて調べはじめた。ですから、こういういろんな事情を考えあわせると、羊皮紙の上に描かれている頭蓋骨が火の熱のせいで姿を現わしたのだということは疑う余地がない。火に当てたときだけ字がはっきり見えるよう、紙や羊皮紙に書く化学的な処方があるということ、ずいぶん大昔からあったということは、君もよく知っているでしょう。王水に花紺青《ゼファー》をひたし、その四倍の重量の水に薄めたものが用いられることもあります。こうすると緑いろが出る。それからコバルトの鉄《かわ》を硝酸《しょうさん》に溶かせば赤い色が出るんだ。こういう色は、文字を書いた物質が冷えると遅かれ早かれ消えてしまうけど、また熱を受けると現れて来るのです。

「その次は髑髏を丹念に調べてみました。外側のほう――図のなかで羊皮紙の端にいちばん近いほう――はほかの部分よりずっと明瞭になっている。明らかに、熱の加え方が不完全……もしそうでなければ不均等だったせいです。すぐに火を燃やして、羊皮紙のあらゆる箇所を火の熱にさらしました。最初は髑髏のぼんやりした線が濃くなっただけでしたが、もっと続けていますと、羊皮紙の隅――つまり髑髏が描いてある箇所と対角線をなす隅に、山羊《ゴート》のような形が最初に浮んで来た。しかしもっと丁寧に調べてみると、小山羊《キッド》のつもりなのだということが判ったので、ぼくはすっかり満足した」

ぼくはここで大声で笑ってから、「君を笑う権利はぼくにはないんだけれども……百五十万という金は笑いとばすにしてはあまり重大だからね……でも、君の鎖の第三の環をこさえようとしているんじゃないだろうね。海賊と山羊のあいだには特別な関係なんかありませんぜ……ねえ……海賊と山羊とは縁がないもの。山羊が関係があるのは、農夫のほうだよ」

「山羊《ゴート》の絵だとは言わなかったぜ」

「うん、小山羊《キッド》と言ったね――まあ、同じじゃないか」

「まあ同じだけど、まったく同じじゃあない」とレグランドは言った。「キッド船長なる人物の話は聞いたことがあるでしょう。ぼくはこの小山羊の絵を、一種の駄洒落《パン》ないし象形文字ふうの署名だとすぐに考えたわけだ。署名と言ったのは、羊皮紙に描いてあるその位置からいってそう考えるしかないからですよ。それから、対角線をなす隅のところにある髑髏の絵も、印章とか封印とかいう感じのものだった。しかしぼくは、それ以外には何も書いてない……証書の本文がない……前書きと後書きだけあって中身がないってことにひどく困ってしまった」

「封印と署名のあいだに手紙を見つけようとしたわけだね」

「まあ、そうだね。実際、ぼくは巨額の富を差出されているような気がして仕方がなかった。どういうわけなのか判らないけど。たぶんそれは、結局のところ、実際的な信念じゃなくて欲望だったんだろうね。でも、金無垢の虫についてのジュピターの馬鹿げた言葉がぼくの空想をどんなに刺戟したか、君には判るかしら？　それからねえ、あの一連の偶然と暗合……なにしろひどく常軌を逸していたからね……こういう一連の出来事が、一年中で火のいるほど寒い日はその日だけかもしれないと思われる、その一日のうちに起ったこと、そして火がなかったなら、あるいはちょうどあのとき犬がはいって来なかったら、ぼくは髑髏に気がつかなかったろうし、宝の持主にもなれなかったろう、ということは果して偶然にすぎないものだろうか？」

「話を続けてくれたまえ――さっきから、いらいらしてるんだ」

「うん。君はもちろん知っているだろうね。あの世間に流布しているたくさんの話――キッドとその仲間が大西洋岸のどこかに埋めた金についての、あの、じつにさまざまの漠然とした噂を。こういう噂には何か根拠があったに相違ない。そして噂がこんなに長いあいだひき続いて語られているのは、その埋められた宝がまだ掘り出されてないせいだ、とぼくは思ったんですよ。もしキッドが、掠奪品をしばらく隠して置いてあとでそれを掘りだしたのなら、こんな噂は今みたいなさまざまの形で耳にはいっていなかったろう。君も気がつくでしょうけど、話はみんな黄金を探す男たちのことばかりで、見つけた人間のことじゃないんだ。もしキッドが自分の宝をとり戻したのなら、それで終りなわけだ。埋めた場所を記してある覚書がなくなるというような事故が起って、宝を取り戻すことができなくなったんじゃないか。そして、この事故がキッドの仲間に知れわたって（そうでなければ、宝が隠してあるということなど、彼らが知るはずがなかったわけだから）、彼らはそれを手に入れようと企てたが、手がかりがないので失敗した。このことが、今では誰でも知っているあの噂の端緒になり、それが広く世間に流布したのだと思う。海岸で何か貴重な財宝が掘りだされたという話を、君は今まで聞いたことがあるかい？」

「ないね」

「だがキッドが貯えた宝が莫大なものだったということはよく知られている。そこでぼくは、それがまだ地中に眠っていると考えたわけさ。とすれば、埋めた場所についての失われた記録が、あんな不思議な事情で発見された羊皮紙に記されてあるという、確信に近いくらいの希望をぼくが抱いたと言っても、君は驚かないだろうね」

「で、それからどうしたの？」

「火力を強くしてから、羊皮紙をまた火に当てた。だけど、何も現れてこないんだよ。そこで、こういう失敗は、汚れがついていることと何か関係があるかもしれないと考えた。今度はお湯をかけて羊皮紙を丹念に洗い、それが済むと錫の鍋のなかへ髑髏の絵を下向きにして入れ、鍋を炉の炭火の上にのせた。数分後、鍋がすっかり熱くなってから羊皮紙をとりだしてみると……あのときの嬉しさは口じゃあ説明できないな……数行に並んでいる文字らしいものがところどころにぽつぽつ見えるんだよ。もう一ぺん鍋のなかへ入れてまた一分間あたためた。取出してみると、全体がちょうど、いま君が見るような具合になっていた」

レグランドはこう言って、羊皮紙をまた暖め、それをぼくに見せてくれた。次のような記号が、髑髏と山羊の間に赤い色で乱雑に記されていた。——

53‡‡†305））6*；4826）4‡.）4‡）；806*；48†8¶60））85；1‡（；：‡*8†83
（88）5*†；46（；88*96*?；8）*‡（；485）；5*†2：*‡（；4956*2（5*—4）8¶
8*；4069285）；）6†8）4‡‡；1（‡9；48081；8：8‡1；48†85；4）485†528806*81（‡
9；48；（88；4（‡?34；48）4‡；161；：188；‡?；

「しかし」とぼくは紙切れを彼に返して言った。「ぼくにはぜんぜん判らないな。この謎を解けばゴルコンダの宝石が全部もらえるのでも、ぼくは失格だろうね」

「でも」とレグランドは言った。「最初ざっと見て想像するほどは難しくないんだよ。誰でもすぐ気がつくだろうが、これは暗号だ。つまり意味を伝達するものだ。ところがキッドについて知られていることから推測すると、彼が難解な暗号書記法を考えだす能力があるとは思えない。だから、ぼくはすぐに、これは単純な種類のもの——しかしあの海賊の粗雑な知性にとっては鍵がなければぜったいに解けないと思われるもの——だと決めてしまったんですよ」

「それで、本当に解いたわけだね」

「あっさりとね。これの一万倍も難しいものを解いたことだってありますよ。ぼくはもともと、境遇と性癖の然らしむるところで、こういう謎には興味があるんだ。それに、人間の知力を然るべく適用しても解けないような謎を、人間の知力で組立てることができるものかどうか、すこぶる疑わしいと思うな。事実、全部の記号を読み解いてしまえば、文章の内容を判読することなぞちっとも苦労じゃなかった。

「この場合——秘密文書ではあらゆる場合にそうだけれども——第一の問題は、それが何語で書かれているかということだ。なぜかと言えば、暗号解読の原理は、特に暗号が簡単なものであればあるほど、その国語の特性によるのだし、またそれによっていろいろ変化するのですから。一般的な方法としては、解読を試みる者が知っているあらゆる国語を

（蓋然率にしたがって）、どの国語なのかが判るまでいろいろ実験してみるしか手はないわけだ。しかし、いま問題にしている暗号に関しては、署名のおかげでこういう苦労が全然ない。『キッド』という言葉の駄洒落は、英語以外の国語では考えられませんからね。こういう事情がなかったら、ぼくはまずスペイン語とフランス語でやり始めたでしょう。スパニッシュ・メイン（カリブ海の南米北東部に沿う部分）の海賊がこの種の秘密を書くのは、当然、スペイン語かフランス語だもの。でも、こういうわけでぼくはこの暗号を英語だと考えたんだ。

「ほら、語と語の間に切れ目がないでしょう。切れ目があったら仕事は比較的やさしくなる。こういう場合には、まず短い語を対照し分析する。そして、よくあるように一字の語が出てきたら（たとえばaとかIとか）解読はできたと思って差支えない。ところがこの場合は切れ目がないのだから、最初にしなくちゃならないのは、いちばん頻繁に出てくる字といちばん少く出てくる字を確めることだ。全部を勘定した結果、ぼくはこういう表をこさえました。

| | |
|---|---|
| 8 | 三十三回 |
| ; | 二十六回 |
| 4 | 十九回 |
| ‡) | 十六回 |

| | |
|---|---|
| ＊ | 十三回 |
| 5 | 十二回 |
| 6 | 十一回 |
| ( | 十回 |
| †1 | 八回 |
| 0 | 六回 |
| 92 | 五回 |
| :3 | 四回 |
| ? | 三回 |
| ¶ | 二回 |
| —・ | 一回 |

「さて、英語でいちばん頻繁に出てくる字はeで、以下aoidhnrstuycfglmwbkpqxzという順序になります。eはむやみに多いので、長い文章なら必ずと言っていいくらいこの字がいちばんたくさん出て来る。

「だからぼくたちはここで、単なる推測よりはもう少し実のあるものの基礎になるようなものを、まず最初に手に入れたこととなります。この表が一般的に役立つことは明白だが、しかしこの暗号の場合、そう大して世話にならなくてすむ。いちばん多い記号は8ですから、これをアルファベットのeだとみなして始めることにしましょう。この仮定を実証するために、8がしょっちゅう二つ続いて出てくるかどうかを調べてみようじゃないか。だって英語ではeの字が二つ続くことがしょっちゅうなのだから――たとえば'meet','fleet','speed','seen','been','agree'なんて言葉のようにね。この場合、こんな短い暗号文なのに、五回も二つ続きになっていることが判るんだ。

「そこで8をeだと仮定しよう。ところが、英語のあらゆる語のなかでいちばん普通に出てくるのは、'the'ですから、三つの記号が同じ順序で並んでいて、その最後が8になっているものの繰返しはないかどうかを調べてみましょう。こういう具合に並んでいる、こういう文字の繰返しをみつけたら、それはたぶん'the'という語だと思って間違いないんですよ。調べてみると、こういう配列の;48という記号が七回も出て来る。とすれば;はtを、4はhを、8はeを表すと推定することができて……この最後の記号については、もう充分にはっきりしたわけだ。こうして、一歩大きく前進したことになります。

「しかも、一つの語がきまった以上、きわめて重大な一点を決めることができるようになったわけだ。つまり、ほかの語の初めと終りがいくつか決るというわけなのです。たとえば暗号のおしまいからひとつ前の;48という組合せのところについて言えば、そのすぐ後にくる;は語の初めであることが判る。そしてこの'the'の次の六つの記号のうち五つを、ぼくたちはすでに知っている。そこで知らない記号のところは空けて、その五つの記号を文字に書きかえてみると――

t eeth

「こうなると'th'は最初のtで始る語の一部分ではないとして、ただちに取り除いてしまうことができる。なぜなら、空いているところにいれる字としてアルファベットのあらゆる文字をはめこんでみても、このthが一部分をなすような言葉はないってことが判りますから。こうしてぼくたちの問題は、

t ee

に限定されることになり、もし必要ならばさっきと同様アルファベットのあらゆる文字を当てはめた結果、唯一の可能な読み方として'tree'に到達するわけだ。従って(で表してあるrというもう一つの字が分るわけだし、それから'the tree'という二つの語が並んでいることも判るんだよ。

「この二つの語の少し先きを見ると、もう一度;48という組合せにぶつかる。そこでこれをすぐ前にある語への区切りとして使うと、こういう配列が出て来ます。

the tree ; 4 (‡?34 the

判っている記号を普通の字にいれかえると、

the tree thr‡?3h the

「さて不明の記号の代りに空白を残す意味で点をうてば、こんなふうになる。

the tree thr…h the

こうなれば‘through’という言葉がすぐに浮んで来る。そしてこの発見の結果‡はoを、?はuを、3はgを表すことが判ります。
「さて、既知の記号の組合せを暗号文のなかに探してゆくと、初めからあまり遠くないところにこんな配列がみつかる。

83(88 つまり egree

これはあきらかに‘degree’という語のおしまいで、†で表してあるdの字がまたひとつ判るわけです。
「この‘degree’という語の四つさきに、

;46(;88*

という組合せがあるのに気がつく。

「既知の記号を翻訳して、さっきと同じように未知の記号を点で表せば、

th・rtee

これはどう見ても'thirteen'という語をはっきり示している配列だ。それにこの結果、ぼくたちは6と*で表されているiとnの二つの新しい記号を知ったわけです。

「さて暗号文の初めのところに、

53‡‡†

という組合せがある。

「これをさっきのように翻訳すると、

・good

となるのだが、これはぼくたちに最初の文字がAで、最初の二つの語が、'A good'であることを保証してくれるわけだ。

「もう今まで発見した限りでの鍵を表の形にして並べてもよさそうだ。混乱を避けるためにもね。それはこんなふうになります。

5　は　a
†　は　d
8　は　e
3　は　g
4　は　h
6　は　i
*　は　n
‡　は　o
(　は　r
;　は　t
?　は　u

「だから、いちばん大事な字が十一も判ったわけで、もうこれ以上解き方のこまかなことを続けて説明する必要はないでしょう。この種の暗号を解読するのはやさしいということを明らかにし、解読の理論について洞察を与えるためには、もう充分なくらい喋ったと思う。でも、今ぼくたちの前にある奴なんぞは、暗号文としてもっとも単純な手のものなんですよ。もう残っていることと言えば、羊皮紙に記してある記号の全訳をお目にかけることだけだろう。それはこうなんです。

'A good glass in the bishop's hostel in the devil's seat forty-one degrees and thirteen minutes northeast and by north main branch seventh limb east side shoot from the left eye of the death's-head a bee-line from the tree through the shot fifty feet out.'

「でも」とぼくは言った。「謎はいぜんとして前と同じくらい不可解だよ。'devil's seats'〔悪魔の座〕だの'death's-heads'〔髑髏〕だの'bishop's hostels'〔僧正の宿〕だのという、こんなちんぷんかんぷんから、どうして意味をひきだせるんだろう?」

「正直いって」とレグランドは答えた。「ちょっと見ただけでは、事態はやっぱり深刻だろうね。ぼくの最初の努力は、この文章を暗号を書いた人間の意図通りに、本来の区分をつけることだった」

「つまり句読点をつけるってわけ?」

「まあ、そんなことだ」

「それで、できたの？」

「解読を困難にするため分ち書きにしないで書く――それがこれを書いた人間の主眼だったとぼくは考えた。さて、あまり知性の鋭敏でない人間がそういうことをする場合、えてしてやり過ぎるものなんですよ。暗号文を書きながら、当然区切りが必要な、文意の切れたところに来ると、そこで普通以上にごちゃごちゃと記号を書き記すことになりがちなのだ。この文章を調べてみると、変に入り組んでいるところが五箇所あってことがすぐ判る。そのヒントに従って、ぼくはこんな具合に分けた。

'A good glass in the bishop's hostel in the devil's seat——forty-one degrees and thirteen minutes——northeast and by north——main branch seventh limb east side——shoot from the left eye of the death's-head——a bee-line from the tree through the shot fifty feet out.'
〔よき眼鏡僧正の宿屋にて悪魔の座にて――四十一度十三分――北東微北――本幹第七の枝東側――髑髏の左眼より射て――直線樹より弾を通して五十フィート外方に〕

「分けてもらっても」とぼくは言った。「やはりぼくにはぜんぜん判らない」

「ぼくだって二、三日は判らなかった」とレグランドは言った。「その間サリヴァン島の近くに『僧正の宿《ビショップス・ホステル》』という名で通っている建物は何かないかと熱心に探しまわったんだよ。『ホステル』という廃語はわざと避けてね。収穫がぜんぜん無いので、探索の範囲をひろげ、もっと系統だったやり方にしようとしていたとき、ある朝まったく突然、この『僧正の宿《ビショップス・ホステル》』というのはベソップという名の旧家と何か関係があるかもしれないという考えが浮んだ。これはずっと昔から島の四マイルばかり北に古い邸をもっている家なんです。そこで農園へ行って、その土地の年寄りの黒ん坊たちにいろいろ訊ねてみた。とうとうひどく年を取った婆さんが、ベソップの城という場所について聞いたことがある、なんなら案内してもいいけど、ただしそれは城でも宿屋でもなくて高い岩だと教えてくれた。

「お礼はたっぷり出すが、と言いますと、婆さんはしばらくぐずぐずしてから、ぼくと同行するのを承知した。さしたる苦労もなくそこが見つかったので、ぼくは婆さんを帰してからその場所を調べることにしました。その『城』は、絶壁と岩が雑然と集ってできているもので、高さという点でも孤立している点でも、それからまた人工的な外観を呈している点でも際立っている岩が一つあった。その頂点に登り、次にはどうすればよいのだろうと、すっかり途方にくれていたのです。

「考えこんでいると、ぼくの立っている頂点のところからおよそ一ヤードばかり下の岩の東側にある狭い岩棚へと視線が落ちた。この岩棚は約十八インチ突き出ていて、幅は一フィート以上はなく、そのすぐ上の崖に窪みがあるので、ぼくたちの祖先が使った、背をくりぬいた椅子に似てるんだ。まあ、おおよその所ね。これこそはあの暗号文のいわゆる『悪魔の座』に違いないと考え、謎の秘密はもうすっかり手にいれたような気がした。

「『よい眼鏡』というのが望遠鏡にちがいないってことは判っていました。だって『眼鏡』という言葉を、水夫たちがそれ以外の意味で使うことはめったにないもの。望遠鏡はここで使うのだということ、ここがそれを使うための、いささかの変更をも許さぬ、唯一の視点だということはすぐに判ったし、『四十一度十三分』と『北東微北』とが望遠鏡を向ける方角のつもりだということは、ぜんぜん信じきっていました。こういう発見にすっかり興奮しながら、家に帰り、望遠鏡を手にしてまた岩に戻ったわけです。

「岩棚に降りてみると、ある一定の姿勢でなければそこに腰かけることができないということが判った。この事実は、ぼくが前から抱いていた考えを裏づけるものだった。そこで望遠鏡を用いてみた。もちろん、『四十一度十三分』というのは視地平の上の仰角を示しているに違いない。だって水平線上の方向は『北東微北』という言葉ではっきり示してあるのだからね。この北東微北の方向を懐中磁石ですぐに決め、それから望遠鏡を大体の見当で四十一度の仰角にできるだけ近いように向け、それを注意深く上下に動かしていた。するると、とうとう遥か彼方に、群を抜いて高くそびえている一本の大樹の葉簇のなかに円形の、切れ目というのか隙間というのか、まあそんなものが見つかったのです。この切れ目の真中に白い点が見えたが、最初は何なのか判らなかった。望遠鏡の焦点を合せてもう一度よく見ると、今度は人間の髑髏だということがはっきりした。

「これを発見したときには、もうすっかり希望に燃えて、謎は解けたと思ったよ。だって、本幹、第七の枝、東側というのは、樹の上の頭蓋骨の位置に決ってるし、『髑髏の左眼より射て』というのも埋めてある宝の探し方について、たった一つの解釈しか許さないからね。頭蓋骨の左の眼から弾丸を落す仕掛になっていること、幹のいちばん近い点から『弾』（つまり弾が落ちた地点）を通して直線を引き、更に五十フィートまで延長すれば一定の点が示される、ということが判りました。この地点の下に宝が隠されている可能性がある、と思ったわけだ」

「万事すごく明晰だね」とぼくは言った。「巧妙でしかもそれでいながら単純明快だ。それで、僧正の宿を出てからどうしたんです？」

「うん、樹の方位をしっかりと覚えこんでから家に帰ったんだ。ところが『悪魔の座』を離れた途端、あの丸い切れ目はもう見えなくなった。それから後はどこから見てもちらりとも見えないのさ。この企らみの全部のなかでぼくをいちばん感心させたのは（何度くりかえして調べてみてもそうだったのだが）、問題の丸い切れ目があの岩の狭い岩棚以外のどの視点からも絶対みえないということでした。

「『僧正の宿』へ探検に行ったときには、ジュピターも一緒だったが、確かにあいつ、数週間来ぼくがぼんやりしていることに気がついて、ひとりで置かないよう気を配っていたんだ。ところが翌日、ぼくは朝早く起きてあいつを出し抜き、問題の樹を探しに山へ行った。さんざん苦労した末、見つけましたよ。夜になって帰ってくると、ジュピターの野郎ぼくを折檻しようとしてね。冒険のそれから先きは、君もぼく同様よく知っているわけだよ」

「最初掘ったとき、君が場所を間違えたのは」とぼくは言った。「ジュピターが頭蓋骨の左の眼じゃなく、右の眼から黄金虫を落したせいなんだね」

「そうなんだ。この間違いは『弾』——つまり樹にいちばん近い杭のところ——では、約二インチ半の相違にすぎない。だから宝が『弾』の真下にあるのだったらなんでもない間違いだったろう。ところが『弾』と木のいちばん近い点とは方向をきめるための二点にすぎないのだ。最初はごくささやかな間違いなのに、線を延長してゆくにつれて大きな誤りになり、五十フィートもゆくと大変なことになるんだ。宝がどこかに本当に埋まっているはずだという深い確信がぼくになかったら、ぼくたちみんなの労働も水の泡だったわけさ」

「しかし、君の芝居がかった物の言い方や、黄金虫をふりまわす態度は……ひどく奇矯なものだったぜ！　発狂したにちがいないと思った。頭蓋骨から、弾じゃなくて黄金虫を落すことに、どうしてあんなにこだわったの？」

「実を言うとね、君がぼくのことを気が狂ったと思いこんでいるのがいささか癪に障ったので、まあぼくなりのやり方ですこし意地悪をし、君をこらしめようと思ったわけですよ。黄金虫をふりまわしたのも、それを樹から落させたのもみんなこのためなんだ。とても重い虫だと君が言ったので、木から落すことを思いついたわけさ」

「なるほど。ところでもう一つだけ判らないことがあるんだ。穴のなかにあった骸骨はどう考えればいいんだろうね?」

「その質問に答えることができない点じゃ、ぼくも君と同じさ。でも、尤もらしい説明をつける手がたった一つある——ぼくの言うようなむごたらしいことが行われたと考えるのは、ずいぶんこわい話だがね。キッドが(この宝を埋めたのが彼だとしての話だよ——ぼくはそう信じて疑わないけどね)宝を埋めるとき、手伝いが必要だったことははっきりしている。だけどこの仕事が終ったとき、彼は秘密を知っている者は抹殺するほうが具合がいいと思ったのだろう。手伝ってる奴らが穴のなかで忙しく働いてるときに、鶴嘴《つるはし》で二回なぐれば充分だったでしょうよ。それとも、十二回もなぐったかしら……まあ、そのへんのことは誰にも判らない」

# スフィンクス

ニュー・ヨークでコレラが猖獗《しょうけつ》を極めたのは、ちょうどぼくがある親戚から、ハドソン河の岸辺にある美しい別荘《コタージュ・オルネ》で二週間、世間と没交渉に一緒に暮そうという招待を受け、その愛情に甘えていた間であった。ここには、人が普通、夏の楽しみと呼ぶあらゆるものがあった。スケッチ、森のなかでの散策、舟遊び、魚釣り、水浴、音楽、そして読書に、ぼくたちはじゅうぶん楽しく時を過したに相違ない——そう、人口稠密《ちゅうみつ》な都会から毎朝つたえられる恐しい情報さえなかったならば。知人の死の報せなしには、一日たりとも経過することがなかったのである。それゆえ死者の数がふえるにつれて、ぼくたちは毎日、友人の死を期待するようにさえなったのだ。ついには、使いの者が近づいて来るごとに身震いさえするほどに。南部から吹いて来る風は、死の匂いにみちているように思われたし、実際、心をしびれさせるその想念はぼくにとり憑いてしまい、話すことも、思うことも、夢みることも、みなそのことのみであったのだ。別荘の主人もかなり参ってはいたけれども、ぼくほど興奮しやすい気質ではなかったため、ぼくの気分を引立てようといろいろ骨折ってくれた。彼の豊かな哲学的知性は、常に、非現実的なものから影響を受けることがなかったのである。彼は、恐怖の実体にはじゅうぶん敏感だったが、恐怖の影には不安をいだくことがなかったのだ。

しかし、異常な暗鬱さからぼくを救い出そうという彼の努力は、おおむね、ぼくが彼の書庫のなかに発見した書物によって水泡に帰した。それらは、ぼくの胸にひそむ遺伝的な迷信の種子に発芽を強いるような性格の書物であった。そして彼は、ぼくがこの種の書物を読んでいることを知らなかったため、ぼくの空想の世界がなぜこんな力強い印象を受けているのか理解できず、しょっちゅう当惑していた。

ぼくのお気に入りの話題は前兆についての民間信仰——ぼくが生涯のこの一時期にほとんど誠実な気持で擁護したくなった信仰——であった。ぼくたちはこの問題について、長い時間、活潑な議論を戦わせた。彼はこういう信仰にはぜんぜん根拠がないと主張していたし、ぼくの反論は、民衆の感情がまったく自然に——すなわち他からの暗示を受けた形跡なしに——生じて来るばあいにはまぎれもない真実が含まれており、天才の特性である直感と同様、尊敬に価する、というのであった。

事の真相はこうなのである。この別荘を訪れてから間もないころ、どうにも説明のしようがない事件がぼくの身の上に起った。その事件には多分に前兆めいた性格があり、前兆と考えてもいっこう差支えのないようなものであった。ぼくは非常に驚き、そしてまた狼狽したため、これを友人に告げようと決心するまでにはかなりの日数が経過してしまった。

ある炎暑の日、夕暮に近いころ、ぼくは本を手にして窓辺に腰かけていた。窓はあけてあり、河の土堤の長くつづく並木をとおして、遥か彼方の山を見渡す位置にあった。いちばん手前の山肌は、いわゆる地すべりのため樹木がかなりの部分はぎとられ、むきだしになっていた。そしてぼくの想念はすでに長いこと、眼前の書物から離れ、隣接する一都市の陰鬱と壊滅へとさまよっていたのである。本から眼をあげると、視線は山のあらわな表面に、一つの物体に――恐しい形をした生ける怪物へと注がれた。それは山の頂きから麓へとあわただしく降り、ついには下方の鬱蒼たる森林へと姿を消した。ぼくはこの動物を最初に見たとき、気の迷いではないかと疑わないわけにはゆかなかった。あるいは、すくなくとも、視力の混乱ではないかと。しかしずいぶん経《た》ってから、ぼくはようやく、気が狂っているのでも夢を見ているのでもないと確信した。だが、この怪物を描写するならば(それをぼくははっきりと見たのだし、山を降りてゆくあいだじゅう冷静に観察したのだが)、読者たちはぼく以上に信じがたい気持を味わうであろう。

この動物の大きさは、それが通り過ぎた一本の大樹――数本の大木は荒狂う地すべりを免れたのである――の直径と比較して、現存のいかなる定期航路船にも優ると推定された。定期航路船などと言ったのは、怪物の形状から思いついたためである。

七十四門の砲を備えた我が国古戦艦の姿は、この怪物の外形について何がしかの観念を伝えるかもしれない。太さは普通の象の胴体ぐらい、長さは六、七十フィートほどある鼻のさきに、口があるのだ。そして鼻の根本には、水牛二十頭分の毛を集めたよりも多い、厖大な量の黒い毛が密生している。この毛から下方に、二本の光り輝く牙が垂直に突き出ているのだが、それらは猪の牙を途方もなく巨大にしたようなものである。鼻と平行に、左右から、長さ三、四十フィートの棒状のものが前に出ている。これは純粋の水晶で出来ているらしく、形は完全なプリズムを成し――落日の光をこの上なく豪奢に反映していた。胴体は、大地に尖端を突きつけた杭のような形をしている。そしてそこから二対の翼が生え――一つの翼が長さ百ヤード――一対は他の一対の上にあって、すべて金属の鱗《うろこ》でおおわれている。一つ一つの鱗は、どうやら、直径が十ないし十二フィートあるらしい。上段、下段の翼が強靭な鎖で連結してあることをぼくは認めた。しかしこの恐しい怪物の主たる特徴は、ほぼ胸全体を覆っている髑髏《されこうべ》の絵であった。それは体の黒地の上に、まるで画家が入念に描きあげたかのように正確に、眩ゆいばかり白く描かれてあったのだ。

ぼくがこの恐しい動物、特に胸のあたりの様子を、恐怖と畏敬のいりまじった或る感情で――理性によってはどのようにしても追いやりがたい不吉の到来の予想をいだきながら見まもっていたとき、鼻の尖端にある巨大な顎が突然ひろがり、哀傷にみちた轟然たる響がそこから発せられた。それはまるで葬いの鐘のようにぼくの心を打ちのめした。そう、この怪物が麓へと姿を消した途端、気を失って床へと倒れるほどに。

意識が回復したとき、ぼくが最初に望んだのは、言うまでもなくこの見聞を友人に告げることであった――しかし、結局ぼくにそうすることを禁じた、一種矛盾した感情、あれは一体どう説明したらよいのだろう。

この事件の三、四日のちの或る夕べ、ぼくがあの怪異を見た部屋に二人はいた――ぼくは同じ窓際、同じ椅子に席を占め、彼はすぐかたわらのソファーによりかかって。そして、場所と時刻との連想は、到頭ぼくに、あの異様な現象について語らせてしまったのである。彼はおしまいまで聞いた――最初は腹をかかえて笑いながら――やがて、ぼくが疑う余地もなく発狂したのだと判断したのであろう、奇妙に重々しい態度に変って。が、この瞬間、ぼくはまたしても、あの怪物の姿をはっきりと認めたのである――ぼくは恐怖にみちた叫びをあげて彼の注意を促した。彼は熱心に見まもり――しかし何も見えないと主張した。怪物があらわな山腹を降りてゆくあいだ、その辿る道筋をぼくが詳しく説明したにもかかわらず。

ぼくはこのとき、はなはだしい不安に襲われた。この幻はぼくの死の前兆ではないか、あるいは、もっと不幸なことには、躁狂《そうきょう》の先駆症状ではないかと恐れたのである。ぼくは激しい勢いで椅子の背によりかかり、ややしばらくのあいだ両手に顔を埋めた。眼をあげたとき、幻はもはや見えなかった。

しかし主人は冷静さをある程度とりもどして、幻の野獣がどのような形のものか、執拗に問い訊《ただ》したあげく、この点についてじゅうぶん聞き終ると、堪えがたい重荷から解放されたように深い溜息をついた。そして、冷酷とさえ思われる態度で、思弁哲学の諸問題へと話を転じたのである。これこそは、先程までぼくたちが論じていたことであった。そして今、ぼくは思い浮べるのである。人間のおこなうあらゆる観察において、誤りの主たる原因となるものは、対象が近い距離にあることを測りそこね、その対象を過小評価ないし過大評価することだと、彼が特に（なかんずく）主張したことを。「たとえば」と彼は言ったのである。「民主主義の普及が広く人類に及ぼす影響を正しく評価するためには、この普及が達成されるのはおそらく遠い将来においてであるということが、まずその評価の一要素でなければならぬ。ところが、問題のこの点について、論ずるに価するだけ考えぬいた政治学者が、今まで一人でもいたでしょうか？」

彼はここでちょっと話をやめ、書棚に歩み寄って、博物学の概論書を一冊もって来た。その本の細かな活字がよく読めるように席を代ってくれと言い、ぼくが席を占めていた窓辺の椅子に腰をおろした。そして、本を開きながら、前とまったく同じ口調で話をつづけた。

「君が怪物をことこまかに描写してくれなかったら」と彼は言った。「その正体を示すことはできなかったろうね。まず、昆虫綱《インセクタ》（つまり昆虫なのですよ）、鱗翅目《レピドプテラ》、薄暮族《クレプスクラリア》、スフィンクス種についての、学生むきの説明を読みあげよう。こういう説明なんだ。

「『四枚の膜質の翼は、金属状の外観を呈するいささか着色せる鱗《うろこ》によって覆われている。口は、同時に、巻きあげられている鼻であり、顎を伸せば口が開く。その左右には大顎と毛状触髪の痕跡がある。優勢翼と劣勢翼は一本の堅い毛によって接続されている。触角は細長い棍棒の形をなし、プリズム状である。腹部に突起がある。髑髏《されこうべ》スフィンクスは、その憂鬱な叫び声および胴鎧にある死の紋章によって、これまでときどき、俗間に恐怖をまきおこした』」

彼はここで本を閉じ、椅子に腰かけたまま体を前にかがめ、先程ぼくが「怪物」を見たときとまったく同じ位置に身を置いた。

「ああ、ここだ」と、やがて彼は叫んだ。「山肌を降りてゆく。とても目立つ恰好だ。でも、君が想像したほどは決して大きくないし、遠くへだたってるわけでもない。なぜって、窓枠に蜘蛛《くも》が張った糸の上を、のたくって登ってゆくのだもの、こいつはいくら大きくたって十六分の一インチぐらいでしょう。ぼくの眼から十六分の一インチぐらいしか離れていないのですよ」

# 黒　猫

これから記そうとしている、この上なく荒唐無稽でしかもこの上なく家庭的な物語を、信じてもらえるとも、信じてもらいたいとも思ってない。そんなことを期待したら、実際、私は気違いだということになろう。なぜなら、私の感覚《センス》が証言することに、第一その私の分別《センス》自体が反対するのだから。が、私は気が狂ってなどいないし、また、夢を見ているわけでもない。ただ、明日《あす》死ぬ身であってみれば、今日《きょう》、心の重荷をおろしたいだけなのである。私の直接の目的は、一《ひと》つらなりのごく家庭的な出来事を、率直に簡潔に、説明などつけないで、世間の人々に打明けることなのだ。それらの出来事の結果、私は怯え、悶え、そして身を亡ぼすことになったのだが、それにもかかわらずやはり説明はつけないことにしよう。そしてその一つらなりの出来事は、私にとって《恐怖》以外のなにものでもなかったけれども、しかし多くの人々にとっては、恐しいよりもむしろ奇怪《バロック》に見えるだろう。もちろん将来、知力の優れた人が現れて、私にとっては幻想めいた異常事であるものが実は平凡陳腐な事柄にすぎぬと説明してくれるかもしれない……身の毛もよだつ思いで私が語ることも、私などより平静で論理的な頭脳の持主、ずっと落ちついた知性の人にかかれば、極めて自然な原因と結果がごく普通につづいているだけだと判断されるかもしれないのである。

私は子供のころから、人目につくほど素直で情ぶかいたちであった。私の気の優しさは、友達にからかわれるほど目立っていたのである。とりわけ動物が大好きだったので、両親はじつにさまざまの愛玩動物《ペット》をあてがって私を甘やかしてくれたし、私はそういう動物たちを相手に時間の大部分を過した。それらを可愛がったり餌をやったりすることほど楽しいことはなかったのだ。こういう特異な性癖は成長するにつれてますますひどくなり、大人になっても、愛玩動物は私の主な楽しみの一つであった。このようにして得られる喜びがどんなものか、そしてどんなに大きいかは、忠実で賢い犬を可愛がったことのある人なら、すぐに判ってくれるだろう。動物の愛情は没我的で自己犠牲的だ。そこには、《人間》のつまらぬ友情や浮薄な誠実さを検討する機会がたびたびあった人の心に、じかに伝わって来る何かがある。

私は早婚だったが、しあわせなことに妻は私のこのような性癖を解さないでもなかった。私が動物好きなのを見ると、彼女はこの上なく好ましい愛玩動物たちを、機会さえあれば手に入れてくれたのである。このようにしてわれわれは飼っていたのだ。鳥たち、金魚たち、立派な犬、兎たち、小さな猿、それに一匹の猫を。

この猫は非常に大きくて美しく、全身真黒で、びっくりするほど利口だった。妻は、心の底ではかなり迷信にとりつかれている女なので、猫が頭がいいという話になると、きまって、黒猫はみな魔女が化けているのだという昔からよく言われる俗説を引合いに出した。もっとも、妻はそのことを本気で言っていたのではない。そして、私がこんなことに言及するのも、ちょうど今、たまたま思い出したからにすぎない。

冥府の王《プルートー》――というのが猫の名だったが――は、私のお気に入りの愛玩動物《ペット》であり、遊び仲間《プレイメイト》であった。餌をやるのも私だけで、私が家のあたりを歩きまわるとどこへでもついて来る。街までついて来させないようにするのに、苦労するほどであった。

このようにして私と猫との友情は数年つづいたのだが、この間に私の気質や性格は全体として、《不摂生という悪魔》のせいで（顔を赤らめて告白するけれども）急激に悪化して行った。日に日に気むずかしく苛立たしくなり、他人の気持を顧慮しないようになったのである。妻にも平気で暴言を吐いたし、とうとうしまいには暴力をふるうことさえした。こういう気性の変化が、私のペットたちにも感じとられるほどであったことは言うまでもなかろう。私は彼らを世話しなくなっただけではなく、虐待までした。兎たち、猿、それから犬さえも、偶然にないしは甘ったれようとして私の邪魔をすると、私は遠慮会釈なくひどい目に合せた。もっとも、プルートーに対してはまだ、いじめるのを控えるだけの愛情が残っていたけれども。しかし私の病気はだんだん昂じてゆき――ああ、アルコールのような病気が他にあろうか！――ついには、老いぼれて怒りっぽくなっているプルートーさえ私の不機嫌のとばっちりを受けるようになったのである。

ある夜、街のゆきつけの酒場からしたたか酩酊《めいてい》して帰って来ると、なんとなく猫が私を避けているような気がした。私は猫をつかまえた。私の乱暴に驚いて、プルートーは私の手に歯で傷を負わせた。悪魔のような怒りがたちまち私をとらえた。もう、無我夢中だった。生来の魂は、一瞬にして私の肉体から抜け出したように思われた。ジンによって煽り立てられた、悪魔よりももっと凄まじい悪意で、体じゅうの繊維が慄えていた。私はチョッキのポケットからナイフを取出し、刃を開き、この哀れな獣の咽喉をつかまえて、片方の眼球をのろのろと眼窩《がんか》からえぐり取ったのである！　ああ、こうしてあの呪わしい兇行のことを書き記していると私は赤面する。私の体はほてり、そして慄える。

朝になって理性が戻って来たとき、つまり一夜の眠りによって耽溺の毒気が抜けたとき、私は自分の犯した罪に対し、半ばは恐怖を、半ばは悔恨を感じた。が、それはせいぜい弱々しい曖昧な感情にすぎず、魂まで動かされはしなかった。私はまたしても不摂生に陥り、間もなくこの残虐な行為についてのすべての記憶を酒にまぎらしてしまったのである。

そうこうしているうちに、猫は次第に回復した。眼のない眼窩が二目《ふため》と見られぬ恐しいものであったことはたしかだが、痛みはもうないらしい。今までどおり家のあたりを歩き廻ったけれども、私が近づくとひどくこわがって逃げてゆく。すこしは優しい心も私に残っていたのだろう、かつてはあんなになついていた猫にこうはっきりと嫌われるのは、最初はやはり悲しいことだった。しかしこの気持は間もなく苛立たしさに変った。次には、まるで私を徹底的に破滅させるためのように、《天邪鬼《パヴァースネス》》の心が訪れて来た。この感情については、哲学は何も説明していない。しかし私は、自分が生きているということと同じくらい確かに、天邪鬼の心が人間の心の根本的な衝動の一つだということを信ずる。人間の性格を方向づける、それ以上分析不可能な本質的な機能、ないし感情のうちの、一つだということを信ずる。してはいけないということが判っている――ただそれだけの理由で、他には何も理由がないのに、厭らしいこと馬鹿げたことを何百回もしたという経験のない人が、一体いるだろうか？　ただそれが《掟》だということを知っているせいで、至上の判断に背いてまでもそれに逆らいたくなる傾向――それはわれわれにないだろうか？私を徹底的に破滅させようとして訪れて来たのは、この天邪鬼の精神であった。何の罪もない動物への迫害を私につづけさせ、ついにはそれを極点にまで達せしめたものは、魂の、みずからを苦しめようとする、みずからの本性に逆らおうとする、不正のために不正をおこなおうとする、この不可解な憧れだったのである。ある朝、私は冷然たる態度で、縄をずっこきにして猫の首にかけ、樹の枝にぶらさげたのだ。泪《なみだ》を流しながら、心のなかで激しい悔恨の情を感じながら、私は猫を絞殺した。かつて猫が私を愛したことも知っているが故に、私の気をそこねることなど何ひとつしなかったと感じているが故に、私は猫を絞殺した。自分はいま罪を犯していると判っているが故に、私は猫を絞殺した。私の不滅の魂を、この上なく慈悲深くこの上なく恐しい神の無限の慈悲すら及ばぬところへ追いやるほど（もしそのようなことが可能なものなら）、それほど危くする大罪だと知りながら。

この兇行がおこなわれた日の夜、私は、火事だ、という叫び声で目覚めた。寝台のとばりは火に包まれていた。家じゅうが燃えていた。妻、召使、そして私自身が、やっとの思いでこの火災から逃れた。何から何まで焼けてしまい、私の全財産は消え失せ、そして私は絶望に身をゆだねたのである。

この災厄とあの兇行とのあいだに因果関係を見出だそうとするほど、私は気が弱くはない。私は事実のつながりを詳しく述べようとしているだけだ。そして、その鎖のようなつながりのなかのたった一つの輪でも、不完全なままほうって置きたくはないのである。火事の翌日、私は焼跡へ行った。壁は一箇所を除いて、ことごとく焼け落ちていた。この一箇所の例外とは、家の中央、私の寝台の枕もとのほうが向いている、さほど厚くない仕切りの壁である。ここでは漆喰《しっくい》が火勢に抵抗したのであった。これはちかごろ塗ったせいだろうと私は考えた。この壁のまわりに黒山のように人だかりがしていて、大勢の人々が壁の或る部分を仔細にそして熱心にみつめ、調べている様子であった。「不思議だ！」とか「妙だ！」とか、その他これに類した言葉がしきりにつぶやかれるので、好奇心をつのらせて近づいてみると、白い表面に、薄浮彫《バス・リリーフ》で彫ったような巨大な猫の姿が見えた。その彫像はまったく驚くほど精巧にできていた。しかも、猫の首のまわりには縄が一本まきついていたのである。

最初、この亡霊——としか思えなかったのだが——を見たときの私の驚き、私の恐怖ははなはだしかったけれども、ようやく分別を出して、気を落ちつけた。私の記憶によれば、猫は家のすぐそばの庭木に吊りさげられていたのである。火事だ、という声でこの庭にたちまち大勢の人が集って来たとき、そのなかの一人が縄を切り、猫を、開いている窓から私の部屋へ投げこんだものに相違ない。たぶん、私を眠りから覚まそうとしてであろう。そところが他の壁が倒れて来て、ちかごろ塗った漆喰のなかに猫を押しこんでしまった。そして漆喰のなかの石灰が、焔や死骸から出るアンモニヤに作用されて、私の見るような肖像を作りあげたのであろう。

と、こんな具合に、いま詳しく述べた驚くべき事実に説明をつけ、理性を納得させた（良心を納得させることはできなかった）ものの、この事実はやはり私の空想に深い影響を与えずにはいなかった。幾月ものあいだ、幻の猫は私の意識から離れなかったし、その間、私の心には、良心の呵責にも似た（しかし実は良心の呵責では決してない）漠然たる感情が戻って来ていた。私は猫がいないことを残念に思うほどになり、たえず足を踏み入れるいかがわしい場所などでは、同じ種類の、外見も似かよったものはいないかとあたりを見まわしたりした。代りにそれを飼おうと思ってである。

ある晩、いかがわしいどころではない陋劣《ろうれつ》な場所で、半ば正気を失って椅子に腰かけていると、とつぜん何か黒いものに気がついた。それは、その部屋の主な家具とも言うべきものになっている、ジンかラムかの大きな樽《たる》の一つの上に載っていた。私はそれまで数分間のあいだ、この大樽の上をじっとみつめつづけていたのだが、私を愕然とさせたのは、このときはじめてこの黒いものが眼にはいったという事実である。私は近づき、手で触った。それは黒猫、巨大な黒猫で、プルートーとまったく同じ大きさの、ただ一点を除けば何から何までそっくりそのままのものであった。プルートーの体にはどこにも白い毛はなかったが、この猫には、胸一面を覆っている、しかし境目のはっきりしない白い斑点《ぶち》があった。

そっと撫でてやると、猫はすぐに身を起し、ごろごろと咽喉を鳴らしながら私の手に体をすりよせ、目にとまったのが嬉しいという様子をした。これこそは求めていた猫にほかならない。私は早速、譲り受けたいと主人に申し出たが、彼は値をつけなかった。飼猫でもないし、今まで見かけたこともないという返事なのである。

私はなおも撫でつづけたのだが、引上げようとすると、ついて来たそうな様子を見せるので、歩きながらときどきかがみこんで軽く叩いてやったりした。家に着くとたちまち住みついてしまい、すぐに妻のお気に入りになった。

が、私としては、この猫に対する嫌悪の思いが湧き起ってきたことに気がついた。これは私の期待とはまったく逆のことだったが、猫が私を好いていることがなぜかしら厭気を起させ、苛立たせたのである。この厭わしく不快に思う気持は、やがて次第に激しい憎しみへと変った。私は猫を避けた。ただしある種の羞恥の念と、かつての残虐な行為の思い出とが、暴力をふるって虐待することを差し控えさせはしたけれども。数週間、私は、殴りつけるというような乱暴沙汰はしなかった。しかし私は徐々に――極めて徐々に、この猫を見ると、言うに言われぬ嫌悪感を感じるようになり、まるで疫病患者やその息を避けるようにして、この忌わしい獣のいるところから逃げ出すようになった。

この猫がいっそう憎らしくなったわけは、たしかに、連れて帰った翌朝、プルートーと同様に片眼がえぐり取られていることに気がついたせいである。しかし妻にとってはこのことがいよいよ猫を可愛がる理由となった。妻は、前にも言ったとおり、かつては私の目立った特徴であり、私のこの上なく単純でこの上なく純粋な快楽の源泉であった優しい気持を、多分に持っていたのである。

しかし私が嫌えば嫌うほど、猫のほうではますます私になついて来る模様であった。読者に理解してもらうことが難しいほどの執拗さで、私のゆくところについてまわり、椅子の下に坐ったり、膝の上にとびあがって厭らしく身をすりよせたりする。立上って歩き出すと、両足のあいだにまつわるので、私は転びそうになる。あるいは、長い鋭い爪を服にひっかけ、そうしながら胸のところまでよじのぼって来る。そんなとき私は殴りつけて殺したくなったけれども、やはりそうもできなかった。一つにはかつて犯した罪を思い出すせいで、しかし主たる理由は——あっさりと告白すれば——この猫が非常に恐しかったからである。

この恐怖感は、正確に言えば、自分に危害が及ぶのを恐れる気持ではない。が、それでは他に一体どう言い直したらいいのか、私には判らないのだけれども。恥しいのをこらえて打明けるならば——そう、私は今、この重罪犯人の監房のなかにいながら、なおかつ羞恥を感じるのだけれども——この猫が私の心に惹き起す恐怖は、およそ想像し得る限り最も下らない妄想によっていよいよ強められたのである。前にも述べた白い毛の形という特徴、この不思議な猫と私が殺した猫との差違であるたった一つの目じるしについて、妻は一再ならず私の注意を促していた。そして読者はこの目じるしが、大きなものではあるけれども、もともとは非常に漠然としたものであったことを思い出すだろう。ところがそれは、極めて徐々に、ほとんど目にもとまらぬくらいすこしずつ変ってゆき（私の《理性》は長いあいだ、気の迷いにすぎぬと反撥した）、ついには、くっきりした輪郭のものになったのである。それは今や、私にとって口に出すだに身ぶるいするほどのものの形であった。私がこの怪物を厭い、恐れ、もしそうする勇気があるものなら殺してしまいたいと考えたのは、なかんずくこの故なのである。そう、その形は今や、あの厭らしい、凄まじいものの像、絞首台の像――おお、《怯え》と《罪》、《悶え》と《死》の、悲しみと恐怖にみちた刑具の像であった！

今や私のみじめさは、世の常の人間のみじめさを遥かに越えていた。畜生が――その同類を私が殺したのも、それを蔑んでいればこそだ――至高の神の姿に似せて作られた人間である私を、これほど堪えがたいまでに苦しめようとは！　ああ！　昼も夜も、もはや私には《憩い》という祝福はなかった！　昼は昼で、猫は一瞬も私から離れぬ。そして夜は夜で、名状しがたいほど恐しい夢から一時間ごとに目覚めたとき、私は気がつくのだ。顔に吹きかけられる、猫の熱い息を。猫の途方もない重さ――追い払うすべのない《夢魔》の化身――が私の心臓にいつものしかかっていることを。

このように責めさいなまれたあげく、かすかに残っていた私の善心も挫けた。ただ邪悪な想いだけが、この上なく暗黒でこの上なく邪悪な想いだけが、私の伴侶となった。いつもの私の不機嫌は次第に募って、すべてのもの、すべての人類に対する憎しみと変った。今ではもう、しょっちゅう、しかもとつぜん湧き起る抑えがたい怒りに、がむしゃらに身を委ねる私だったし、私の怒りに悩まされることが最も多く、そして最も忍耐づよいのは、ああ！　かわいそうな妻であったのだ。

ある日、私は妻といっしょに、家計が苦しいためやむを得ず住んでいる古ぼけた建物の地下室へ降りて行ったのだが、猫が急な階段をあとからついて来たので、すんでのところで真逆さまに落ちそうになった。私は狂気のように腹を立て、斧を振りあげた。怒りのせいで、これまで私を抑制させていた子供っぽい恐怖をも忘れたのである。私は猫に狙いをさだめた。その一撃が思いどおりに加えられたならば、もちろん、猫はその場で死んだにちがいない。

が、妻の手が私をおさえようとしたのだ。私はこの邪魔立てに憤り、悪魔よりももっと激しい怒りにかりたてられて妻の手を振り離し、脳天に斧を打ち込んだのだ。彼女はたちまち息絶え、うめき声すら立てなかった。

この忌わしい殺人を犯した後、私はただちに、そしてじつに慎重に、死体を隠す仕事にとりかかった。日中であろうと夜であろうと、死体を家から運び出せば隣人たちに気づかれることは判りきっていた。さまざまの計画が私の頭に浮んだ。あるときは切り刻んで焼こうと考え、あるときは地下室の床に墓を掘ろうと決心した。また、庭の井戸に投げ込むことや、箱に詰めて商品のように普通の荷造りをし、運搬人に運び出させることも考えた。が、結局、このような案のどれにも優る方法を私は思いついた。死骸を地下室の壁に塗りこもうと決意したのである。そう、物の本にも記されてある、中世の僧たちがその犠牲者を処理したやり方と同じように。

地下室は、このような目的には好都合に出来ていた。壁の造りはぞんざいだし、ちかごろ全体に粗末な漆喰を塗ったばかりの上、湿気が多いのでまだ固っていないのである。のみならず壁の一つには、見せかけの煙突だか煖炉だかを設けた出っ張りがあって、それはもう埋めてあるため、見たところ地下室の他の部分と変りがないようになっていた。ここの煉瓦を取りのけ、死骸をなかに入れ、前と同じように壁全体を塗って、誰が見てもちっとも疑わしいところがないようにするのは容易だ、と私は確信した。

そして私の予想は正しかった。鉄梃《かなてこ》を使ってあっさりと煉瓦をはずし、死骸をなかに入れて奥の壁に用心ぶかくよりかからせてから、つっかい棒をかう。そして、その出っ張りを元どおりにするのは造作もない。モルタルと砂と髪の毛を手に入れて、前のと区別のつかない漆喰をできる限り用心ぶかくこしらえ、それを新しい煉瓦積みの上にじつに丁寧に塗る。出来あがったとき私は、万事非常にうまく行ったと満足した。壁をいじったような様子はぜんぜんなかったのである。床の上の屑はこの上なく細心に拾いあげた。私は勝ち誇った思いであたりを見まわし、独言を言った――「さあ、これで私の骨折も無駄にはならなかったわけだ」

次に私のなすべきことは、これほどひどい目に合った原因である猫を探すことであった。なぜなら私はついに、この獣を殺そうと決心したからである。もしこの瞬間に私が猫と出会うことができたならば、猫の運命は疑う余地がなかったろう。が、この悪がしこい獣は、私の先程の怒りの激しさを恐れたらしく、憤慨している私の前に姿をあらわすのを避けていたらしい。この不快な獣がいないせいで、私がどれほど深く、しあわせな、安堵の思いを味わっていたかは、言葉に言いあらわし難いし、また、想像してもらうわけにもゆかないことだろう。その夜、猫は姿を見せなかった。こうして私は、猫がこの家に来て以来、すくなくとも一夜だけ、ぐっすりと安らかに眠ったのである。そう、私は眠った。殺人という重荷を魂に負うているにもかかわらず。

二日目も三日目も過ぎたが、私を責めさいなむ者は依然としてやってこなかった。こうして再び私は自由な人間として息をつくようになった。怪物は恐れおののいて、永遠にこの家から逃げ去ったのだ！　もうあいつを見かけることは二度とない！　何という至上の幸福だろう！　あの兇行についての罪の意識も、私をほとんど悩まさなかった。二、三、訊問を受けはしたけれども、それには即座に返事をした。家宅捜査もおこなわれたが、もちろん何も発見されない。私の将来の幸福は確かなもののように思われた。

殺人があってから四日目、じつに唐突に、警官隊が家のなかにはいって来て、家じゅうをもういちど厳重に捜査しはじめた。が、死骸の隠し場所がどこか、判るはずはないと確信していたので、私はいささかもあわてなかった。警官たちは私に、捜査に立会うよう要求した。彼らはどんな隅も残る隈なく探した。最後に、三度目か四度目に地下室に降りて行ったのだが、私は筋肉ひとつ震わせなかった。私の心臓は、罪もなく熟睡している者の心臓のように静かに鼓動を打っていた。私は地下室を端から端まで歩きまわった。胸のところで腕組みして、あちらこちら暢気に歩きまわった。警官たちはすっかり満足して立去

りかけた。私の心中の喜びは制し切れぬほど強くなった。そして私は、勝利のしるしに一言でもいいから何か言って、自分の無罪に対する警官たちの確信をいっそう確かなものにしたくてたまらなかった。

「みなさん」ととうとう私は、彼らが階段を昇っているときに言った。「みなさんの疑いを晴らせて、とても嬉しいですよ。みなさんが御健康でいらっしゃるように、そして、もうすこし礼儀をわきまえるようにと祈ります。ところで、何ですな、これは——これはなかなかよく出来た家じゃありませんか。」(何か気楽な調子で言いたいと、そればかりに気があせって、自分でも何を言っているのか判らなかった。)「おっそろしくよく出来た家と言っても差支えないでしょうな。この壁も——ほう、みなさん、もうお帰りですか——この壁もがっしりと出来てましてね」と言って、ただむやみに空威張りしたいばかりに、手にしていたステッキでどんと叩いたのが、ちょうどその蔭に最愛の妻の死骸が立っている煉瓦細工の部分であったのだ。

ああ、神が私を大悪魔の爪から守り、救って下さいますように。私が打ったその音の反響が静まるより早く、墓のなかから一つの声が答えたのである。はじめは押し殺した、とぎれがちの、子供のすすり泣きのような声であったが、やがて急に、長く尾を引く、高い、いつまでもつづく金切り声になって、それはまったく世の常ならぬ、人声とも思えぬものであった。吠えるような、嘆くような悲鳴で、半ば恐れ、半ば勝ち誇る声であった。苦悶にのたうつ呪われた者の咽喉と、その呪いに狂喜する悪魔の咽喉の双方から一時に出る声であった。

私がどう思ったか述べることは愚しいだろう。私は失神しながら、反対側の壁のほうへとよろめいた。一瞬、階段の上の一行は、恐れおののき、身の毛もよだつ思いで身動きもしなかった。が、次の瞬間、十二本の頑丈な腕がその壁に向って力を振るったのである。壁はどさりと落ちた。すでにはなはだしく腐敗した、血塊のこびりついた死骸が、人々の眼の前に直立していた。そして、その頭上には坐っていた。真赤な口を大きく開けた、火のような片眼の恐しい獣が。その悪がしこさによって私を殺人の罪へといざない、その声によって私を死刑執行人へと引渡した者が。この怪物を、私は墓のなかに塗りこめてしまっていたのだ！

# アシャー館《やかた》の崩壊

心は壁にかけられたリュート
触れたとたんに鳴りさわぐ
ド・ベランジェ

雲が低く重苦しく垂れこめているひっそりと静まりかえった、陰鬱で暗い秋の日のこと、わたくしはただ一人、異様なくらい荒れ果てた地域にひねもす馬を駆りつづけたあげく、やがて宵闇《よいやみ》が忍び寄るころ、憂愁をたたえたアシャー館の見えるところまで来た。そして、なぜかは判らぬけれども——その建物を一瞥《いちべつ》したとたん、耐えがたいほどの憂鬱が心に迫ったのである。耐えがたい、とわたくしは言う。荒廃や恐怖をつきつける、この上なく厳しい形の自然物でさえ、何か、半ば楽しいような、つまり詩的な情緒を人に与えるのが普通なのに、そのときわたくしの感情はこのような情緒によっていささかも和らげられなかったからである。わたくしは前方にひろがる風景を——別にとりたてて言うこともない邸とそのあたりの何の特色もない景色を――荒れた壁を――虚ろな眼のような窓を――数本の生い茂った菅《すげ》を――そしてまた数本の朽ちた樹木の白い幹を――衰え果てた心で、そう、阿片吸飲者が酔い覚めに味わう厭らしい心地――日常生活への苦い推移――神秘の帷《とばり》の消え失せる忌わしい瞬間――にでもなぞらえるしかないような気持で眺めていた。そこには冷え冷えとした、沈鬱な、むかつくような心の状態――どのように想像力を駆り立ててみても崇高さになど転じるはずのまったくない、荒涼そのものともいうべきもの思いがあった。何だろう――とわたくしは立ちどまって考えた――アシャー館を望み見ているわたくしの心をこれほど滅入らせるものはいったい何なのか？　それはおよそ解くことの不可能な謎であったし、それに、こうしてもの思いに耽っているわたくしに押し寄せて来る、まるで影のようなさまざまの幻想とわたりあうことなど、できようはずもない。それゆえわたくしとしては、ここにはこれほど凄まじい効果を与える力を持つ、じつに単純な自然物の組合せがあるけれども、その力を分析することはわれわれの能力を超えているのだという、満足のゆかぬ結論へ立ち返ることを余儀なくされたのである。わたくしは考えてみるのだった。この光景のそれぞれの部分、この絵画のおのおのの細部の配列を単に入れ替えてみるだけでも、悲哀にみちた印象を与える力は減じ、あるいはまたおそらく消滅するのではないかしら、と。わたくしはこのような想念をいだきながら、邸のかたわらにある、小波も立てずに光沢を光らせている黒い無気味な湖のけわしい岸辺へと馬を進め、そして

――前よりももっと激しく身ぶるいしながら――灰いろの菅、恐しい幹、虚ろな眼にも似た窓などの、逆しまとなって映っている歪んだ映像をみつめたのである。

それにもかかわらず、今わたくしはこの陰鬱な館に数週間滞在しようとしているのであった。この館の主ロデリック・アシャーは幼少のころの遊び友達の一人だが、われわれ二人が最後に別れて以来すでに長い年月が経過している。ところが最近になって、この国の遠隔の地に住むわたくしのもとへ一通の手紙――彼の手紙――がもたらされ、しかもそれが取乱しせきこんだ文面であるため、こうしてわたくし自身出向くしかないことになった。手紙の筆蹟を見るだけで神経の異常な興奮が判ったし、それに第一、手紙の筆者自身が、はなはだしい肉体的疾患――彼を悩ます精神の混乱――を訴え、最上の友でありそしてまさしく唯一の友であるわたくしに会えたならば、そばにいてもらえるだけで気のふさぎも取れ、病気も軽くなるのではないかと記していた。こうしたことすべてが、そしてもっと多くのことが、こういう書き方で記してあったし――懇請が本心からのものであることは明らかだったし――躊躇《ちゅうちょ》する余地はいささかもなかったので、わたくしはただちに、この、極めて異様な呼び寄せ方であると今なお思っている招待に対して応ずることにしたのである。

幼少のころ親しい仲であったとはいえ、実のところこの友人についてはあまり知っていなかった。彼の遠慮深さはいつも極端なくらいで、いわば習慣と化してさえいたのである。

しかしわたくしの知るところによれば、極めて古い彼の家柄は、感受性に富んだ気質によって昔から有名であり、その力を久しい歳月のあいだ数多くの芸術作品にふるいつづけて来た。最近では、判りやすい正統的な音楽美よりもむしろ、音楽の複雑な趣に情熱的に身を献げたことによって、いや、それよりも、慎しみ深くてしかも気前のよい数次にわたる慈善事業によって、世に知られている。わたくしはまた、次のような驚くべき事実も耳にしていた。すなわち、このアシャー家は極めて古い家柄でありながら、永つづきする分家のあったためしはどの時代にもなく、換言すれば、この一族は、ほんの僅かなそして一時的な例外を別にすれば常に直系だけでつづいて来たという噂である。わたくしはこの館の性格と、この一族の性格であると取沙汰されているものとがこれほどまったき一致を示していることに思いをはせながら、そしてまた、館の性格が数世紀のあいだには一族の性格に影響を及ぼすこともあり得るのではないかと怪《あや》しみながら、すべてはこのような欠如に由来するのかもしれぬと考えていた――そう、このような傍系の子孫の欠如と、当然それに伴う、ただ直系だけで父から息子へ財産と名とを伝えつづけて来た歴史のため、ついには二つのものが同一視されて、この領地の実際の所有権の所在を「アシャー館《やかた》」という奇妙で曖昧な名称にまぎらしてしまうほどにさえなったのではないか――事実、この名称を農民たちが用いるとき、彼らの心のなかでは一族の人々とこの建物との双方を含めていたのである。

わたくしがいささか子供っぽい実験をしても——黒い湖を覗きこんで見ても——それとてもただ最初の奇怪な印象を深めるだけであったという事情についてはすでに記した。このような迷信じみた思い——そう名づけてはいけないかしら？——が急に募ってくるのを意識すると、そう意識することがかえってますます迷信じみた思いをかきたて、昂じさせるのであったが、これこそはわたくしがかねがねわきまえていた、恐怖にもとづくあらゆる感情に共通する逆説的な法則なのである。そして、水面に映る映像から館それ自体へと瞳をあげたとき、心のなかに異様な妄想が湧き起ったのもこのために過ぎぬかもしれない——それはあまりにも荒唐無稽なものであって、今あえて言及するのは、ただ単にそのときどれほど力強い興奮がわたくしを悩ましていたかを示す一助としてなのだけれども。すなわち、館と周囲の地所全体が、それらおよびそれらに近接したものに独得の大気——天空の大気とはまったく異る、朽ちた樹木や灰いろの壁や静寂きわまる湖の臭《におい》を帯びた大気——仄《ほの》かにしか認めることのできぬ、鉛いろに淀んだ、悪疫をもたらす恐れのある謎めいた瘴気《しょうき》によって覆われているのではないかという想念にわたくしは耽り、また、それを信じかけていたのである。

断じて夢想であるにちがいないこのような考えを頭から払いのけながら、わたくしは建物の実景をつぶさに眺めたのだが、その主な特徴は極度の古めかしさであるように思われた。幾星霜がもたらした褪色《たいしょく》ははなはだしかったし、建物の外部全体は微小な菌類に覆われ、しかもそれは錯綜した細かな蜘蛛《くも》の巣のように軒から垂れ下っている。が、それにもかかわらず、この建物が荒廃しきっているわけではなかった。建物の石組みは一箇所も崩れていない。そして、一つ一つの石が古びてすりへっていながら、しかもそれぞれが依然として堅固に組合わさっている光景は、何かはなはだしい矛盾として感じられるほどであった。絶えて人の訪れることのないどこかの地下室のなかで、外気の息吹きにも妨げられず久しい歳月ひっそりと朽ちつづけている古い木細工が、しかし表面は完全な姿を保っている、そんな有様を連想させるものがそこにはたしかにあったのである。ただ、このような一面にひろがっている腐朽の徴候を別にすれば、建物はさほど不安定な感じを与えなかった。とはいうものの、瞳を凝らして観察する者ならば、かろうじてそれと認め得るほどの亀裂が正面の屋根から壁をつたってジグザグに下り、ついには澱《よど》んだ湖の水へと失せているのを見出だせたかもしれぬ。

こうした事柄に注目しながら、わたくしは短い盛り土道を館のほうへと馬を進めた。そして出迎えの下男に馬をあずけると、玄関のゴシックふうのアーチにはいって行った。そこからはひっそりした足どりの従者が、無言のまま、主人の書斎《ステュディオ》へと、仄暗くて錯綜した幾多の廊下を案内してくれる。そして、その途中に眼に触れた多くのものは、なぜであろうか、先程わたくしの述べた漠然たる情感をいよいよ昂じさせたのである。わたくしを取巻くさまざまのもの——天井の彫刻、壁にかかっているくすんだタペストリ、黒檀《こくたん》を思わせる床の黒さ、そしてわたくしが歩むにつれてかたかたと音を立てる、幻めいた紋章の刻まれている戦利品は、すべて、わたくしが幼少のころから見馴れたもの、ないしそれに近いものであったが――これらすべてが極めて馴染み深いものであることをただちに認めながら――しかし平凡な品々によってかきたてられる妄想がなぜこれほど奇怪なのかと、わたくしはなおも怪しんでいたのだ。ある段階でこの家の侍医に出会ったが、この男の顔には低劣な狡《ずる》さと当惑とのいりまじった表情があると思われた。彼は狼狽しながらわたくしに声をかけ、通り過ぎた。従者は扉をあけ、わたくしを主人の部屋へ招じ入れた。

通された部屋はすこぶる広く、天井も高い。窓々は細長く、さきがとがっていて、黒い樫《かし》の床から遠く隔ったところにあるため、室内からでは手が届かない。格子状のステンド・グラスから、赤く染められた弱々しい光線が射し込んで来るせいで、眼につきやすい品々がくっきりと浮きあがって見える。しかしどれほど眼を凝らしても、部屋の遠い隅々や、格子細工を施した円《まる》天井の奥まった箇所を見ることはできない。壁には暗い垂れ布がかかっていた。おびただしく置かれてある家具は、おしなべて居心地が悪そうで、古び、傷《いた》んでいる。多くの書物多くの楽器がちらばっているにもかかわらず、それらはこの部屋にいささかも活気を添えていない。わたくしは、自分はいま悲哀の空気を吸っていると感じた。きびしくて深く、癒《いや》しがたい陰鬱の雰囲気が、すべてを覆いすべてに滲透していたのである。

部屋にはいってゆくと、アシャーは今までながながと寝そべっていたソファーから立ちあがり、快活に、そして興奮した様子で挨拶したが、最初わたくしはそれについてこう思ったのである。これは誇張した友情なのだ——倦怠《アニュイエ》した世馴れた男が無理につとめているのだ、と。しかし顔を一目《ひとめ》見ると、まったく真面目なのだということをわたくしは信じた。われわれは腰をおろした。そしてほんのしばらく、彼が無言のままでいるあいだに、半ばは憐憫、半ばは畏怖の思いでわたくしは彼をみつめた。たしかに、人間がこれほど変り果てたことは今までなかったであろう。これほど僅かのあいだに、ロデリック・アシャーほどに！　眼前にいる男とわたくしの幼な友達とが同一人物であると納得するまでには、ずいぶん手間がかかった。しかし彼の顔の特徴は常にはっきりしていたのである。顔色の、屍《しかばね》のような青白さ。大きくて、うるんでいて、たとえようもなく光っている眼。すこし薄く、色艶《いろつや》がないけれども、非常に美しい曲線を描いている唇。繊細なユダヤふうの鼻ではあるが、そうした鼻には珍しい、ひろがった鼻孔。出張ったところがないため精神力の欠如を示している、美しく整った頤《あご》。蜘蛛の巣よりももっと柔かくて細い髪。——のみならず、顳顬《こめかみ》の部分の上がぐっとひろがっているのだから、それらすべてを綜合すればたやすく忘れるわけにはゆかぬ顔になるのだ。顔のこのような特徴が、そしてこの顔がいつもあらわしている表情が、今は誇張されて、変り果てた感じになっているため、誰と話をしているのか怪しむほどであったのだ。今わたくしの眼前にある無気味な青ざめた肌、信じがたいほどの光を帯びている眼、それらは何よりもわたくしを驚かし、畏怖させるのであった。絹糸のような髪はいささかも手入れせず、伸び放題になっていたし、それが乱れた蜘蛛の糸のように、顔に垂れかかるというよりもむしろ空中に漂っているのを見ると、この怪奇《アラベスク》な風貌を普通の人間と結びつけることはどうしてもできなかった。

すぐに気がついて愕然としたのだが、友人の態度には何か辻つまの合わぬ感じ——矛盾したふしがあった。そしてわたくしは間もなく、これは習慣的な身ぶるい——神経の過度の興奮を抑えようとしての、弱々しくそして虚しい努力のせいだと判断したのだ。しかしこの種のことは、あの手紙から推しても、彼の幼少時の性癖を思い浮べても、また、彼の特異な体質や気質を思い合せても、予期していたことなのである。彼の動作は、交互に、陽気になったり沈鬱になったりした。その声は決断のなさを示す震えを帯びた調子（これは動物的な活気がまったく休止したときである）から、たちまち、力強い歯切れのよさ——唐突で、重々しくて、ゆったりした、うつろな響きの発音——手の施しようのない酔漢や救いようのない阿片吸飲者が興奮の極に達したときに立てる、重苦しくて落ちついた、しかも巧みに抑揚のついた咽喉音へと移るのだった。

彼はこういう話し方で、来訪を求めた事情について、あれほど性急にわたくしと会おうとしたわけについて、わたくしに慰めを期待した次第について述べた。そして、病気の本質であると自分が考えているものについて、かなり詳しく語り出した。それは体質的なもの、代々につたわる病だから、治療法をみつけることは絶望している——が、単なる神経障害にすぎないから、もちろんやがて消え去るだろうと言い添えるのだった。病状はさまざまの不自然な感覚となってあらわれた。詳しく説明されるにつれて、病状のなかのあるものはわたくしの興味を惹き、わたくしを当惑させた。が、おそらくこれは彼の使う語彙《ごい》や話しぶりの効果であろう。感覚が病的に鋭くなって困っているし、まったく風味の失せた食物だけが辛《かろ》うじて喰《くら》うに堪える。衣類はある種の生地しか着ることができないし、あらゆる花の匂いは胸苦しく感じられる。眼はどんなかすかな光にも痛みを覚える。恐怖を味わわせない音はただある特殊の音、弦楽器の音だけだ、というのである。

彼がある異常な怯《おび》えにとらわれていることは判った。「わたしは死ぬ」と彼は言うのである。「こういうみじめな下らぬことのせいで死ななくちゃならない。こんな、こんなふうにして、ほかの死に方でじゃなくて、わたしは亡んでゆく。未来の出来事をそれ自体として恐れているのじゃありませんよ。その結果を恐れている。この堪えがたい魂の惑乱に作用するものは、どんな些末な出来事のことだろうと、考えただけでも身ぶるいがする。実際、危険が厭だというのではありません。ただ、その確実な効果——恐怖を嫌《きら》うだけだ。こういう元気の失せた、こういう哀れな状態で、わたしは感じとっているんだ。遅かれ早かれわたしが、あの恐怖という陰鬱な幻と闘いながら、生命も理性も共に投げ捨てなければならぬ時が到来するということを」

さらにわたくしは、話の合間合間に、断片的で曖昧朦朧《もうろう》としたほのめかしによって、彼の精神状態の奇怪な性質をもう一つ知ったのである。彼は長年のあいだ一歩も出ようとしなかった住いについて、ある迷信めいた想念を固くいだいていた。その迷信の力については、ここでくりかえすことが不可能なほど模糊《もこ》とした言葉で語られたのだが、それは彼に言わせれば、先祖代々の館の形と実体の特異性が、久しきにわたって放置されていたため彼の精神に及ぼした魔力であり、灰いろの壁と尖楼《せんろう》、それらが影を落す幽暗な沼の容姿《フィジーク》が、ついに彼の気質《モラール》にもたらした影響であった。

しかし彼はためらいながらも、このように自分を苦しめているただならぬ憂愁のかなりのものは、もっと平凡な、そして遥かに明白な原因——長年にわたる彼の唯一の伴侶であり、この世での最後の、そしてただ一人の肉親である愛する妹の、重い長わずらい、さし迫っていることの明らかな死期によるものだと認めた。彼はいまだに忘れられぬほどの悲痛な口ぶりで述べた。「妹が死ねば、わたしは（何の望みもない、か弱いわたしは）由緒《ゆいしょ》あるアシャー家の最後の一人になってしまう。」彼がそう語っているとき、レイディ・マデライン（妹はそう呼ばれていたのだ）は部屋の遥かな奥を通り抜け、わたくしがいることに気がつかずに、姿を消した。わたくしは恐怖をまじえた激しい驚きの思いで彼女を見まもったのだが、それはまさしく名状しがたい気持であった。去ってゆく後ろ姿を眼で追いながら、わたくしは昏睡めいた感覚にとらわれていたのである。ついに扉がしまると、わたくしは本能的に熱心な視線を兄の顔に向けたが、彼は両手に顔を埋めている。瘦せ衰えた指にただならぬ悲哀がみち、そのあいだから熱い泪《なみだ》のしとどに濡れるのが見えるのみであった。

レイディ・マデラインの病には、医師たちも久しい前から匙《さじ》を投げていた。慢性のものになった無感覚、徐々に進行してゆく衰弱、一時的とは言え頻繁に起るいささか蠟屈症めいた発作が、その世にも稀な症状なのである。これまで彼女は不撓《ふとう》の意志で病苦に耐えつづけ、寝こまないできたのだが、わたくしがこの館に着いた日の夕暮れどき（夜になってから兄が言いようのないほど興奮して語るところによれば）ついに病魔の力に屈したという。そしてわたくしが先刻一瞥《いちべつ》した彼女の姿は、たぶん見おさめになるだろう、すくなくとも命あるうちに彼女を見ることはもはやあるまいというのだった。

そののち数日、アシャーもわたくしも彼女の名を口にしなかった。そしてこの期間にわたくしは、友人の憂愁を晴らそうと熱心に努めたのである。いっしょに絵も描いたし、本を読みもした。あるいは、彼のかき鳴らすギターの奔放な即興曲に、夢見心地で聞き入りもした。このようにして親密の度を加え、彼の心の内奥へはばかるところなく踏み入るにつれて、彼の心を浮き立たせるあらゆる企ての虚しいことをわたくしは知ったのである。その心からは暗黒が、さながら固有の資質であるかのように、物界・心界のあらゆるものに、一条の絶え間ない愁いの放射線となってそそがれていたのだから。

アシャー館の主人と二人きり、このようにして重苦しく過した多大の時間のことを忘れることはあるまい。しかし彼が誘い、あるいは手引きしてくれた研究ないし仕事の性格を正しく伝えることはわたくしの手に余る。興奮しきった、きわめて狂気じみた想像力が、あらゆるものの上に硫黄いろの光沢を投げていた。彼の即興にかかる長い挽歌《ばんか》は、いつまでもわたくしの耳に鳴りつづけることだろう。なかんずく、ウェーバーの最後のワルツの奔放な調べを異様にゆがめ誇張して奏《ひ》いたのを、辛《つら》い気持で覚えている。彼の丹念な空想にもとづく、そして一刷毛ごとに晦暗《くら》さが加わったあげくついにはなぜとも判らぬがゆえになおさらわたくしを戦慄させた絵画からは——その映像そのものは今もありありと眼前に浮ぶけれども、単なる文字と言葉で追える以上のものを引出そうと望んでも虚しいだろう。構図の極度の単純さ、意匠の簡素さで、彼は注意をとらえ、圧倒した。観念を絵に描いた者がかつてあるとすれば、ロデリック・アシャーこその人であった。すくなくともあのとき、あの環境におけるわたくしにとっては、あの沈鬱症患者が画布に投げつけようとした純粋な抽象観念から、堪えがたい畏《おそ》れが強烈に湧いたのである。それはフューゼリ（十八～十九世紀にかけての夢幻的な画家）の描いた、燃えるような、しかしあまりに具象的な幻想を眺めてもついぞ感じたことのない畏れであった。

　友人のいだく幻想めいた概念のうち、一つだけは、さほど厳密な抽象性を帯びていないため、おぼろげにではあるにせよ言葉で言いあらわせるかもしれぬ。小さな絵が、ひどく長い、長方形の地下室ないしトンネルの内部を示していた。切れ目も模様もない、長くてなめらかな、低い白壁である。絵のつけたりの部分で、この洞穴が地表からよほど深いという事情が判るようになっている。広大なひろがりのどの部分にも出口はなく、松明《たいまつ》もその他の人工的な光源も見えないが、強烈な光がくまなくみなぎり、この場にふさわしからぬすさまじい光輝が全体をひたしている。

　前にも述べたように、聴覚神経の病的な状態のせいで、弦楽器によるある種の曲のほか、友人にはすべての音楽が耐えがたかった。ギターを奏くにしても狭い範囲の曲に限られていたことが、おそらく彼の演奏に幻想的な性格を与えたものに相違ない。しかし即興曲《アンプロンプチュ》の燃え立つような巧みさは、そのようなことで説明のつくものではなかった。彼の奔放な幻想曲の歌詞も曲も（韻を踏んだ即興詩を奏き語りで口ずさむことがよくあったから）前にも述べたような、最高の芸術的興奮の特異な瞬間のみに見られる、強烈な精神集中の結果であったにちがいないし、事実そうだったのである。わたくしはその手の狂想曲のある歌詞を楽々と覚えてしまった。彼が口にしたとき、その詩は極めて強く印象づけられたのである。おそらく、その意味の底流とも言うべき神秘めいた流れのなかに、わたくしははじめて感じ取ったように思ったからである。自分の高い理性がその玉座でぐらついていることを、アシャー自身はっきりと意識しているのだ、と。『亡霊の宮殿』というその詩は、いくぶん正確を欠くにしても、あらましこのようなものであった。——

Ⅰ

みどり濃いわれらの谷
　天使たちのすまうところ
その昔、壮麗の宮殿――
光まばゆい宮のそびえ
王である「思い」の領土に
　宮殿はあった！
熾天使《してんし》もまだ翼を　かほど
美しい宮の上にひろげたことはない

Ⅱ

旗はひるがえる、甍《いらか》の上に
黄に、黄金いろに、輝かしく
(これはみな遠く遥かな
　昔のこと)

たわむれるそよ風は
　このよき日に
羽根飾りなびく白い砦にそい
　匂やかな香りを運んだ

Ⅲ

このしあわせな谷をさまよう者は
　二つの輝く窓から見た
たえなるリュートの調べに合せ
　玉座のまわりに踊る妹精《すだま》を
その玉座には
　(至高の御子!)
この国の王のまします
　誉れにふさわしい威厳にみちて

Ⅳ

美わしい宮殿の扉はみな

真珠とルビーにきらめき
　扉より流れ流れて
　永遠にきらめきながら
流れ出る「こだま」の群れ
　その楽しい務めはただ
たぐいない美しい声で
　王の智と才を歌うこと

V

だが悲しみの衣をまとう魔性のものは
　王のけだかい国を襲い
(あわれ、王の上にふたたび
　暁の白むことはあるまい!)
そして王の宮殿のあたりでは
　花咲き光輝く栄光は
おぼろげに思い出される
　遠い昔の物語にすぎぬ

VI

この谷間ゆく旅人はいま
　赤く輝く窓ごしに見る
耳ざわりなふしにあわせ
　大いなる物影の狂おしく舞うのを
そのとき青ざめた扉から
　すさまじい流れのように
恐しい一群れの走り出で　高笑いする
　もはやついにほほえむことなく

いまだに忘れられないのだが、この譚詩《バラッド》から生れたさまざまの連想は、わたくしを一連の考えへと導き、そのせいでアシャーの意見が一つ明らかになった。しかしそれをここに述べるのは、新奇な説だからではなく（ほかの人々*はそう考えた）、彼が執拗に言い張ったせいである。それは大ざっぱに言えば、植物はすべて知覚を有しているという意見であ

*（原注）　ウォトスン、パーシヴァル博士、スパラザニ、ことにランダフ僧正。―『化学論集』第五巻を参照せよ。

った。しかし彼の妄想においては、この考えはいっそう大胆なものとなり、ある条件の下では無機物もそうだということになっていた。その信念のすべて、あるいはその熱中ぶりを言いあらわす言葉を、わたくしは持たない。しかしこの信念は（前にも触れたように）父祖代々の館の灰いろの石とかかわりのあるものなのだ。知覚が存するための諸条件は、石の配置の法式で——石を覆うあまたの菌類やあたりの朽木と同様に石の配列の順序、なかんずくその配列が長い歳月のあいだ耐えぬいてきたこと、さらに沼の静かな水に映っての双重で——充されていると彼は想像していた。その証拠には——知覚を有することの証拠である——彼に言わせると、（その言葉を聞いてわたくしは愕然としたのだが）沼や壁のあたりの雰囲気が、徐々にではあるが確かに凝固しているというのだ。そしてその結果は、数世紀にわたって彼の一族の運命を形づくり、彼を今わたくしの見ている通りの彼、現在の彼たらしめた、無言のしかし執拗でかつ恐るべき影響力を見ても判る、と言い添えた。このような意見は注解を要しないだろう。わたくしはただ黙ることにする。

われわれの読んだ本——長年のあいだこの病者の精神生活のすくなからぬ部分を形成してきた本——は、推測どおり、この種の幻想にふさわしいものばかりであった。われわれはグレッセの『ヴェルヴェルとシャルトルーズ』を、マキャヴェルリの『ベルフェゴール』を、スヴェーデンボルグの『天国と地獄』を、ホルベルヒの『ニコラス・クリムの地下旅行』を、ロバート・フラッドや、ジャン・ダンダジネやド・ラ・シャンブルの『手相学』を、ティークの『青い彼方への旅』を、カンパネラの『太陽の都』を、いっしょに読んだのである。彼の酷愛の書はドミニコ修道会のエイメリック・ド・ジロンヌの『宗教裁判法』という小さな八つ折り判本であった。また、ポンポニウス・メラの、古代アフリカの半獣神やイージパン人に関するくだりは、アシャーが何時間も夢見心地で読み耽ったものである。しかし彼の至上の悦楽は、四つ折り判ゴシック字体のまったくの稀覯書《きこうしょ》——忘れられた教会の祈禱書——『マインツ教会唱詩班による死者のための陪屍』の閲読であった。

わたくしはこの本に記してある怪異な儀式や、それがこの病者にもたらしそうな影響についで思わざるを得なかったが、彼はある夜、レイディ・マデラインはもはやこの世にいないことを告げてから、遺骸を（最後の埋葬まで）二週間、この建物の主壁に数多い地下室の一つに安置したいと述べた。ただしこの奇怪な処置をとるについての世俗的理由は、口をさしはさむのが躊躇《ちゅうちょ》されるものであった。兄は（わたくしに語るところによれば）死者の病の異様な性格、医師たちのぶしつけきわまる熱心な調査、一族の埋葬地が遠いし野ざらしの場所にあることなど考慮したのである。この家に到着した日に、階段ですれちがった男の陰険な顔立ちを思い浮べると、せいぜい無害な、しかも不自然な用心とはいささかも思われぬことに反対する気にはなれなかった。

わたくしはアシャーの乞いを入れて、仮りの埋葬をするのを手伝った。納棺をすませると、われわれは二人だけで安置所へ運んだのである。それを安置した地下室は（久しく閉めきってあるため、持っていた松明《たいまつ》は重苦しい空気に半ばくすぶり、あたりを調べる機会はあまりなかったのだが）小さくて湿っていたし、採光の仕掛けはまったくない。それはこの建物の、わたくしの寝室である部分の真下、かなり深いところに当っていた。明らかに遠い封建の昔、地下牢という忌わしい目的に用いられていたもので、後には火薬その他、高度に可燃性のものの貯蔵庫であったにちがいない。床《ゆか》も、それからここへ到るまで抜けて来た長い拱廊《アーチ》の内部もことごとく銅で入念に覆われていたからである。重々しい鉄の扉もまた、同じように銅板が張ってある。そのはなはだしい重さのため、扉が開くときには、異様に鋭い、軋るような音を立てた。

この恐しい場所の架台に悲しみの荷を安置してから、われわれは棺のまだ釘を打っていない蓋《ふた》をわずかに開け、死者の顔をのぞいてみた。兄妹の顔立ちの驚くべき酷似が、まずわたくしの注意をとらえた。そのときアシャーは、わたくしの心を察したのであろう、故人と自分とは双生児で、二人のあいだにはいつもほとんど気づかぬほどの共感があったと二言《ふたこと》三言つぶやいた。しかしわれわれが死者に視線をそそいでいたのは束の間にすぎない――畏怖の思いなくしては眺められなかったからである。青春のさかりに彼女を葬った病患は、蠟屈性疾患の常として、胸と顔にはほのかな赤みを、唇のあたりには、死人の場合にはじつに恐しい、あの疑り深くたゆとうような微笑をとどめている。蓋を戻し、釘を打ち、鉄の扉をしっかりと閉じてから、われわれはこの館の地下室に劣らず陰鬱な上の階へとようやくたどりついた。

そして、辛い嘆きの数日が経つと、友人の心の病状にはっきりと見て取れる変化が現れた。平素の態度が消えてしまったのである。普段の仕事は閑却され、または忘れられた。部屋から部屋へとあてもなく、急がわしくてしかも一様でない足どりでうろつきまわる。青白い顔色はさらにすさまじさを加え——眼の輝きはまったく失せた。前には折り折り聞かれたしゃがれ声ももう聞かれなくなり、極度の怯えのせいらしい震え声が話し方の特徴となった。実際、彼の絶え間なく興奮している心が何か重苦しい秘密と戦って、それを打明けるのに必要な勇気を求め、苦しんでいるのではないかと思うときもあった。ときにはまた、一切はただ説明しがたい狂気の故の気まぐれにすぎぬと断じたいこともあった。まるで幻の音に聞き入るようにして、この上なく注意深い態度で、長時間、空《くう》をみつめているのを見たからである。彼の様子がわたくしを怯えさせ——わたくしに感染したことは怪しむに当らない。彼の幻想的で力強い妄想の荒々しい影響がゆるやかにしかし確実に忍び寄るのをわたくしは感じていた。

特に、レイディ・マデラインを地下牢に納めてから七日か八日あとの夜、夜ふけてから床についたとき、わたくしはそういう感情をひしひしと味わったのである。眠りはいっこう訪れず——時刻は次第に経ってゆく。わたくしは襲いかかってくる不安な気持を追い払おうとして、必死に自分を説き伏せようと試みた。感じていることの、たとえ全部ではないにしてもかなり多くは、この部屋の陰鬱な家具の無気味な影響のせいだ、吹きつのる嵐にさいなまれて壁をここかしこと揺れ、寝台の飾りのあたりで不安げにざわめいている、ぼろぼろの黒ずんだ帷《とばり》のせいだと信じようとしていた。しかしその努力は虚しかったのである。抗しがたい戦慄が次第に全身にひろがり、ついにはまったく事由のない夢魔のような恐怖がわたくしの心臓にのしかかる。喘ぎ、踠《もが》きながらこの恐怖を振い落すと、わたくしは枕上に身を起し、その部屋の暗々たる闇に瞳をこらし、耳をすました——本能的な精神がそうさせたとしか言いようがないけれど——嵐の合間にどこからとも知れず訪れる、ある低い、はっきりしない音に、聞き耳を立てていた。わたくしは説明のつかぬ、しかも堪えがたい激甚な恐怖に押しひしがれて、あわただしく衣服をつけ（もう今夜は眠れぬと感じたのだ）部屋じゅうあちこちとあわただしく歩きまわりながら、自分が陥った悲しむべき状況から逃れようと努めた。

このようにして数回、部屋のなかを歩きまわったとき、隣りの階段に聞えた軽やかな足どりが注意を惹いた。アシャーの足音であることはすぐに判る。間もなくそっとノックがあって、彼がランプをかかげてはいってきた。顔色は例によって死人のように青ざめている——しかも眼の光には気違いじみた陽気さがあって——態度全体には明らかにヒステリアを無理に抑える感じが見られた。その様子にはぎょっとしたが——しかしこれまで長い時間、耐え忍んでいた孤独さにくらべれば何であろうとましなので、わたくしは彼が来たことにほっとしていた。

無言のまま、あたりをちょっと見まわしてから、彼はとつぜん、「君は見なかったのかい？」――「見なかったのかい？　待ちたまえ、見せてあげよう。」こう言って注意深くランプに覆いをすると、窓に駆け寄り、嵐に向ってすっかりと開け放った。

吹きこんで来る荒々しい烈風は、われわれ二人を床《ゆか》から持ち上げそうなくらい。それはまことに、激しい疾風の、しかし威厳にみちた美しい夜、異様きわまる恐怖と美の夜であった。渦巻く風は明らかにこのあたりに力を集中しているらしい。風向きがしょっちゅう急に変り、濃密に垂れこめた雲（それはこの館の角楼を低く圧している）も、その命あるもののような速さをわれわれが認めるのを妨げない。雲は互いにぶつかりあいながら、四方から飛んで来て、しかも遠くへ飛び去ることをしないのだ。濃密に垂れこめた雲にもかかわらず、われわれにはこのことが認められたのだが――しかし月や星はいささかも見えなかったし、稲妻の光もない。だが、われわれのすぐまわりにある地上のすべてのものだけではなく、湧き立つような巨大なかたまり状の雲の下面もまた、屍衣さながらに、館の周囲にたちこめている、ほのかに明るい、はっきりと見てとれるガス状の蒸気の、不可思議な光のなかに輝いている。

「いけない。こういうものを見てはいけない！」とわたくしは身ぶるいしながらアシャーに言って、彼を静かにしかし強く、窓際から椅子のほうへ連れて行った。「あなたの心を乱しているこの有様は単なる電気現象で、別に珍しいことじゃありませんよ――それとも沼のひどい悪臭が原因なのかもしれない。窓を閉めよう。――空気は冷たいし、健康によくない。ちょうどここに、君の大好きな物語があるから、読んであげよう。――こうしてこの恐しい夜をいっしょに過そうじゃないか」

わたくしの取り上げた古い本はサー・ランスロット・キャニングの『狂乱の会合』だった。しかしそれをアシャーの大好きな書物と呼んだのは、本気ではなく、悲しい冗談にすぎない。実を言えば、この本の粗雑で想像力の乏しい冗長さには、友人の高級で知的な想像力に訴え得るものはほとんどないからである。しかしそれは手近にある唯一の本であったし、それに今この憂鬱症患者を苦しめている興奮は、わたくしの読む愚劣きわまる物語にさえ救いを見出だすやもしれぬ（精神錯乱を扱った文献にこの種の例外事は珍しくないのだ）というはかない望みをいだいたからである。実際、物語の一語一語に彼が耳かたむけている、あるいは耳かたむけているらしい、異様に緊張し切った生き生きした感じから推して、わたくしは目論見のうまくいったことを祝ってもよさそうだった。

『会合』の主人公、エセルレッドが、隠者の家へ穏やかにはいろうとして許されず、力ずくで押し入ろうとする有名な件《くだ》りにさしかかった。知っての通り、物語はこうなっている。

――

「されば生来、剛勇の者にして、呷《あお》りし酒にて一層の力得たるエセルレッドは、頑迷邪悪の隠者と談合するをもはや諦め、折しも双の肩の雨に濡れ初めたれば、疾風の到らんことを恐れて鑓矛《やりほこ》を振りかざし、丁々と打ちつくる。やがて扉の羽目板に、籠手《こて》はめし手の入るほどなる穴を穿《うが》ちぬ。さてそこより力こめて引けば、扉は砕け割れ、微塵《みじん》となって、乾ける木の音の虚ろに響き、森にこだましぬ」

この文章の終りでわたくしはぎくりとし、一瞬、言葉をやめた。というのは（すぐにわたくしは、興奮しているための幻聴だと思い直したのだが）――館のどこか至って遠いところから、サー・ランスロットが詳しく描いたその割れ砕ける音のこだまが（もっとも、鈍い、抑えつけられたような音ではあるが）おぼろげに聞き取れたような気がしたのである。わたくしの注意を惹いたものが、偶然の一致ということであったのは確かである。窓枠の揺れる騒音や、なおも吹き募《つの》る嵐の轟然たる響きのなかで、そのような音が関心を惹き、心を乱すはずは毛頭ないのだから。わたくしは朗読をつづけた。――

「されど優れたる騎士エセルレッドは、今し扉のなかに入るや、邪悪なる隠者の姿、影だになきを見て、かつ憤りかつ呆れたり。して代りには、鱗《うろこ》に覆われ炎の舌もつ巨龍、白銀の床敷き詰めし黄金の宮居を守りいぬ。壁には輝ける真鍮《しんちゅう》の楯《たて》かかりいて、銘にいわく

――

ここに入り来たりしは勝者
龍を屠《ほふ》らばこの楯を得ん。

かくてエセルレッド、鏜矛を振りかざし、龍の頭めがけて打ちおろせば、倒れし獣は毒気を吐き、断末魔の悲鳴をあぐる。そはさしものエセルレッドも双の手もて耳覆いしほど。かかる恐しき叫びの聞かれしことといまだなかりき」

ここでふたたびわたくしは唐突に言葉を切った――今度は激しい驚きを感じながら。というのは、この瞬間（どの方角からとは言えぬけれど）明らかに遠くからの、低い、しかし長く引き伸ばされた、この上なく異様な鋭い悲鳴、ないし軋るような音を――物語作者の描いた龍の喚くこの世ならぬ叫びもかくやと思われる音を、わたくしはまさしく耳にしたからである。

再度にわたるこのなみなみならぬ偶然の一致に出会い、驚異と極度の怯えとのいちじるしい、互いに矛盾したあまたの感情に圧倒されながらも、このことを口にして友人の鋭敏な神経を刺激するまいという分別だけは失わなかった。彼が問題の音に気づいたかどうかは判らなかったが、たしかにこの数分、彼の態度には奇怪な変化が生じていた。わたくしと向い合っていた位置から、すこしずつ椅子を廻し、顔を部屋の扉のほうに向けるようにして腰かけている。すなわちわたくしには彼の顔立ちの一部分しか見えないが、聞き取れないほど低くつぶやいているかのように唇を震わせているのが見える。頭は深くうなだれ——しかし横顔を一瞥すれば眼を大きく見開いているから、眠りに落ちたのではない。体をゆすぶっていることからも、眠っているのでないことは判る——そっと、絶えず一様に、体を左右にゆすぶっている。こういうことすべてをすばやく見て取ってから、わたくしはサー・ランスロットの物語をつぎのように読みつづけた。——

「さて龍の恐しき憤りをば免れし騎士は、真鍮の楯のこと思い浮べ、そが上なる呪い解かんと、行く手より龍の屍《しかばね》を押しのけ、白銀の床踏みて、壁なる楯へと勇ましくも歩み寄る。と、彼の来もあえぬに、楯は足もとなる白銀の床へ転げ落ち、げに恐しくも戛然《かつぜん》たる響きをば鳴らしぬ」

これらの言葉がわたくしの唇から洩れた途端——そのとき真鍮の楯が白銀の床に重々しく落ちたように——わたくしは聞いたのである、明確でしかもうつろに響き、鏗鏘《こうそう》と鳴りながらしかも何か押し殺された反響を。わたくしは仰天して立ち上がった。けれども、規則正しく身をゆするアシャーの動きは変らない。わたくしは彼の椅子へ駆け寄った。彼の眼はじっと前方をみつめ、顔じゅうには石のようなこわばりが見られる。わたくしがその肩に手をかけると、彼の全身には激しい戦慄が走り、唇には忌わしい微笑が浮んだ。そして、わたくしの存在には気づかぬかのように、低く、早口に、わけの判らぬことをつぶやいている。わたくしは近くまで身をかがめて、ようやく彼の言葉の恐しい意味を理解した。

「あれが聞えない？——聞えるよ、聞いたよ。ずうっと——ずうっと——ずうっと——前から、何時間も、何日も前から、聞えていた——しかしぼくにはどうしても——ああ、このみじめなぼくを哀れんでくれ！——勇気がなかった——しかしぼくにはどうしても——ああ、こうちは妹を生きながらにして葬ってしまった！　ぼくの感覚の鋭いことは言っただろう！　今だから言う、妹があのうつろな棺で身動きする最初のかすかな音をぼくは聞いた。聞えたんだ——何日も何日も前に——しかしぼくには——そのことを言う勇気がなかった！　そして——今日——エセルレッド——は、は！——隠者の家がこわれ、龍が悲鳴をあげ、楯の落ちる騒然たる音——いや、あれはむしろ、妹の棺が割れ、牢獄の鉄の扉が軋り、地下室の銅張りの拱廊で妹がもがいている音だ！　ああ、どこへ逃げよう？　もうすぐ妹はここへやって来る。ぼくの早まった埋葬を責めに大急ぎで来る。階段を昇る足音が聞える。ああ、ぼくには妹の心臓の重苦しくて恐しい鼓動が聞き取れないのか？　気違いめ！」——こう喚くと彼は狂おしく跳び上がって、必死の努力で一語一語を叫んだ。——「気違いめ！　妹は扉の外に立っている！」

するとこの言明の超人的な力に呪いの効果が秘められていたかのように、彼の指さした巨大で古風な扉の鏡板は、その瞬間、重々しい黒檀の口をゆるやかにあけはじめた。それは吹きこむ疾風の業《わざ》であったが——そのとき扉のそとには、丈《せい》の高いアシャー家のレイディ・マデラインが屍衣をまとって立っていたのである。白い衣裳には血がにじみ、痩せ衰えた体のいたるところには、もがき苦しんだ痕が見える。一瞬、彼女は閾《しきい》のところで身ぶるいしながらよろめいたが——低く呻《うめ》いて、部屋のなかなる兄へと寄りかかり、激しい末《まつ》期《ご》の苦悶のうちに押し倒した。アシャーは床の上に屍と化して横たわり、彼の予期していた恐怖のいけにえとなったのである。

その部屋から、館から、わたくしは怯え切って逃れた。古い盛土路を駆けつづけるあいだも、嵐は依然として猛り狂っている。とつぜん小径に妖しい光が走ったので、この光はどこから射したのかと怪しんで振り向いた。なぜなら、背後にはただ広壮な館とその影だけだからである。それは沈んでゆく血のように赤い満月の輝きで、わたくしがさきに館の屋根から土台までジグザグに下っていると記した、かつてはかろうじてそれと認め得るほどの亀裂を通して、鮮かに光っているのであった。亀裂は、わたくしのみつめているうちに急に広がり——激しい風が渦巻き——たちまち月の全容が浮かび上がると見る間に——館の巨大な壁が真二つに裂け、崩れてゆく。わたくしは眩暈《めまい》を覚えた。百千もの海の響きのような轟然たるとどろきが長く鳴りつづけ——わたくしの足もとの深い黒い沼は、アシャー館の破片をゆっくりとひそやかに呑みこんでしまった。

# 解　説

秋　山　駿

エドガー・ポーという人間は、しごく不思議な作家であって、いわば一種の奇蹟に似た存在である。そうして、彼は、その異様な相貌で、われわれ日本文学とも、隠微だが、しかし深く確実なかかわりをもっている。このかかわりの小さな一端について、私はいってみたいと思う。

このかかわりは、われわれの文学のなかのもっとも知的な部分、文学を知的にリードしようとする純粋な衝動のそこにあらわれてくるのであって、そのときポーが、われわれにとっては、文学というこの謎めいたものの——その言葉による魅惑の魔術的な効果とか、精神が探求すべき見えざる深淵の数々といった印象の、ほとんど、秘密の鍵を握っている人間として見えてくるからである。それは、あたかも、もう一人の不思議な少年、ランボーが、自分の生の「秘密の鍵はしっかと握っている」というようになのだ。このポーの握っている、文学の秘密の鍵とは何なのか。

この秘密とか鍵とかは何なのか、と考えるそこに、われわれの文学の知的な部分が形成される。そうして、この知的な部分へのポーの影響は、ようやく最近になって、われわれの内部から顕在化してくるものなのである。

するると、いや、そんなことはない！　ポーは、すでに明治以来、推理小説の鼻祖として、暗黒と戦慄と恐怖に満ちた奇想物語の作者として、われわれは愛読してきたはずなのだ、という人もいるだろう。その通りである。間違いはない。しかし、もっと違ったこともあるのだ。彼はもう少し新しい場面で、いわゆる知性の文学の一つの鍵を握る人間として、再びあらわれ、かつ影響しているのだ。彼の死（一八四九年）から、われわれはすでに一世紀以上も経っている。しかもなお、現代的な、生き生きとした小説的生命力をもって再生してくる人間、このポーは文学においてもっとも独創的な人間であった。

しかし、こんなことをいうためには、いくつかの証言が必要だろう。私はさしあたり、われわれのなかでもっとも知的であり、認識とか推理とか論理とかを無視しない作者、そして戦後文学の一つの記念碑である『野火』の作者である大岡昇平から、次のいささか意外な言葉を拾っておく。

《細部はポー、スチブンスンを下敷にしています。「俘虜記」の自然描写は「宝島」と「黄金虫」から取りました。「野火」の死を前にしてあらわれる「好奇心」は（ポーの）「メールストロームに呑まれて」にあります。その他ポーからの借用は無数にあります。ポーは少年期の読書リストに入っていただけで、その「完成」の理想も、「ユーレカ」の宇宙観も僕の告白とは何の関係もなく、どうしてこう真似することになったのか、よくわかりません》（「外国文学放浪記」）

ポーの小説の、少年時代の読書に与える魅惑には、まことに魔術的な効果がある。われわれは不意に、この世界や人間性の裂け目から顔をのぞかせる、この世ならぬ異常な光景、不吉に潜在するもの、もっとも恐怖すべき形象や、暗黒の深淵といったものに面接させられる。と同時に、この未知の領域を、新しい戦慄を創造しながら一歩一歩下っていく、彼のいわゆる分析的知性の比類のない歩行がある。ポーは『マルジナリア』というノートの中で、芸術とは――「感覚が自然の中に、霊魂のヴェールを透して認めるものの表現」といっているが、あたかもそんなふうに、われわれの眼の上に不意に、このポーという異常な霊魂のヴェールがかけられ、すべての存在が、それまでとは違った、別様の光や影によって照らし出されるような気がする。

その魔術は、なにも少年だけがかかるのではない。大人になれば、そして芸術家となれば、もっといっそうおそろしい或る秘密として感ぜられてくる。それを裏書きするものは、やはりポーの最良の読者であったボードレールの言葉にしくものはない。彼は『ポー　その生涯と作品』の中で、こういっている。

《ポーの生涯は、彼の心性、彼の行動、彼の体質、彼の全人格を構成するあらゆるものが。何か闇黒と光芒とを同時に現わすもののように思われる……》

こういう言葉を、彼の作品に適用し、その「闇黒」と「光芒」とを、未知の領域がもたらす神秘的な暗黒の印象と、しかし、その暗いものを一歩ずつ切り開いていく分析的知性の光芒の場面とに、分けて考えてもよいとすれば、その暗黒の魅力は『黒猫』や『アシャー館の崩壊』などにおいて、そして、その精神の光芒の方は『モルグ街の殺人』や『マリー・ロジェの謎』などにおいて、それぞれよく知られるであろう。

しかし、ここで問題となるのは、彼が、同時にこの二つのものの作者だということである。相反する精神の二つの傾向がある。一つは、ほとんど幻想家とか狂人が見出したに等しい、神秘な印象すらある未知の魅惑を創造するもの。もう一つは、未知の魅惑などというものを決して容赦せず、すべてを自分の手で解析しようとする分析的知性、論理的あるいは数学的知性でさえあるもの。この二つは、普通は相反するものとしてわれわれにあるのだが、ところが、ポーの内部では、この二つが溶け合い、共存している。そればかりか、むしろ、その分析的知性こそ、分析しがたい未知の魅惑というものの真の作者ではないか、と考えられることだ。

このポーの性質を、他の例に、ヴァレリーが、ランボーとマラルメとを簡単に対比していう例になぞらえれば、何が問題なのかはっきりする。一人は（ランボー）、たとえばラジウムという新しい物質を発見する人のように、これまで人が知覚していなかった新たな事実をもって世界を豊かにする「一人の価値の創造者」であり、他方は（マラルメ）、物理学のあらゆる法則を熟考して二、三の方程式へと要約するに至る「論理学者の一人」、つまり形式とかシステムの発見者であって、これはまったく異なった二つの作業だ、というのである。

ところが、われわれがポーにおいて漠然と感覚するのは、この二つが彼の内部で共存していること、いやむしろ、絶対のシステムを見出そうとするその分析的知性こそが、一つの魅惑という価値を創造しているのではないか、ということだ。極端にいえばこうなる――すべてを証明し得る数学的知性によって一つの詩的な魅惑を創造すること。つまりこれこそが、われわれが彼において啓示された文学の「秘密の鍵」なのである。

彼こそ、文学の上に、最初に制作のための純粋な知性を君臨させ、そのことによって、今日に至るまで価値のいささかも減じない、いわば現代的でもあり得る、数々の魅惑を創造した者なのである。だから、ヴァレリーが次のようにいうとき、これはいささかの誇張もない。

《私は、「文学」がこの非凡な発明者（ポー）の影響から、何を恵まれているか、その総てを調べることは致しますまい。ジュール・ヴェルヌとその競争者、ガボリオーとその同類を取り上げるならば、あるいはこれより遥かに高級な部門において、ヴィリエ・ド・リラダンの所産、またはドストエフスキーの所産を思い浮べるならば、『ゴルドン・ピムの冒険』『モルグ街の殺人』『リジイア』『明しの心臓』が、彼等の夥《おびただ》しく模倣し、深く研究し、しかも超越したためしのない手本だったという事は、わけなく見てとれるのです》

（「ボードレールの位置」）

ドストエフスキーの名が上げられていることに、注意しておく。われわれの現代日本文学は、今日でも大いにドストエフスキーを語っているが、このドストエフスキーという大いなる仮面の下に語られているものの一部は、必ずやポーに帰せられるべきものだ、と私は思う。なぜなら、ポーの名が、われわれにおいて再生されるのは、小林秀雄と大岡昇平の世代、ポー、ボードレール、マラルメの名の下に、文学の知性化ということが真剣に考察された時期のことであるが、そのときポーがもたらしたものは、実は文学の知性化などという生易しいものではなく（そんなものなら哲学コントであり推理小説の一先駆であるヴォルテールの『ザディーグ』でもいい）――いかにして知性それ自身を文学化するのか、という一つの窮極の問いだったからである。

ポーは、『モルグ街の殺人』を書き、アマチュア推理家デュパンを創造することによって、今日に至るまで変らぬ不動の原形を与え、決してその魅力の乗り超えられぬ推理小説の創始者となるのだが、同時に、新しいもう一つの動きをもたらしたのだ、といっていい。（この推理小説という面については、ポーが、いつまでも通用する探偵小説の一般的な原理をうち立てた人であり、この『モルグ街の殺人』などの作品によって、さらに新しいもの、純粋な推理ものでもなく、また純粋な怪奇ものでもない、いわばミステリーの小説とでも呼ぶべきものを創造した――というイギリスの女流推理作家ドロシー・セイアズの

『探偵小説の本質と技巧』の言葉をあげておく。）

もう一つの動きというのは、この『モルグ街の殺人』が、デュパンのいわゆる「分析的知性」の物語化であって、「以下に記す物語は、これまで述べた命題の註釈のような役割」を果たす、という言葉を誇張してとってよければ、それは知性それ自身の小説化ということなのである。

そして、実はこの試みは、われわれの前には、いっそう純粋な知性それ自身の小説化、ほとんど最初のアンチロマンとしての、ヴァレリーの『テスト氏』とともに、導入されてくるのである。

このテスト氏は、「僕は正確という烈しい病いに悩んでいた。理解したいという狂気じみた欲望の極限を目がけていた」というような言葉からも知られるように、いわば「悟性神話上の怪物」のような、一種の抽象的な存在であって、明らかに知性それ自身を人間化しようとしたものである。

このテスト氏に、実は、ポーのデュパンが強く投影している。ものの考え方、考える言葉、その人間的な態度まで、この二人はとてもよく似ている。アンドレ・モーロアの言葉をあげておく。

《ヴァレリーは、著手したままになっていた原稿に再びとりかかった。この原稿にはデュパン（エドガー・ポーの作品の中の探偵）についての覚書を書くつもりであった。「私は、元来、馬鹿な真似をするのは、得意な方じゃないのだ」という章句ではじまる原稿がこれである》(「ヴァレリーの方法序説」)

ポーによって暗示され、おそらくテスト氏によってその決定的な魅力を味わい、そういう知性の文学化(もう一度いうが、文学の知性化ではない)に対して献身しようと、それぞれの道を歩き始めるのが、小林秀雄の世代であって、小林秀雄はすでにその処女作『様々なる意匠』のなかで、このポーに発し、ボードレールを経て、マラルメに達する(ときにはヴァレリーに達する)その系譜の意図を、こんなふうにいっている。《この運動は、絶望的に精密な理智達によって戦われた最も知的な、言わば言語上の唯物主義の運動であって……》

彼がこの時期、日本的性格の文学、たとえば志賀直哉に対比するのは、「芸術活動とは、最も精妙に意識的な活動でなければならぬ、と最も強力に悟り、又これを実践した最初の人物」――つまり、ポーの「精神の機構」なのである(「志賀直哉」)。

その「言語上の唯物主義」とは、言葉をかえていえば、正しく「最も精妙なレアリスムの問題」のことだ、といわれているから、要するに、ポーが啓示したもの、その原理は、そこに引用されているネルヴァルの「この世のものであろうがなかろうが私が斯くも明瞭に見た処を、私は疑う事は出来ぬ」という言葉に帰すものであろう。そして、この声こそ、ポーの魅惑の一番底に響く声ではなかろうか。

そして、たぶんここのところに、小説という思考の新しい容器にかけて、もっとも深刻な想像力は単なる哲学的な思考を超える、と夢想する埴谷雄高の、「ポーにおける不可能性の文学への到達」（「不可能性の文学」）という像を、重ね合わせれば、エドガー・ポーが、現在においても未だ生き生きとした生産力をもち、われわれの文学のなかのもっとも鋭く知的な精神に、何か文学の秘密の鍵めいたものを絶えず囁きかけている存在だ、ということがわけもなく知られるであろう。

本書は『新集世界の文学七巻　ホーソン／ポー』
（一九七一年七月刊）を再編集したものです。

中公文庫


ポー名作集《めいさくしゅう》

1973年8月10日　初版発行
2010年7月25日　改版発行
2022年3月10日　改版3刷発行

著　者　エドガー・アラン・ポー

訳　者　丸《まる》谷《や》才《さい》一《いち》

発行者　松田陽三

発行所　中央公論新社
〒100-8152　東京都千代田区大手町1-7-1
電話　販売 03-5299-1730　編集 03-5299-1890
URL https://www.chuko.co.jp/

DTP　嵐下英治
印　刷　三晃印刷
製　本　小泉製本




Published by CHUOKORON-SHINSHA, INC.
Printed in Japan　ISBN978-4-12-205347-2 C1197

# 中公文庫既刊より

各書目の下段の数字はISBNコードです。978－4－12が省略してあります。

ホ-3-3
## ポー傑作集　江戸川乱歩名義訳
E・A・ポー
渡辺温
渡辺啓助　訳

全集から削除された幻のベストセラー、渡辺兄弟のゴシック風名訳が堂々の復刊。温《おん》について綴った江戸川乱歩と谷崎潤一郎の文章も収載。〈解説〉浜田雄介

206784-4

シ-1-2
## ボートの三人男
J・K・ジェローム
丸谷才一　訳

テムズ河をボートで漕ぎだした三人の紳士と犬の愉快で滑稽、皮肉で珍妙な物語。イギリス独特の深い味わいの傑作ユーモア小説。〈解説〉井上ひさし

205301-4

お-10-3
## 光る源氏の物語（上）
大野晋
丸谷才一

当代随一の国語学者と小説家が、全巻を縦横無尽に読み解き丁々発止と意見を闘わせた、斬新で画期的な『源氏論』。読者を難解な大古典から恋愛小説の世界へ。

202123-5

お-10-4
## 光る源氏の物語（下）
大野晋
丸谷才一

『源氏』は何故に世界に誇りうる傑作たり得たのか。詳細な文体分析により紫式部の深い能力を論証する。『源氏』解釈の最高の指南書。〈解説〉瀬戸内寂聴

202133-4

お-10-8
## 日本語で一番大事なもの
大野晋
丸谷才一

国語学者と小説家の双璧が文学史上の名作を俎上に載せ、それぞれの専門から徹底的に語り尽くす知的興奮に満ちた対談集。〈解説〉大岡信／金田一秀穂

206334-1

ま-17-9
## 文章読本
丸谷才一

当代の最適任者が多彩な名文を実例に引きながら文章の本質を明かし、作文のコツを具体的に説く。最も正統的で実際的な文章読本。〈解説〉大野晋

202466-3

ま-17-11
## 二十世紀を読む
丸谷才一
山崎正和

昭和史と日蓮主義から『ライフ』の女性写真家まで、皇女から匪賊まで、人類史上全く例外的な百年を、大知識人二人が語り合う。〈解説〉鹿島茂

203552-2

ま-17-12
日本史を読む
丸谷才一
山崎正和
37冊の本を起点に、古代から近代までの流れを語り合う。想像力を駆使して大胆な仮説をたてる、談論風発、実に面白い刺戟的な日本および日本人論。
203771-7

ま-17-13
食通知つたかぶり
丸谷才一
美味を訪ねて東奔西走、和漢洋の食を通して博識が舌上に転がすは香気充庖の文明批評。序文に夷齋學人・石川淳、巻末に著者がかつての健啖ぶりを回想。
205284-0

ま-17-14
文学ときどき酒　丸谷才一対談集
丸谷才一
吉田健一、石川淳、里見弴、円地文子、大岡信ら一流の作家・評論家たちと丸谷才一が杯を片手に語り合う。最上の話し言葉に酔う文学の宴。〈解説〉菅野昭正
205500-1

オ-1-2
マンスフィールド・パーク
オースティン
大島一彦訳
貧しさゆえに蔑まれて生きてきた少女が、幸せな結婚をつかむまでの物語。作者は優しさと機知に富む一方、鋭い人間観察眼で容赦なく俗物を描く。
204616-0

オ-1-3
エマ
オースティン
阿部知二訳
年若く美貌で才気にとむエマは恋のキューピッドをきどるが、他人の恋も自分の恋もままならない――「完璧な小説家」の代表作であり最高傑作。〈解説〉阿部知二
204643-6

ク-1-2
地下鉄のザジ　新版
レーモン・クノー
生田耕作訳
地下鉄に乗ることを楽しみにパリを訪れた少女ザジ。ストで念願かなわず、街で奇妙な二日間を過ごす。文学に新地平を拓いた前衛小説。〈新版解説〉千野帽子
207120-9

チ-1-3
園芸家12カ月　新装版
カレル・チャペック
小松太郎訳
園芸愛好家が土まみれで過ごす、慌ただしくも幸福な一年。終生、草花を愛したチェコの作家チャペックによる無類に愉快なエッセイ。〈新装版解説〉阿部賢一
206930-5

ハ-6-2
チャリング・クロス街84番地　増補版
〈レーン・ハンフ編著〉
江藤淳訳
ロンドンの古書店に勤める男性と、ニューヨーク在住の女性脚本家との二十年にわたる交流を描く書簡集。後日譚「その後」を収録した増補版。〈巻末エッセイ〉辻山良雄
207025-7

各書目の下段の数字はISBNコードです。978－4－12が省略してあります。

む-4-3
中国行きのスロウ・ボート
村上春樹
1983年――友よ、ぼくらは時代の唄に出会う。中国人とのふとした出会いを通して青春の追憶と内なる魂の旅を描く表題作他六篇。著者初の短篇集。
202840-1

む-4-9
Carver's Dozen　レイモンド・カーヴァー傑作選
カーヴァー　村上春樹編訳
レイモンド・カーヴァーの全作品の中から、偏愛する短篇、エッセイ、詩12篇を新たに訳し直した〝村上版ベスト・セレクション〟。作品解説・年譜付。
202957-6

か-18-7
どくろ杯
金子光晴
『こがね蟲』で詩壇に登場した詩人は、その輝きを残し、夫人と中国に渡る。長い放浪の旅が始まった――青春と詩を描く自伝。〈解説〉中野孝次
204406-7

か-18-8
マレー蘭印紀行
金子光晴
昭和初年、夫人三千代とともに流浪する詩人の旅はいつ果てるともなくつづく。東南アジアの自然の色彩と生きるものの営為を描く。〈解説〉松本　亮
204448-7

か-18-9
ねむれ巴里
金子光晴
深い傷心を抱きつつ、夫人三千代と日本を脱出した詩人はヨーロッパをあてどなく流浪する。『どくろ杯』につづく自伝第二部。〈解説〉中野孝次
204541-5

か-18-10
西ひがし
金子光晴
暗い時代を予感しながら、喧噪渦巻く東南アジアにさまよう詩人の終りのない旅。『どくろ杯』『ねむれ巴里』につづく放浪の自伝。〈解説〉中野孝次
204952-9

か-18-14
マレーの感傷　金子光晴初期紀行拾遺
金子光晴
中国、南洋から欧州へ。詩人の流浪の旅を当時の雑誌掲載作品や手帳などから編集する。晩年の自伝三部作へ連なる原石的作品集。〈解説〉鈴村和成
206444-7

た-43-2
詩人の旅　増補新版
田村隆一
荒地の詩人はウイスキーを道連れに各地に旅立った。北海道から沖縄まで十二の紀行と「ぼくのひとり旅論」を収める〈ニホン酔夢行〉。〈解説〉長谷川郁夫
206790-5